庫

長編刑事小説

毒猿

新宿鮫2

新装版

大沢在《あり》昌《まさ》

光 文 社

この作品はフィクションであり、特定の個人、団体等とはいっさい関係がありません。

著者

毒猿

新宿鮫2

解説　茶木《ちゃき》則雄《のりお》

1

売人《ばいにん》は紺《こん》のジャンパーに黄色のコットンパンツをはいていた。耳の半ば以上をおおう長い髪がアポロキャップの下からはみだしている。

年齢は二十三、四だろう、と鮫島《さめじま》は見当をつけていた。夕刻のラッシュを間近に控《ひか》え、急速にふくれあがりつつある、新宿《しんじゅく》駅西口の雑踏《ざっとう》の中で、待ちあわせをしているかのように太い柱の一本によりかかっている。鈍《にぶ》い銀色のミラーのサングラスが、キャップのつばの下で光っていた。

鮫島は七、八メートル離れた別の柱のかげにいた。ジーンズにTシャツ、セーターを腰に巻きつけた格好でしゃがみこんでいる。

晶《しょう》が歌舞伎町《かぶきちょう》の夜店で買い、プレゼントしてくれたサングラスをかけていた。レンズが真円型《しんえんけい》で、これをかけスーツを着ると、「チャイニーズ・マフィアの殺し屋みたい」に見えるという代物《しろもの》だ。

しゃがんでいるのは、だらしなく見せるためだった。

売人がひとりで商売をしているとは思えない。たいてい他人をよそおったしきてんがいて、巡回の警官や、鮫島のような刑事の張り込みを警戒している。

しきてんはわかっていた。二〇メートルほど離れた売店の横でスポーツ紙を広げている、スーツの男だ。一見、地味なグレイのスーツに赤いタイをしめている。

男がときおり新聞から目をあげて、あたりを見渡すのに、鮫島は気づいていた。

ふたりとも新顔だった。テキ屋系の暴力団・本郷会《ほんごうかい》がシンナーに手をだしたのは最近のことらしい。どこから手にいれるのか、「純トロ」や「スリーナイン」といった高級品を扱っている。

本郷会をバックにつけて「純トロ」を捌《さば》く売人が西口にいる、という噂《うわさ》が鮫島の耳に入ったのは二カ月前だった。

今ではなかなか手に入らない「純トロ」は割高で、ドリンク罎《びん》一本が五千円はするという。それでも一度「純トロ」を吸うと、プラモデル屋で買うシンナーなどは、からくて吸えないと、客は無理してでも欲《ほ》しがるようになる。

売人には、自分の面《めん》が割れていない自信があった。が、鮫島は用心を重ねた。服装を変え、髪型を変え、売人やしきてんに嗅《か》ぎつけられないよう努力した。

鮫島は煙草《たばこ》を吸いたいのをこらえていた。ライターの火や煙は、それとなくではあるが、人目を惹《ひ》く。しかも近くには灰皿がなく、足もとに大量に吸《す》い殻《がら》が散らばっていれば、売人でなくとも奇妙に思われるだろう。

鮫島はしきてんに目をやった。男は今、畳《たた》んだ新聞を左手に、右手のドリンク剤を飲んでいた。

ああして空になった壜を、あの男はもち帰るのだろうか、鮫島はふと思った。もって帰って、どこからかくすねてきたシンナーを壜に詰める。五千円のいっちょうあがりだ。

以前、素人《しろうと》ばかりのトルエン密売グループをあげたことがあったが、きっかけは、自動販売機横の空き壜入れから、ドリンク剤の空き壜だけをせっせと拾《ひろ》っている少年に目をつけたことだった。

その少年は十六歳の高校生で、空き壜を百本以上もっていくと、五千円くれる場所があると聞いてやっていたのだ。少年からその場所を訊《き》き、張り込んだ鮫島は、現われた男を尾行《びこう》して、密売グループのアジトをつきとめた。

男は酒屋の次男坊で、店の軽トラックに、そうして買いとったドリンク剤の空き壜を、それこそ山のように積んでいた。

アジトには、男と店で知りあい、密売をそそのかした、二十《はたち》になったばかりのクラブホステスがいた。男の幼馴染《おさななじ》みの、塗装屋の伜《せがれ》が、グループにはひきこまれていた。男のほうはふたりとも、犯罪に手を染めるのはこれが初めてだった。女のほうは立派で、十三のときの暴走族をふりだしに、万引、売春、恐喝《きょうかつ》と、じゅうぶんすぎるほどの補導歴があった。グループのリーダーは、一番若い、その女だった。最初の取調べでは、自分は何も知らず、ただアルバイトで手伝っていただけだと、シラをきったが、あとの男ふたりが、真《ま》っ青《さお》になって自供《じきょう》したことで、主犯であることが発覚した。

しかもその女は、ふたりの男両方と関係をもっており、ふたりとも、自分が本命だと信じこんでいた。女には別の男がちゃんといて、その男は、傷害で服役中だった。

いきてんの男が空になった壜をクズ籠に落としこんだので、鮫島の想像は外れた。

そして危《あや》うく、客を見落とすところだったことに気づいた。

客は、東口からぬける通路の方角からやってきた、二十くらいの男だった。赤いビニールのジャンパーを着けている。顔に白いマスクをはめ、染めた跡の残る髪がだらしなくうなじではねていた。マスクの下からのぞく頰《ほお》に、ニキビが大量にふきでている。

マスクが目印だと気づいたのは、一週間前だった。

シンナー、トルエンの売買で、共通の目印は、口もとにやる手だ。ちょうど咳《せ》きこむような素振《そぶ》りで、口もとに拳《こぶし》をもっていき、売人のいそうな場所をうろつく。すると、どこからか目ざとく売人がすりよってきて、必要な本数を囁《ささや》き訊《たず》ねる、といった寸法である。

だがこの目印は、あまりにも有名になってしまい、取締まりにひっかかることが多くなったので、近ごろはさまざまな形に変化してきている。

「西口の純トロ」の白いマスクも、そのひとつだった。

染め跡の残る若者は、両手をジャンパーのポケットに押しこみ、背中をうつむけるようにして歩いていた。

売人がしきてんを見やった。しきてんは素早くあたりを観察して、安全だ、という合図を送る。この場合は、ネクタイにちょっと触《ふ》れるやりかただ。

以前、巡回の警官が通りかかったとき、しきてんの手はさっと髪をかきあげた。それを見て、鮫島は笑いたくなったものだ。

指で丸を作り、額《ひたい》にもっていくのは、全国共通の「マッポ」のマークだ。が、まさか警官に見られるところでそれをやるわけにはいかない。しきてんだというのを、ひと目で見破られるからだ。

だが反射的に手が額にのびる癖《くせ》だけはどうにもならないのだろう。そこで髪をかきあげる動作をブロックサインにしたわけだ。

柱によりかかっていた売人が、すっと身を起こした。自分の前を通りすぎかけていた、染め跡の残る若者に近づく。

その口がわずかに動き、若者が答えた。ふたりの手の間で金がやりとりされるのを、鮫島は見つめた。

売人は左手を、染め跡の残る若者の肩に回していた。右手が、若者のさしだした、折り畳んだ紙幣をうけとる。ついで肩に回した左手に隠しもった鍵《かぎ》を若者に手渡す。

鍵は、新宿駅に数えきれないほどあるコインロッカーのひとつのものだ。

売人が再び若者に囁きかけた。おそらくロッカーの場所を指示したにちがいない。

若者がくるりと踵《きびす》をかえし、もときた方角に歩きだすと、ふたりの体は離れた。

若者は指示されたコインロッカーの前にいき、鍵を開ける。すると、扉の向こうには、紙袋に包まれ、ドリンク剤の壜に入れられた「純トロ」が待っている、というわけだ。

若者の姿が雑踏に呑《の》まれ、すぐに見えなくなると、売人はゆっくり歩きだした。

しきてんは動かない。

鮫島は立ちあがった。これを待っていたのだ。

売人は、現金とひきかえに、シンナーを隠したコインロッカーの鍵を手渡す。が、コインロッカーの鍵を、何十ともっているわけではない。

万一、パクられたとき、多量の鍵を所持していれば、おいた物すべてを押収《おうしゅう》されるし、それ以前に、売人だと自供しているようなものだからだ。

従って、せいぜい、ふたつかみっつの鍵をもち歩き、あとはなくなった都度《つど》に、補充する。

補充するぶんは、しきてんとは別の人間がもっている。売人がパクられるときは、たいていしきてんもパクられるため、しきてんにもたせておくことはしないものだ。

売人は、西口にあるデパートの地下売場入口に向かっていた。

入口の前には、金属でできたワゴンが何台も並んでいる。

通行客をめあての、菓子パンや台所用品、アクセサリーなどのワゴンセールだ。

並んだワゴンの端、ネックレスやブローチをぶらさげた台の前で、売人は立ち止まった。

売り子は、四十がらみの、スリーピースを着けた、頭の薄い小男だった。

ワゴンの上にさがったブローチを売人が手にとった。小男の売り子が話しかける。

小男のうしろには、デパートのショーウィンドーとのわずかなすきまに、丸椅子《まるいす》と、売りあげをおさめる手さげ金庫がおかれている。小男がそれをふりかえり、金庫の蓋《ふた》を開いた。

奴だ。

鮫島は走りだした。視界の隅で、しきてんが泡をくったように手をあげるのが見えた。

売人はこちらに背を向け、小男も今は、手さげ金庫の中をのぞいている。

しきてんは狂ったように手をふっていた。だがそれもかなわないと見ると、あとじさりを始めた。鮫島が正体をあらわしたらそのときは、脱兎《だっと》のように逃げだすつもりなのだ。

小男が手さげ金庫の蓋を閉め、売人をふりかえったときには、鮫島は売人のすぐ背後まできていた。

小男の顔に狼狽《ろうばい》した表情が広がった。鮫島は売人の右肩をつかんだ。

「そのまま動くんじゃない！」

あ然とした顔で売人が鮫島をふりかえり、ついでしきてん、いの姿が消えていることに気づいて、蒼白《そうはく》になった。

鮫島は警察手帳をふたりに提示した。口調をかえ、いう。

「新宿署防犯の鮫島です。ちょっとその手の中のものを見せていただけますか？」

小男は無表情になっていた。鮫島がいうまでもなく、売人にさしだした右手の中に、コインロッカーの鍵が三本あった。

「何だよ、か、関係ねえじゃねえか」

唾《つば》をのみながら売人がいった。

「そうかな。さっきからずっと見てたんだけどね、お前さんのやってたことを」

鮫島は売人にいった。

「な、何だよ、やってたことって」

「これ、コインロッカーの鍵だよね。中、何が入ってる？」

鮫島はかまわずいった。売人がシンナーを売っていたことは、いくらでも証明できる。問題は、このワゴンセールの小男だった。

「し、商品ですよ」

小男はいった。

「そう。じゃあ、いっしょにいってちょっと開けて見せてくれないかな」

いった瞬間、売人が鮫島の手をふりはらった。逃げようとするのに足払いをかけ、鮫島は怒鳴《どな》った。

「抵抗するか!」

あたりの空気が凍《こお》りつき、通行人が立ち止まった。売人のサングラスが床に落ち、乾いた音をたてた。

通路におし倒された売人が呻《うめ》いて、唇をかんだ。

「畜生……」

「ワッパかけるか、え?」

「かんべんしてくれよ」

「よし。じゃあ立て」

売人をひきずり起こし、鮫島は小男にいった。

「金庫の中、見せてみろ」

小男は無表情のまま、手さげ金庫をつきだした。鮫島は売人の右手首をつかんだ状態でつづけた。

「あんたが開けるんだ」

小男は金庫の蓋を開いた。紙幣と硬貨の入った小箱が中にあった。

「その箱、もちあげてみな」

小箱がとりさられた。鮫島は小男を見た。小男は目を伏せた。

小箱の下にコインロッカーの鍵が二十本以上、入っていた。


鮫島の要請をうけて、四名の制服警官がやってきた。あと二名、新宿駅の鉄道警察官もやってくる。

小男と売人を中央にはさんで、鮫島を含めた七名の警察官は、新宿駅を移動した。

鉄道警察官がいれば、ロッカーの場所はすぐにわかってしまう。小男は観念したのか、それぞれのキィの合うコインロッカーの場所を喋《しゃべ》った。

鮫島たちは、それらひとつひとつを開けては、中のシンナーを押収していった。

あとは間をおかず、シンナーを壜に詰める〝工場〟を狩ることだ。いいいしきてんが飛んでいるので、さほど余裕はない。

七つめのコインロッカーの前にきたときだった。そこは、東口の、最も人通りの多い、つまり利用率の高いロッカーだった。

押収したドリンク剤の壜は二十本以上にのぼっていた。ふたりの警官が大きな手さげ袋をもち、かたっぱしから壜を詰めこんでいる。

ロッカー前は、荷物を手にした利用客でごったがえしていた。朝の次に、新宿駅での乗降客の数がピークに達する時間帯なのだ。

「次は？」

そのロッカーでふたつの扉を開き、壜を押収したあと、鮫島は小男に訊ねた。

小男はさっきから必要最小限のことしか口にしなくなっていた。たぶん、この先の自分を思いやるのにせいいっぱいなのだろう、と鮫島は思っていた。

売人はともかく、この小男が星（前科）を背負《せお》っているのはまちがいない。あるいは、本郷会の正式組員かもしれない。となれば、これから自分がくらう刑、そしてパクられた結果、組がこうむる被害の始末を、どうつけるかで頭がいっぱいなのだろう。

見たところ、この小男のエンコ（指）はそろっている。が、たぶん近い将来、一本はとぶことになるにちがいない。

表向きは、組の御法度《ごはっと》のシンナー売《バイ》をやった責任をとる、という名目で。内実は、組の重要な資金源となっている商売をしくじった罰《ばつ》だ。

取調べでは、小男は、一存でシンナー売をやったといいはるだろう。決して、組の命令でおこなったとは認めないにちがいない。

そんなことを認めれば、本郷会は、組長以下、おもだった幹部をごっそりもっていかれることになる。

れた。

そのときは、エンコの一本や二本ではとてもすまない。

周囲の人混《ひとご》みからあがった小さな悲鳴に、鮫島はわれにかえった。

ごったがえす利用客と、制服警官の数になにごとかととり囲む野次馬《やじうま》の輪が、さっと崩れた。

そして、光るものを手にした浅黒い長身の男が突然、あらわれた。

日本人ではない——その浅黒い肌を見たとき、鮫島が思ったのはそのことだった。

男は濃い紺のアノラックのようなジャンパーに、ポケットがたくさんついた作業ズボンをはいていた。白くよごれたごつい作業靴が、そのすそからのぞいている。がズボンは男には丈《たけ》が短すぎ、茶色い靴下の半ばまでのぞいていた。

男の顔は無表情で、だが目にだけは、なにごとかをつきつめたような鋭い光があった。

そして、手にしているのが、ステンレス製の文化包丁であることに、一瞬おくれて、鮫島は気づいた。

警告の叫びをあげるには遅すぎた。浅黒い男は、母国語とおぼしい声をはりあげて、ロッカーの前に背を向け、立っている小男にぶつかっていった。

うわあっと小男が叫んだ。ま横にいた警官が驚いたように小男の顔を見た。小男が、反《そ》りかえるように背中を曲げ、その警官の肩をつかんだ。

鮫島の体がようやく動いた。体ごと浅黒い男に突進すると、肩でつきとばした。

浅黒い男が横にふっとび、ようやく警官たちも、周囲の野次馬も、なにが起きたかを理解した。

いっせいに悲鳴があがった。文化包丁は、小男の右腰の少し上に、柄《え》の近くまでつき通っていた。

小男があたりを聾《ろう》するほどの叫び声をあげた。

「痛てえーっ、痛てえーっ」

目尻が裂《さ》けるかと思うほど、大きく目をみひらき、拳がすっぽりと入るほど口を開いている。激しい勢いで血が噴《ふ》きだし、見る見る足もとに血だまりを作っていた。

「痛てえよーっ、お巡りさん、痛てえーよ、痛てえよ、痛てえよ」

小男は今では、かたわらの警官の制服の両襟《りょうえり》をつかんでいた。

一番端にいた鉄道警察官が、

「おおいっ」

と叫んで、尻もちをついている浅黒い男にとびついた。すぐに二名がつづき、四人は折り重なるように、駅の床でひと塊《かたま》りになった。

「救急車！」

反対側で警棒に手をかけ、走りだそうとした警官に、鮫島は怒鳴った。警官は警棒を離し、あわてて肩先の携帯受令機のマイクをつかんだ。

「おい、しっかりしろ！」

鮫島は、膝《ひざ》が砕《くだ》けた小男の両肩の下に手をいれた。急激にかかった重みに、すがられた警官はたたらを踏んでいる。

小男はまだ大きく口を開いていたが、もう声をあげず、唇を震わせているだけだった。

顔色が急速に白くなり、黒目が、瞼《まぶた》のうらにかくれている。

背後から支える鮫島の衣服が、瞬《また》くまに、小男の鮮血でまっ赤に染まった。

「すわらせろ、すわらせるんだ、心臓を下にもっていけ」

小男はぐったりと、人形のように体をふたつ折りにしてすわりこんだ。頭が、警官の両脚の間をくぐって落ちそうになる。

「なんだよ……いったい、なんだってんだよ……」

売人が目をいっぱいにみひらいてつぶやいた。

折り重なった警官が離れ、体中をつかまれた浅黒い男がひきずり起こされた。色を失ったその唇が間断《かんだん》なく動いているのに目を止め、鮫島は小男の前にひざまずいた。

「おい、おいっ。しっかりしろ、聞こえるか、おいっ」

小男の瞼は半分おりていた。顔色は、白を通りこし、土色《つちいろ》に近くなっている。

「死にそうです」

支えていた警官が蒼白になっていった。血の点がとび散った白い手袋で、男の脈《みやく》をとっている。

「いいから話しかけろ、救急車がくるまで、意識をもたせるんだ」

浅黒い男をふりかえろうとした鮫島の肩に、売人の膝がぶつかった。浅黒い男と警官たちの集団から少しでも離れようとしていたのだ。

売人はそのまま、すとんとしゃがみこんだ。

泣き声が喉《のど》から洩《も》れた。まるで猫の鳴き声のようだった。

「かんべんしてくれよ、かんべんしてくれよ、何だよ、おい、何だよ、おい、かんべんしてくれよ」

両手を胸の前でかたく巻きつけ、しゃがんでつぶやいている。目はじっと浅黒い男のほうに向けている。

恐怖にひきつっていた。

浅黒い男は、両腕と髪の毛を、三人の警官によってつかまれていた。その唇はまだ動いており、端のほうに白く泡がたまって乾きかけている。

目と喉仏《のどぼとけ》が大きく、とびでていた。鮫島は深呼吸すると立ちあがり、男の前に立った。

男に抵抗する様子はない。

「もういい、手錠《てじょう》をかけろ」

手錠がかけられる間も、男の唇はたえまなく動いていた。目は鮫島を通りこし、すわりこんで死にかけている小男を凝視《ぎようし》しつづけている。
鮫島はもう一度息を深く吸った。男の体臭《たいしゆう》が鼻に強くさしこんだ。
そしてようやく気がついた。
男の唇からもれているのは、祈りの言葉だった。

2

小男は、病院に到着する前に、出血多量で死亡した。鮫島のにらんだ通り、本郷会の構成員で、佐治《さじ》という四十一歳の中堅組員だった。

刺したのは、アリとしか自分の名をいわないアジア人で、日本語がほとんど喋れなかった。刺した理由を英語で訊かれると、母国語でのみ、喋りつづけた。

アリはとりあえず新宿署に連行された。

鮫島は警視庁に電話をかけ、通訳を要請した。本庁の警務部教養課には、通訳センターがあって、英語、フランス語、スペイン語、ポルトガル語、ロシア語、北京《ペキン》語、広東《カントン》語、韓国《かんこく》語、タガログ語、タイ語、ウルドゥ語の、会話、翻訳が可能な職員がいる。これらの通訳は、大学で語学を専攻して、専門職として入庁した者と、入庁してから語学を学んだ者のふた通りがいる。電話にでた職員は、アリの国籍の見当をつけ、すぐに通訳をよこすといった。

隣りあった取調室に、アリと売人が入れられていた。本来ならこうした場合、取調べは、売人のショックがおさまるのを待っておこなうのが普通だが、い、し、き、て、ん、が飛んでいるのと、アリがシンナー売にどうからんでいるのかを知ることもあわせ、すぐに鮫島は取調べを始める気になった。

アリの取調べは通訳がきてから始まることになる。もし、売人の取調べ中にきた場合は、防犯課の課長である桃井《ももい》が、刑事課の人間とともにおこなうことになっていた。

鮫島は、売人と机をはさんでさし向かいにすわった。取調べの記録は、防犯課に配属されたばかりの新人で、丸山《まるやま》という若い刑事がとった。

「名前訊こうか」

鮫島はいった。売人は、身分を証明するものを何も身につけていなかった。佐治は免許証入れを携帯《けいたい》しており、その中の代紋《だいもん》入りの名刺から組員であることがわかったのだ。

「川崎《かわさき》」

売人はうつろな声でいった。佐治が死んだことはまだ知らされていない。

「川崎、なんてんだ」

「川崎一郎《いちろう》、す」

「川崎出身だから川崎一郎か。指紋照合《モン》すりゃ、すぐにわかるぞ」

売人はすねたように上目づかいで鮫島を見た。

「大ごとだってのは、わかってるんだろう。お前、盃《さかずき》もらってるのか、本郷の」

売人は首をふった。

「よし。じゃもう一回だ。名前は？」

「戸田《とだ》す」

「戸田――」

「戸田治樹《はるき》」

「治樹、どれくらい売《バイ》した」

「どれくらいって？」

「時間、量、人数」

「今日、初めて、す」

「おいおい、俺が通りがかりに、お前たちに目をつけたと思うなよ」

「――どのくらい前から張ってたんすか」

「どのくらいだと思う」

「一週間」

「お前ら、うまく売してたじゃないか。一週間で割れるか？」

「二週間」

「質問してんのはこっちだよ」

戸田は黙った。佐治の傷がどのくらいかを考えているにちがいない。佐治が取調べに応じられるなら、嘘《うそ》をつくのは馬鹿げている。佐治が何もかもをばらし、自分ひとりが黙っていれば、絞《し》めあげられるのは目に見えているからだ。逆に、佐治が何も喋れない、あるいは死んでいるなら、警察に入る情報はすべて自分の口からだけのものだ。よぶんなことはいっさい喋らないほうが得だ。

「――佐治さん、具合、どうなんすか」

「よくねえな」

「よくないって?」

「あの男は佐治を殺すつもりだったたってことさ」

「なんで」

「なんでかな。前に見たことあるか」

「ないっすよ。初めて見たっすよ」

「変だな、そりゃ」

鮫島はいった。戸田は黙った。

「あの男には、お巡りが見えていた。お前と佐治と、ほかに制服の警官がいっぱいいることもな。なのに、なんで佐治を刺したんだろうな。つかまることはわかってたろうに」

「……知らないす」

「そうか？　お前とあいつ、同じ房いれりゃ思いだすかな。下、混んでるんだ」

「かんべんしてくださいよ」

「お前と佐治がパクられたことがわかってて、奴は刺しにきた。そこんとこ、考えてみろよ」

戸田がうつむいたまま、唾を飲みこんだ。ごくり、という音が、鮫島の耳にも聞こえた。

「く、口封じじゃないっすよね」

「口封じって？」

「なんでもないす」

「奴とお前、いっしょにすりゃわかるか」

「や、やめてくださいよ。あいつ、俺たち殺しにきたのかもしれないし」

「殺す？　なんで」

「パクられちゃったじゃないですか。ひょっとしたら別に組の人がいて、パクられた俺たちの口封じに、あいつに金やって刺さしたのかもしれないじゃないっすか」

「なるほど」

「佐治さん殺《や》って、俺殺って。そうだ、メギさん逃《ふ》けてるし、メギさんが組に連絡して、あいつ――」

「メギ。しきてん、メギってのか」

戸田は頷《うなず》いた。

「目玉の木か？」

「字、知りません」

「まあ、本郷の名簿見りゃ、わかるな」

戸田は頷いた。組員、ということだ。

「本郷は、お前ら止めなきゃなんないほど、リキ入れてるのか、この売に」

戸田はこっくりと頷いた。

「だろうな。きのう、お前、いくら売った？」

「七つっす」

「銭《ぜに》で？　壜で？」

「銭す」

七十万。百四十本は売っていることになる。

「いいシノギだな。『純トロ』、どこから入れたんだ？」

「知らないす」

「それじゃ通らねえよ。売ってたの、お前だろう」

「本当す。俺、使いっ走りで」

「使いっ走り、消すか？　いちいち、金で人やとって」

戸田は目をあげて鮫島を見た。鮫島は、思いきり戸田を強くにらんだ。戸田の目に恐怖が浮かんだ。

「バ、バクチのカタで」

「どういう」

「くわしくは本当に知らないんす。なんか、工業用の、扱ってた会社の親爺《おやじ》がパンクして、銭払えねえからって、組長のとこもってきたって、メギさんがいってました」

「組長ってのは、本郷のか？」

戸田は頷いた。

「はい、だよ、はい。はいっていわなきゃ、こっちの刑事さんの記録に残んないよ」

「はい」

不思議そうに、戸田はいった。今までは、頷いてもそういわれなかったからだろう。

鮫島は煙草をだした。一本くわえ、戸田の前におしやる。戸田はぺこりと頭をさげて、煙草をとった。

本郷の組長をかむことができるかもしれない。佐治が生きていれば、こうはいかなかったろう。戸田の話を全部、デタラメだと裁判で主張したにちがいない。

これで、メギというあのしきてんが飛んだとしても、悪《ぶつ》くても、本郷は、組長に代わる幹部をさしださなければならなくなる。バクチの借金を物で決済できるだけの権力は、組長か、組長に近い幹部にしかない。

「佐治さん、どうなんすか」

煙草を吸って落ちついたのか、戸田はもう一度訊ねた。

「まだわからんよ。それより、刺したあの外国人、本当に初めてか」

「組のまわりにはいなかったす」

「ちょくちょくいってたのか、事務所に」

「いや。一回だけっす」

「飯、奢《おご》ってもらったのか」

頷きかけ、

「はい」

と、答えた。

「女は？」

「一度だけ。ソープつれてってもらいました」

「誰に」

「佐治さんと、メギさんす」

「お前の取りは？」

「いち、ご、す」

「一本売ると、五百円か？」

「そうす」

「一日、七万。お前にもいいシノギだな。金、貯まったろう」

「麻雀《マージャン》、好きなんです。それに――」

「自分で買ってたのか」

戸田の歯ならびの悪さと、唾をためて喋る癖に、鮫島は見当をつけていた。

戸田は、はいといわずに頷いた。シンナーやトルエンをつづけていると、歯茎《はぐき》が痩《や》せて、歯の根もとが浮いて見えてくる。口のしまりがなくなり、口臭がひどく、涎《よだれ》をたらすようにもなる。

「自分で買うときは割引か？」

「四千円……」

「しぶいな。誰が決めた」

「メギさん、す」

「お前らの中じゃ、メギが一番、偉かったのか」

メギより佐治のほうが年上だったような気が、鮫島はしていた。

「年は、佐治さんのが上だったですけど、メギさん、馬鹿にしてました。佐治さん、ドジだって。頭悪いって」

「だから、いい年してシンナー売なんかにかかわってたのか」

普通、四十を過ぎたような組員が、シンナー密売の現場に立ちあうなどということはない。年が若く、逃げ足のある、下位の組員の仕事である。佐治がそれをやっていたのは、ほかにいいシノギの手をもっていなかったことを証明している。

「佐治さん、ウマ好きなんすよ。それで借金、けっこうあって、なんか頼みこんでこの売、回してもらったたって聞きました」

「借金しょってたのか」

「はい」

やくざ社会でも、抜け目のない者は、危ない現場には立たない。若いうちは、消耗品として扱われはするが、頭角《とうかく》をあらわしてくればちがう。佐治のエンコがそろっていたのは、抜け目がなかったからではなく、単に運がよかったからにすぎなかったのだろう。結局、エンコはとばさずに、命をとばすことになった。

「本郷は、外国人、使ってるのか」

「知らないす」

「口入れじゃ、どうだ」

戸田は瞬《まばた》きし、考えこんだ。

「メギさんが、前ちょっといったことあります。土工に何人か入れてるって」

「じゃあ、その中のひとりかもしれんな。そいつらにバクチやらせるのか」

「さあ。でもあいつら、あまりバクチやらないらしいす。たいてい国に仕送りしてて」

「そんな真面目《まじめ》な連中が、なんで人を刺す？」

「わかんないす。ひょっとしたら、すげえ金積まれて……」

「お前なら、いくらでやる」

「え」

「いくらで人刺す？」

戸田は作り笑いを浮かべた。

「やんないすよ、俺は」

「そうか。アンパン吸《く》いたくてたまんなくなって、銭なくてさ。たらふく吸《く》わせてやるっていわれたら、どうする」

戸田の上唇のうえに汗の玉が浮かんでいるのを見ながら、鮫島はいった。

戸田は黙った。

「奴もその口だったのかもしれんな」

「やらないすよ、俺。銭もらっても、人刺すようなこと」

鮫島は戸田を見すえた。

「お前がやってんのは、人を刺すこととかわらねえ。お前が売ったアンパンで、体ボロボロにして、わけわかんなくなって、火をつけてまわったり、親を殴《なぐ》り殺《ころ》してる小僧がいないって、どうしていいきれるんだ、え？　アンパンもしゃぶもかわらないんだよ。お前、自分でアンパンやってりゃわかるだろう。それがどのくらい体によくないか、おお？　お前と同じくらいか、それ以上に、みんなお前が売したアンパンくらってるんだぞ。お前が売らなきゃ、そうはならねえんだよ！　反省しろ、この野郎！」

戸田は蒼白だった。鮫島は立ちあがった。メギが飛んだ以上、新宿にまで運んでこなかった「純トロ」の残りは、別の場所に移されているにちがいない。

戸田の供述を、本庁の捜四に回せば、大喜びで、本郷会を潰《つぶ》しにかかるにちがいなかった。

戸田の取調べを少し休むことにして、鮫島は部屋をでた。

廊下に桃井がいた。桃井は「マンジュウ」と渾名《あだな》されている、五十代初めの警部だった。「マンジュウ」とは死人のことで、十五年前、ひとり息子を、自分が運転していた車の事故で失って以来、すべてのものに情熱をなくしてしまったようにいわれていた。事実、鮫島が、新宿署防犯課にいるのは、責任者である桃井が、鮫島を拒否しなかったためだ。

新宿署の他のセクションは、すべて責任者が鮫島を拒否した。理由は、チームワークが「乱れる」から、というものだった。

鮫島の階級は警部で、その点では、新宿署にある七つの課の課長たちと、同位である。

桃井は、油けのないごま塩の髪に、茶のスーツを着ていた。暗い顔つきをし、そこには、無表情か憂鬱《ゆううつ》のふた通りしかない。

だが鮫島は、燃えつきてしまったかのように見える、この初老の男の心の中に、本物の警官がすんでいることを知っていた。かつて、この男は、懲戒《ちょうかい》と生命の危険をおかして、鮫島を救うために、ひとりの凶悪犯を射殺していた。

「どうだね」

桃井もまた、隣りの取調室からでてきたところであることに、鮫島は気づいた。

「うたったか」

「ええ。『純トロ』の出どころは、本郷の組長がバクチのカタにおさえたものだそうです」

桃井はわずかに目をあげた。

「どうするつもりかね」

「捜四に渡します」

桃井の口もとに、苦い笑《え》みがのぞいた。

「連中は全部、自分の手柄《もの》にするぞ」

「かまいません。西口の『純トロ』ルートは、これで殺しましたから」

「どれくらい張った？」

「ぽちぽち、とびで、三週間、てところですか」

「よくやったな」

桃井が頷き、鮫島も頷きかえした。お互いに、それ以上の褒賞《ほうしょう》を期待しない気持ちがあった。

「そっちはどうです」

「通訳がきてしばらく、黙していたが、丼《どんぶり》げろだった」

鮫島は小さく頷いた。丼げろとは、食事とひきかえに自供することをいう。

「今は、おいおい泣いてるところだ。通訳がいい人でな。いっしょうけんめい、なだめてるよ」

「何があったんです」

ふたりは肩を並べて歩き、防犯課の部屋に入った。桃井が上着を脱いで、自席の椅子にかけた。

「兄弟で日本に出稼《でかせ》ぎにきてたそうだ。土工だ。弟が二つ下で、たぶん十九だろう、といってた。年を知らんのだ、自分の年も。ふたりで働き、ふたりで仕送りしてたらしいが、弟がアンパンを覚えた。むりやり教えた奴が、飯場《はんば》にいたらしい。すっかり中毒になって、働かなくなった。いくらやめろ、といっても駄目《だめ》だったらしい。ある日、むりに仕事場にひっぱっていって、仕事をさせたら、足場を踏みあやまって落ち、両脚を砕いてしまった。

病院で、一生車椅子だといわれたそうだ。弟がどこでアンパンを買っていたかは知っていた。新宿駅のロッカー前で張っていれば、アンパンの壜を隠しに、売人がくる。それを刺してやろうと思っていたそうだ。弟の人生がめちゃくちゃになったのは、自分と売人のせいだ、そういっておった」

鮫島は頷いた。

アンパンでもしゃぶでも、こうした悲劇は枚挙《まいきょ》にいとまがない。

中毒者が、自分の快楽だけを求めてくらっているうちはいいが、やがて必ず、ごく近い周囲に犠牲者《ぎせいしゃ》がでる。

やめさそうと、我が子を殺してしまう親、反対に殺される親。錯乱《さくらん》した兄に暴行をうける妹、ラリったあげく、自宅に火をつける者。ひどいケースになると、アパートを全焼させ、関係のない、隣人の母子などが焼死したりする。

そんなときも、あたり前のことではあるが、売人に、殺人罪が適用されるわけではない。アンパンもしゃぶも、暴力団にとっては、効率のいい資金源となる。うまみのあるシノギなのだ。そして、そのうまみこそ、不特定多数の犠牲の上になりたっている。

しゃぶに比べ、アンパンの密売ルートを潰すことに情熱をもつ私服刑事は少ない。しゃぶ――覚醒剤《かくせいざい》は、押収すれば新聞記事になるし、功績として評価が高い。反面、トルエンやシンナーは、覚醒剤に比べれば、制服警官の領域であり、子供の遊び道具といった見方をされている。だが、中毒者以外に、被害者を生みだす点では、覚醒剤にひけをとらない。また、どちらも密売人をつきとめ、それをたどって卸《おろ》しもとにいきつくまで捜査を進めようとするなら、たいへんな忍耐と労力を要することになる。

多くの覚醒剤密輸があげられているが、その大半は、密告によるものである。金銭をめぐるトラブル、あるいは市場内に商売敵《しょうばいがたき》の安い品が出回るのを防ぐため――密告の大半は犯罪者の側からおこなわれるものだ。もし捜査員が、密告に頼ることなく、これらの密売ルートを探ろうとすれば、並みたいていでない苦労を強《し》いられる。トルエン、シンナーにも同じことがいえるし、商品の存在そのものが覚醒剤とちがって違法でない以上、卸しもとを効果的に叩《たた》くのが難しいことを刑事たちも知っている。勢い、捜査員の目は、トルエンやシンナーよりも、覚醒剤に重きをおいて注がれることになる。

もっているだけで、現行犯逮捕できるものと、そうでないもののちがいである。

鮫島にとっては、このふたつに違いはなかった。特に、年のいかない若者に、危ない橋を渡らせて売をおこなわせ、自分はそのかすりをとって、高級車を乗りまわしたり、高級クラブを飲み歩いている、暴力団の幹部たちには我慢《がまん》がならなかった。

鮫島が「新宿鮫」とおそれられているのは、現場で若いやくざたちに厳しいからだけではない。自分は安全だと、のうのうとしている幹部たちにも、あきらめることなく襲いかかってくる、その牙《きば》の鋭さゆえでもあった。

3

本郷会に関する捜査は、鮫島の希望通り、本庁の捜査四課にひきつがれた。

ひきつぎ手続きがすべて終わった、二日後の朝、六時半、鮫島は、大久保《おおくぼ》一丁目にある賃貸専門のマンションの前にいた。

野方《のがた》にある自宅アパートをでて、新宿署には向かわず、まっすぐここにきたのだ。

マンションにエレベータはなく、階段が四階までつづいている。このあたりのマンションに住むのは、ほとんどが新宿に勤め先をもつ水商売関係の人間だ。マンションによっては、入居者の半数以上が、台湾《たいわん》人や韓国人だったりする。

鮫島は階段で三階までのぼった。建物の中は静まりかえっている。入居者の大半は、帰宅するのが、午前三時、四時で、六時半というのは、いわば真夜中だ。

三階のいちばんはしに、めざす部屋があった。つい最近、塗りかえられたばかりと覚《おぼ》しいクリーム色のスティールドアが、くすんだ色の外壁と妙にちぐはぐな印象を与える。

半月前に、入居者だったバーテンダーがでていき、そのすぐあとを、警視庁と新宿署が、ひと月だけの約束で借りたのだ。

ドアの前に立った鮫島は、ノックをせずに開いた。ドアに鍵はかかっておらず、濃《こ》い煙草の匂《にお》いと、男たちの体臭がむっと鼻をついた。

六畳、四畳半の、典型的な一DKだった。奥の和室に、四人の男たちがいる。うちふたりが、新宿署の防犯課員で、あとのふたりが、警視庁保安一課の人間だった。

コンビニエンスストアのビニール袋がクズ籠がわりに使われ、中に弁当の空きパックと空のコーヒー缶が詰めこまれて、上《あ》がり框《がまち》におかれていた。

四人のうちのふたりが、眩《まぶ》しそうに目を細めて玄関をふりかえり、鮫島は無言で右手をあげた。

四人の男たちのうち、三人は車座になって、小さなテレビをのぞきこんでいる。テレビからのびたコードが、和室の窓ぎわで、カーテンとカーテンの細いすきまにセットされたＶＴＲのカメラとつながっていた。

ただひとりカメラを固定する三脚のかたわらに立っている、ワイシャツ姿の男は、鮫島の知らない顔だった。

ドアを音をたてないよう、そっと閉め、鮫島はあがりこんだ。

テレビの横にいた、防犯課の斎藤《さいとう》という刑事が立ちあがった。斎藤は二十九で、防犯課では若手に属する。

「新城《しんじょう》が風邪《かぜ》で倒れてるんだ。代わりで俺がきた」

鮫島の言葉に斎藤は頷き、大きくのびをした。グレイに赤いラインの入ったスウェットスーツを着ている。髪が短く、パーマをかけているので、組員で通りそうな雰囲気《ふんいき》だ。

「西口の件は、もういいんですか」

「うちとしちゃ終わりだ」

いって、鮫島は足もとを見おろした。もうひとりの新宿署員、河田《かわだ》はアグラをかき、腕を組んで、船をこいでいた。

その膝を、鮫島は爪先《つまさき》でつついた。河田は、はっとしたように目を開き、

「鮫島さん……」

驚いた声でいった。

「新城が来れなくなったんで、代打《だいう》ちだ。帰っていいぞ」

河田は三十五で、鮫島とそう年は離れていない。鮫島がその部屋に来たことにひどく驚いているようだった。

「いいんですか」

「いいよ。帰んな」

河田は両手で顔をこすった。ヒゲの濃いたちで、一晩だけで、ざらざら音がするほどの

びている。目を広げ、両掌《りょうてのひら》についた顔の脂《あぶら》を見つめていたが、

「助かります」

といって立ちあがった。

鮫島は、残るふたりに向き直った。テレビのかたわらにいるのは、以前にも会ったことのある、本庁保安一課の吉田《よしだ》という巡査部長だった。四十半ばのベテランで、眼鏡《めがね》をかけ、色が白く、教師のような顔つきをしている。

もうひとり、カメラのかたわらに立っているのは、鮫島より少し上に見える、浅黒い精悍《せいかん》な顔つきをした二枚目だった。顔だけでなく、髪も陽にやけていて、赤茶けている。

「新宿署防犯の鮫島です。交代にきました」

「御苦労さんです」

いったのは、吉田のほうだった。浅黒い男は頷き、

「よろしく、荒木《あらき》です」

とだけ答えて、目を窓の外に戻した。

鮫島は、薄地《うすじ》のブルゾンを脱ぎ、テレビの前に腰をおろした。

「どんな具合です？」

「二時から始まって、そのときに四名。これは男だけ。三時四十分に、アベック。五時二十四分に、女二名、男一名」

吉田が手もとのノートをのぞいていった。

テレビには、隣接するマンションの、二階廊下が映っていた。廊下には、天井と手すりはあるが、壁がなく、往き来する者の上半身をカメラがとらえられるようになっている。

画面の、ちょうど中央にマンションの一室のドアがある。そこに出入りする者をすべて撮影しているのだった。

「麻雀ですか」

鮫島は訊ねた。斎藤と河田は、帰り仕度《じたく》を始めている。

「麻雀だね。おととい、隣りの部屋にラーメンを届けた出前持ちは、牌《パイ》の音が聞こえたっていってたな」

吉田が答えた。

「何卓？」

「二卓か三卓。ここんとこ客は少ないいな」

荒木がいった。

常設賭場《じょうせつとば》の摘発《てきはつ》にVTRが使われるのは、条件が整った場合に限られる。賭場の監視に適していて、しかも出入りする客に勘づかれない場所にカメラを設置できなければ不可能だからだ。

この大久保一丁目のマンションに、台湾人相手の、常設賭場がある、という情報をもってきたのは、本庁の保安一課だった。要請をうけた新宿署の防犯課が、ＶＴＲ監視に適した空部屋を見つけ、合同の監視班が編成された。

新宿署側の班長は、防犯課の課長補佐である、警部補の新城だった。だが今朝、朝の交代に訪れるはずだった新城が風邪ででられなくなったという連絡が桃井にあり、鮫島がかわりにいくことを了承したのだ。

常設賭場の出入りは、夜間から早朝にかけて集中する。その意味では、昼間の監視は人員を少なくするのがふつうだった。

「そいじゃ、お先に失礼します」

帰り仕度を終えた斎藤と河田が玄関に立っていった。

「失礼します」

「御苦労さまでした」

「御苦労さん」

ふたりは、そっとドアを開け閉めしてでていった。帰宅し、あるいは新宿署で仮眠をとって、午後四時までには戻ってくる。

「本庁の交代は？」

鮫島はブルゾンからだした煙草をくわえて訊ねた。

「ここにいるよ」

荒木がいった。鮫島は荒木を見つめた。

「本当は荒木さんは今朝からなんだが、昨夜遅く、早めに来たんですよ。遅くに早めってのも、変ないい方だけど……」

吉田がいって笑顔を見せた。

「不眠症なんすよ。どうも寝つき悪くって。酒飲むと、とことんまで飲んじゃう性質《タチ》なんで、まずいんでね」

荒木がぼそっといった。

鮫島は頷いた。荒木には、どこか剣呑《けんのん》なところがあった。

「金はかなり動いてるんですか」

鮫島は訊ねた。

「どうかな。ひと晩に、二百か、そこらじゃない。台湾もここんとこ景気悪いから」

吉田がいった。

景気が悪い、というのは、新宿における台湾人の話だった。

新宿に、台湾人が大量に流れこみはじめたのは一九八〇年代の中ごろだった。いわゆる出稼ぎのホステスたちがどっと日本を訪れ、台湾バー、台湾クラブが全盛を誇った。一時は、新宿だけで二百軒を越す勢いだった。

こうした台湾クラブの大半は、決して大きな店がまえではなく、ママひとりに、ホステスが数人という規模《きぼ》で、店のあがりは、ホステスらの売春によるものがほとんどだった。

それが今では大幅に減りはじめている。最大の理由は、台湾本国の景気好調と、東京都庁の新宿移転である。

台湾本国の景気が良いため、出稼ぎにでなくとも国内でじゅうぶん高収入が得られるようになったこと、そして都庁移転にともない、接待などで使われるような高級クラブが客数をのばし、台湾クラブのような小さな〝ハコ〟が嫌われるようになってきたことがあげられる。

反対に最近、大きく増えているのに韓国クラブがある。こちらは、台湾クラブとちがって、〝ハコ〟が大きく、ホステスの人数も十人以上の大型店で、内装も豪華なところが多い。接待向き、ということでもてはやされているのだ。

「しかし、連中も博打《ばくち》が好きだな」

吉田がいった。

「台湾本国は麻雀が禁止だから、みんなこっちに来てやるんですよ」

荒木がつぶやいた。投げやりな喋りかただった。

「最近は、ずいぶん減りましたね」

鮫島はいった。台湾人は確かに、博打が好きだ。台湾クラブの全盛期のころ、新宿だけで、数えきれないほどの常設賭場があった。

この台湾人相手の常設賭場を開いていたのは、ほとんどが台湾出身のやくざたちだった。

「やくざ狩りがだいぶおさまったんだよ」

荒木がいった。

「八四年から八五年にかけて、一清《イーチン》運動って、暴力団追放運動が、台湾であったんだ。そのころ、台湾国内にいられなくなった連中がごっそり逃げだして、新宿に流れこんだ。奴らは、みんな、台湾人ホステスのヒモになって、博打で小遣い銭を稼いだのさ。中には、もう少し派手にもうけたのもいるがな」

一清運動のことは、鮫島も知っていた。台湾での暴力団狩りは苛烈《かれつ》をきわめ、そのぶん凶悪な犯罪者たちは、いき場を求めて、日本や香港に逃れでた。

彼らは、外国ではほとんどシノギのすべをもたず、もっぱら台湾人ホステスのヒモとなった。やがてホステスを集めて、麻雀などの賭博をやるようになる。ホステスが、今度は客の、台湾人華僑《かきょう》で羽振りの良いのを連れてくるようになると、賭け金はいっきに吊りあがり、テラ銭だけでも莫大な収入を得るようになった。

やくざはどこの国でも同じで、金になるとなれば、ウンカのように押しよせてくる。

そのころ、新宿だけで二百人以上の台湾やくざが跋扈《ばっこ》していた。彼らは、新宿の台湾クラブに寄生し、みかじめ料といわれる用心棒代をとりたてるようになった。

この間、日本人やくざと台湾人やくざとの間で、小競《こぜ》りあいがなかったわけではないが、抗争といえるほどのトラブルは一度も起きていない。

それは、新宿という盛り場がもつ特殊性のためだった。

特に歌舞伎町には、二百以上の暴力団事務所があり、縄張りをもつ組織の数は二十にも達している。このような過密地域に外国人やくざが入りこみ、なぜ抗争事件がおこらないのか。

それは、ひとことでいえば、縄張りに「線」がないからである。みかじめの場合、店がアガリを納める暴力団は、店の一軒一軒によってちがう。

つまり、本来なら、ここからここまで、と線引きによって決まる、みかじめの縄張りが存在しないのだ。同じビル、同じフロアの、隣りあう店が、まるでちがう組織にみかじめ料を支払っているのだ。

したがって、新しい店に対して、「ここは、ウチの縄張りだから」という論理が通用しない。いわば早いもの勝ちである。既にどこかが入りこみ、みかじめをとっていれば、重ねて要求はできない。すれば抗争の原因になるし、抗争がおきれば、ただちに警察にマークされる。

台湾クラブから、台湾人やくざがみかじめをとっていて、それを日本人やくざが咎《とが》めなかったのは、そういった地域性があったからだ。

が、やがて台湾クラブが減少し、そうしたみかじめの対象や賭場の客となる者が少なくなると、台湾人やくざも減りはじめた。

ただし、景気のよかったこの数年間に、次のシノギの手を見つけられた者は別である。

新宿にいる期間に、多くの日本人やくざと台湾人やくざの間に交流が生まれた。

世話になった（してやった）、という意識が強いのは、やくざの万国共通の性質である。

日本で世話になったことを恩に着て、台湾に戻ったあと、日本やくざを招待し、これを歓待《かんたい》する。そうして、日本やくざに、うまい投資先として、台湾の歓楽街をあっせんする。

日本の暴力団がスポンサーとなって、台北《タイペイ》などに、数多くの高級クラブやレストラン、喫茶店が開かれていることを、鮫島は知っていた。多くは、新宿に根城《ねじろ》をもつ暴力団である。

それらの組織は、代表に現地の台湾人をすえ、資金をバックアップすることで収益をあげている。そういった収益は、「銭荘《チエンツアン》」と呼ばれる地下銀行を通じたり、別のものに姿をかえて、日本に運びこまれる。

別のもの、とは、覚醒剤と銃器である。

現在、日本では、密輸の覚醒剤と銃器は、台湾ルートによるものが最も多い。

鮫島は、なぜ今ごろ、本庁の保安一課が、台湾人賭場の摘発に熱心なのか疑問だった。

もちろん、密告や情報があれば、犯罪行為なのだから、摘発にのりだして不思議はない。

が、VTR監視をしてまで、ツブしにかかるとなると、熱心すぎるといえなくもない。

上層部に何らかの理由があって、監視体制をとっているのではないか。

つまりVTRの本当の目的は、賭場の摘発以外のところにあるのではないか。

鮫島はふと、思った。

「でてきたな」

吉田がいったので、鮫島の注意は、画面に戻った。

監視する部屋のドアが開き、ホステスと覚しいスーツ姿の女ふたりと、男ひとりの三人連れが現われたところだった。

「さっき入った連中だ」

荒木が低い声でいった。

女ふたりは、片方が三十代の前半、もう片方は二十一、二といったところだ。男のほうはがっちりとして、茶のダブルのスーツを着ている。胴が長く、足が短い。首が太くて、やや腹がせりだしている。髪は短かった。

荒木がカメラを操作し、三人の映像をアップにした。

男が最後にでてくる若い女を待ちながら、首を回した。

そしてカメラのほうをまっすぐに向いた。

「太いツラしてるな」

吉田がつぶやいた。

確かに、ふつうの面《つら》がまえではない、と鮫島も思った。

四角い顔に、小さな目がはまり、眼窩《がんか》はくぼんでいる。張りだした顎《あご》に強情《ごうじょう》さが漂い、目が異様に鋭かった。

「筋者《すじもの》だぞ、こりゃ。ひとりやふたり、殺してそうなツラしてやがる」

吉田がなおもいった。鮫島も同感だった。男の視線の鋭さには、ただならぬものがあった。

男はカメラに向かい、まっすぐに目をあわせていた。

鮫島はまるで、男とにらみあっているかのような錯覚をおぼえた。

こいつはただものじゃない――鮫島はその顔を、脳裏に刻みつけた。もちろん、初めて見る顔だが、新宿を根城にする台湾人やくざなら、遠からずどこかでぶつかるはずだ。

男は、VTRカメラの存在に気づいているようにすら見えた。

カメラを通して鮫島に向かい、一瞬、白い歯を見せた。

(笑ったのか)

鮫島は思った。が、次の瞬間、白い歯は消え、男はカメラに横顔を向けていた。

ふたりの女の間に立ち、両方の肩に手をまわすようにして廊下を歩きさっていく。

「前にも見た顔ですか」

鮫島は吉田に訊ねた。

「いや。私は初めて見る顔だな。荒木さん、どうです？」

荒木はカメラのズームを戻し、ふたりをふりかえった。その口もとが何かいいたげに歪《ゆが》んでいる。

「初めてだ」

だが、でてきたのは、そっけないひと言だった。

「新顔か。すぐにでてきたところを見ると、日本に観光旅行に来ている四海《スーハイ》あたりの大物かもしれませんね」

吉田がいった。

吉田は荒木に敬語を使っていると、鮫島は気づいた。

吉田は相手が顔なじみなら、さほど階級にこだわった言葉づかいをする人間ではない。それは鮫島に対する言葉をとってもわかる。吉田は、鮫島の階級が警部であることを知っている。にもかかわらず敬語を使わないのは、彼が横柄《おうへい》なのだからではなく、気さくな性質と、ここが現場である、という気安さからだ。本庁などの捜査会議の場では、むろん上司にそんな言葉づかいはしないだろう。

するとと、荒木は、保安一課の課長クラスか、新顔、ということになる。新顔にしても、階級が吉田より上なのは、まちがいない。

「四海、竹連《ツーレン》、牛埔《ニューブ》、あっちは平気でふたつ以上の組織に属したりするからな」

荒木がいった。

四海幇《スーハイパン》、竹連幇《ツーレンパン》、牛埔幇《ニューブパン》などは、いずれも台湾の組織暴力団だった。

「ひょっとしたら、手配がでてるかもしれませんね。国際捜査課にビデオ、送りますか」

吉田の言葉に、荒木はワイシャツの胸ポケットから煙草をとりだした。ショートホープだった。それをくわえ、いった。

「いや、必要ないだろう」

それを聞いて、吉田は黙った。

荒木は腕時計をのぞいた。

「吉田さん、もう帰っていいよ」

「え？　ああ、もうこんな時間か。連中が麻雀終わるのを待っとると、何時になるかわからんな」

吉田はいって鮫島に笑顔を向けた。頷きかえしながら、その笑顔がどこかぎこちないものであることに、鮫島は気づいた。

「あとは鮫島さんと俺とでやりますから」

「そうですか。じゃあ……」

吉田はいって、腰をあげた。

「本庁に戻って仮眠しとりますから、何かあったら声かけてください」

「御苦労さんです」

鮫島はいった。

「御苦労さま」

荒木もいって、上目づかいで吉田を見やった。

吉田がでていき、鮫島は荒木とふたりだけになった。

荒木はさして熱のこもらぬ目で、マンションの扉をうつしだすＶＴＲのテレビを見ている。

鮫島はおかれていたノートを手にとった。

監視する常設賭場の人間の出入りを克明《こくめい》に記録したものだ。

日にち、時刻、人数、特徴などがすべて記入されている。

それによると、監視を始めて約二週間のあいだに、のべ二百人以上の人間が出入りしている。集中しているのは、日曜の早朝から夜中までだ。うち、常連と覚しい者が、二十数名。半数が台湾人らしいクラブホステスのようだ。

日本人の暴力団員の出入りはない。

「今ごろ新宿をうろついてる台湾やくざなんざ、ろくなものじゃない」

荒木がいった。ノートによると、現在あのマンションの部屋の中には、胴元《どうもと》を含め、十名の人間がいることになる。胴元の数は四名、ひとりは使い走りで、飲食物や煙草などが切れたときに買いにでたりする。

二名は客の相手をし、一名はたいていの場合、会計管理をしていて、博打には加わらない。もっともこれは鮫島の想像であって、常にそうとは限らない。

「しゃぶ食ってますかね」

鮫島は訊ねた。常設賭場では、覚醒剤が使用されることが少なくない。疲れた客に、しゃきっとするからと、勧めるのだ。古典的な手口で、初めの一本、二本は、無料でサービスする。客が味をしめると、有料になる。

これによって、客が大勝ちしたような場合でも、代金で回収が可能になる。また中毒者の客の場合は、勝っているあいだは、わざと薬を売らない。切れてきた客は、いらいらしだし、博打に対する集中力を失うようになる。そうなれば、夜じゅうかかって稼いだ儲《もう》けを、客は一気に吐きだすことになる。

ツキが落ち、下り坂になってから、ようやく薬を売る。もちろん、あるのに売りおしみをしているとわかればトラブルになるから、「今はまだ届かない」とか、「こっちも欲しいのだけど、売人と連絡がとれない」などといって、売るのをひきのばす。客はその言葉を信じて、泥沼にはまっていく。

「どうかな。用心深いのも最近は増えているからね」

荒木は答えた。

日本人の常設賭場では「覚醒剤禁止」というところがある。胴元ももちろん扱わないし、客のもちこみや賭場での注射も嫌う。

ひとつは、中毒の客が幻覚状態におちいって騒ぎをおこすのを恐れること。もうひとつには、万一、摘発されたとき、単なる賭博と、覚醒剤がからんでいるのとでは、取調べ、刑罰の厳しさがまるでちがってくることがあげられる。

賭場の摘発で、圧倒的に多いのは、客からの密告である。負けこんだ客が払えなくなって、警察に密告する。むろん胴元が暴力団の場合、密告者も命がけである。が、どのみち借金の返済のために身ぐるみはがされたり、多額の生命保険をかけられるのだからと、腹をくくっているのだ。

「たれこみですか」

鮫島はいった。この常設賭場の情報を、保安一課がどこから手にいれたかを訊いたのだった。

荒木は無表情に鮫島を見、かすかに顎を動かした。頷いたが、くわしくは訊かれたくないようだ。

鮫島は黙った。組んで楽しい相手ではないようだ。

しばらく無言のまま、時間が流れた。

九時少し前、監視する部屋から、双方とも四十代のアベックが現われた。声高《こわだか》な調子でやりあっている。中国語だった。どうやら博打に負けた原因を互いのせいにして罵《ののし》りあっているようだ。

激しいやりとりは、閉じた窓ごしに、鮫島の耳にまで届いた。

ふたりは賭場のある部屋をでてから、ずっとやりあい、廊下の途中で立ち止まって、なおもいいあいをつづけている。

ポロシャツに派手な柄のブレザーを着た男は、小太りで背が低く、唇をつきだすようにして、さかんに手をふって喋っていた。対する女のほうは、ピンクのスーツを着け、痩せがたでハンドバッグをきつく抱きしめている。こちらも負けずに、相手の胸を刺すように指をつきだして叫んでいる。

よほど負けがこんで、頭にきているようすだ。女のほうはときおり、地団駄《じだんだ》を踏むようなそぶりすらあった。

「おい、あんまり騒ぐなよ。百十番されるぞ……」

気のない調子で荒木がつぶやいた。まさにその声が聞こえたように、閉まっていた賭場のドアが開いた。

荒木がさっとカメラにとりついた。

顔色の悪い、三十代後半と覚しい男がドアの間から上半身をつきだした。白っぽい開襟《かいきん》シャツに光沢《こうたく》のある灰緑色《かいりょくしょく》のスラックスをはいている。髪は油でぺったりと七・三になでられていた。

男は鋭い調子で、ひと言、ふた言、廊下のアベックにいった。ふたりは口を閉じ、気まずそうに男のほうをふりかえった。

その後、内側からドアのノブに手をかけたまま、男はあたりを見回した。

「まずいぞ」

荒木が低い声でいって、カーテンが二重になった内側に姿を隠した。

鮫島は体を動かさず、画面を見ていた。

男はしばらくのあいだ、ドアから半身をのぞかせたまま、あたりをうかがっていた。やがて内側にひっこむと、ドアを閉めた。

アベックが無言で廊下を歩きさった。

「馬鹿たれが」

荒木が体を動かしていった。そして鮫島を見た。

「知ってるか、今の」

「歌舞伎町二丁目あたりでいくどか見ました。あのあたりの深夜レストランでマネージャーをやっている男です」

「くわしいな。さすがに、鮫の旦那《だんな》は」

鮫島は荒木を見つめた。荒木の口もとに皮肉な笑みがあった。

荒木は、よっこらせといって、あぐらをかいた。

「なんで警察を、やめなかったんだ」

不意にうちとけたような口調でいった。胸のポケットから煙草をとりだし、口にさしこんだ。

鮫島は答えなかった。

「よけいなお世話、か。もっとも俺もすべり落ちたクチだけどよ」

荒木はいって、煙を吐きだした。鮫島は荒木の顔を見すえた。

「大使館にいてな。ちょっとあって、戻って、シですえおさだ」

「警視どのですか」

鮫島は低い声でいった。

「今は保安一課に出向。もとは捜査共助、今は国際捜査課」

鮫島は無言で頷いた。荒木は、鮫島と同じキャリアだったのだ。が、この年で警視というからには、何かまずいことがあって、キャリアの階段からすべり落ちたのだ。

「あんた警部だっけ?」

鮫島の返事をまたず、荒木はつづけた。

「あんたのことは知ってるよ。あんたがオブケで、俺がシってのも、変な話だよ。あんたができるってことは、本庁も皆、知ってる。もっとも、誰も近づきたがらねえだろうけど」

「そうですか」

「そうですかって、本庁公安じゃ、まだあんたにびくついてる連中がいるぜ。宮本《みやもと》の遺書、あんたがもってるんだろ」

「遺書」

「公安二課にいた宮本警視だよ。俺はそのころ、タイにいたけど、噂ははいってきた」

「どんな」

「派閥《はばつ》争いだかなんだか知らないけど、いっさいがっさい背負《しょわ》されて死んだ奴がいるってな。そいつは死ぬ前に、手前を追いこんだ野郎たちの話をめんめんと書きつらねて、同期の奴に送った。その同期てのは、腹がすわった野郎で、県警公安三課主任時代に、右がかった地元の警部補とやりあい、日本刀でぶった切られたが、頭カチ割ったって話じゃないか」

鮫島は苦笑した。

「日本刀でぶった切られたら、ここにはいませんよ。それに頭を割ってもいない」

「だけどみんな驚いたんだ。キャリアのくせして、ノンキャリの叩きあげとやりあって、小便ちびらない度胸《どきょう》のある奴なんかいないと思ってたからな」

鮫島は答えなかった。

「だがそいつは、よっぽどついてない野郎なんだな。本庁に戻って、じっとしてりゃ、それでもシにはなったのに、逆らって逆らって、逆らったあげく、死人からの手紙を受けとっちまった。それは考えようによっちゃ、チャンスだったのにな」

「チャンス?」

「そうだろ。その手紙で取引すりゃ、一線に返り咲くのもオッケイだったんだ。みんながみんな、渡せって、迫ったんだろ。どうやら、かなりやばいことも書いてあったらしいじゃないか」

「そうですか」

荒木は笑った。

「強情なんだよな。あげくに所轄《しょかつ》にとばされた。それも二十五のときからかわらねえ、警部のままで。上はてっきり、クサって警察をやめると思ったのじゃないか。ところが、所轄にいってからが、またふつうじゃない。今じゃ、『新宿鮫』っていえば、新宿のマルBは、みんなハダシで逃げだすっていうじゃないか」

「本庁じゃ、そんな与太《よた》がまかりとおっているんですか」

「与太じゃないよ」

いって、荒木はじっと鮫島を見つめた。鮫島も見つめかえした。

荒木には、キャリアには珍しい、粗暴《そぼう》で、どこか投げやりな雰囲気があった。それは、出世をあきらめた捨てばちさからきているのか、もともと、この荒木という男がもっている性格なのか、鮫島にはわからなかった。

日本の警察制度の矛盾《むじゅん》の象徴ともいえるキャリア制度。だが、このキャリアに選ばれる、ごくわずかな人間たちは皆、優秀な頭脳をもっている。

だからといって、リンゴの樽《たる》の中には、必ずひとつやふたつ、腐ったリンゴがまじるものだ。

頭脳は優秀だが、根本的に、どこか警察官としての意識に欠けている――そんな人間がいないとはいいきれない。

荒木には、鮫島にそう思わせる何かがあった。

荒木もまた、鮫島と同じキャリアの落ちこぼれだとしても、その理由は、自分とはまるでちがう。

鮫島はそう感じていた。

4

店長がそうなるのを見るのは、これが三度目だった。初めて見たのは、奈美《なみ》が店に入ってすぐ、二日目か三日目のときだ。

店長は、フロアにうつぶせに倒れた新人のボーイ、ナンの腰を尖《とが》った靴先でえぐるようにこじっている。

ナンは、バングラデシュからきた若者で、「ローズの泉《いずみ》」で働きだして三日目だった。たどたどしい日本語で、

「なんチャント、ヨンデクサイ」

と自己紹介し、奈美たちは笑った。そのとき、ナンはなぜ自分が笑われているのかわからず、おどおどと瞬きをしていた。

「ナンちゃん、くさい、じゃなくて、ください」

教えたのは「ローズの泉」では古顔の、香月《かづき》さんだった。香月さんは、店では二十八と

いっているが、本当は四十一で、子供がふたりいる。

「ローズの泉」は、歌舞伎町一丁目にあるキャバレーだった。セット料金がいちおうあって、五時まで入店、六時、七時、八時以降、と分かれている。

昔は、セット料金など全部嘘で、客からはぼれるだけぼりまくったらしい。ただし、香月さんたち女の子が、いちおうすることはしたので、客からの苦情がそうでることはなかったようだ。

今はうるさくなったので、セット以外のサービス料は、追加オーダーという形で、客に了解してもらっている。追加オーダーは、ゼリーとポッキーのセットで、五千円。これで十五分。ほかにオシボリが四本つく。

奈美は、池袋《いけぶくろ》のファッションヘルスから「ローズの泉」に移って、四カ月めだった。ヘルスから移ったのは、給料は下がるものの、出勤時間が遅くていいからだった。

遅番と早番があって、早番は四時、遅番は五時半に入店する。店は一時前には閉店する。ヘルスのときは、十一時半出勤というのがあり、起きるのがつらくて、よく遅刻した。

本番をしなくていいのは、ヘルスも「ローズの泉」も同じことだ。初め、ヘルスとちがい、客のあそこをオシボリでふくだけ、というのにウエーとなったが、今は慣れた。それに、客ひとりくわえるごとに、消毒薬で口をゆすいでくる。

虫歯には気をつけている。淋病や梅毒だけでなく、雑菌が入って、ひどく化膿《かのう》してしまうことがあるからだ。

「わかったのかって訊いてんだろ、この野郎！」

店長の金切《かなき》り声《ごえ》で、我にかえった。

早番の日は、四時半から十分、ミーティングがある。そのとき、接客態度、従業員どうしのマナー、前月の売りあげなど「反省会」が開かれる。

ナンは、返事の声が小さい、という理由で、店長に注意されたのだ。

店長の名前は亜木《あぎ》といい、皆に嫌われていた。色白で痩せてい、ふだんは妙になよなよしているくせに、かっとなって怒りだすと手がつけられなくなる。

――しゃぶやってんじゃない
いったのは、香月さんの次に店で占い杏《あん》さんだった。杏さんは、前の男がしゃぶ中で苦労したことがある、といった。

――切れてくっとさ、メッチャクチャになっちゃうんだよ。あれ、ほんと、人間やめますかって感じよ
その話をしたとき、杏さんはそういって寂しく笑った。杏さんの太腿《ふともも》のつけねには、細くて白い、線のような傷跡がいっぱいある。

その男にカミソリで折檻《せっかん》された跡だという。

――カミソリの傷ってさ、何本もつけられっと、縫《ぬ》えないんだよ。縫うとさ、皮膚をひ

っぱるじゃん。こっちひっぱると、あっちがパクッと開いちゃって。死ぬほど痛かった

「正座しろ、正座、この野郎」

亜木がナンの肩を蹴《け》り、ナンはのろのろと起きあがった。鼻と口の端《はし》から血がたれている。

こんなとき、ひどいとわかっていても、誰も仲裁《ちゅうさい》に入れない。亜木はとにかく執念深《しゅうねんぶか》くて、彼のいう「しつけ」の邪魔をすると、いつまでもネチネチ、陰に陽に、嫌がらせをされるからだ。

「返事は!?」

「ハイ」

ナンが小さな声でいった。目がうつろで、浅黒い顔には情けなさそうな表情がうかんでいる。

「声がちいせえっていってんだよ、この野郎!」

亜木がナンの頬をはりとばした。それも平手ではなく、拳の裏側をつかってだ。亜木は右手に趣味の悪い、石のはまった指輪をしている。それがナンの前歯にあたり、ガチッという鋭い音をたてた。

「ハイ!」

ふくれた唇で、涙声になって、ナンは叫んだ。板ばりのフロアの上に、黒ズボンと白い

ワイシャツの制服姿で正座している。フロアの板には、ビールと安物のカクテル、客の反吐《へど》がしみこんでいる。

「もういいよ」

誰かが小さな声でいった。香月さんの声だとわかった。今日の早番は、香月さんと奈美、それに郁《いく》の三人だ。郁はまだはいったばかりだし、それにちょっとトロいところがあるから、ガムをかんで無表情に壁を見つめている。さっき、せまい更衣室で会ったとき、強烈にシンナーの匂いがした。

ほかには、もうひとりのボーイ、楊《ヤン》がいるだけだ。楊はひどく無口で、自分からは決して話さない。日本語がナンと同じでよく喋れないせいもあるが、何を考えているのかわからないところがある。

奈美は、楊には警戒していた。一度だけ、楊が更衣室で、やはり亜木に「しつけ」られているのを見たことがある。

楊はそのとき「ローズの泉」に入ったばかりだった。二週間前だ。奈美は更衣室に荷物をとりにいこうとして、声に立ち止まった。

——目つきが気にいらねえんだ、目つきが

その日も、亜木はいらだっていた。

——わかってんのか、おお?

――ゴメンナサイ
楊はくりかえしていた。楊は背が高く、胸板《むないた》のがっちりした中国人だった。台湾なのか、本土なのか、わからないが、亜木より、まるで大きな体つきをしている。
――なんでこんなところにいたんだよ、え？　店の前、掃《は》いとけっていっていったろうが！
亜木は楊の両頬をワシづかみにして、顔を近づけていた。
――ゴメンナサイ
楊がまたもあやまった。
――そんなこと訊いてねえんだよ、なんでここにいたかって訊いてんだよ
楊は逆らわず、おとなしくしていた。
――答えろ、この野郎！
亜木は激しく楊の顔をゆさぶった。楊は油けのない髪をのばしていた。楊の顔に苦悶《くもん》の表情がうかぶのを奈美は見た。
楊が北京語をつぶやいた。
――チャイニーズじゃわかんねえんだよ、ジャパニーズじゃなきゃよ
またも楊が北京語をいった。亜木は平手で楊の頬をはった。そのとき、奈美は、亜木が上半身裸であることに気づいた。肉がまるでなく、まっ白のその体は異様だった。
――お腹《なか》が痛いっていってるんです

奈美は思わずいい、瞬間、しまった、と思った。なおも楊の頬をはろうとした亜木が手を止め、驚いたように奈美を見た。

——何だって？

——お腹が痛いって……

奈美の声は消えいりそうだった。心の中で自分を罵っていた。馬鹿、馬鹿、馬鹿。

亜木は楊の顔を見直した。

——腹が痛くて休んでたってのか

——ゴメンナサイ

楊はくりかえした。本当にその顔が土色で脂汗《あぶらあせ》がうかんでいることに亜木も気づいたようだ。楊は左手で、胃の右下のあたりをぎゅっとつかんでいた。

亜木は奈美を見た。奈美チャン、と虫酸《むしず》の走るような声でいった。亜木が自分に気があることは、「ローズの泉」に入ってすぐわかった。

最初の日に誘われて、焼肉を食べにいった。ホテルに連れこまれそうになり、生理だからといって逃げた。焼肉を食べているときから、亜木の意図はわかっていた。やたら、肩や足にさわってきたからだ。

一度くらいつきあっておいたほうが、あとあと楽かな、とも思った。が、今はつきあわなくてよかった、と思っている。つきあったら、きっとしつこくされたにちがいない。

——奈美チャン、すごいねえ。中国語わかるんだ

ねえ、と嫌らしくひっぱって、亜木はいった。奈美は、さりげなくいおうと努力した。

——ううん。日本語でいいましたよ、楊さん

——え？

わざとらしく顔をしかめ、亜木は楊の顔をのぞきこんだ。

——今、日本語でいった？　お前

楊がちらりと奈美を見た。お願い！　その気持ちを、奈美は目にこめた。

——ハイ

——嘘だろお

——いいました、店長

奈美はかぶせるようにいった。

——そうかあ。ま、いいや。腹が痛えんだったらよ、薬飲めよ、薬。お前ら病気になっても、どこも面倒みてくんねえんだからな

——ゴメンナサイ

——店の前、早くきれいにしとけや

亜木はいって、ロッカーからセカンドバッグをとりだし、上半身裸のまま、トイレに入った。

正座していた楊が立ちあがり、わき腹をおさえ、奈美のかたわらをすりぬけた。
——謝々《シエシエ》
低い声だった。奈美は聞こえないふりをした。

亜木が香月さんを見た。

「香月さん、確かにこいつは新人ですけどねえ、今仕込んどかないと、店のイメージが悪くなるんですよ」

「そんなことといったって、ナンちゃんまだ日本語がよく喋れないんだから」

香月さんはうんざりしたようにいった。

「だからいってんすよ。今、勉強しときゃあ、あとあとになって、こいつだってよかったと思いますよ」

「勉強、勉強ってねえ……」

香月さんは、いおうかどうしようかと迷っているように声が低くなった。だが、

「なんすか、なんだっていうんすか」

亜木が詰めよると、覚悟を決めたのか、大きな声になった。

「殴ったり、蹴ったり、それが勉強なの？　だいいち、あんな腫《は》れた血まみれの顔じゃ、お客さんのほうがびびっちゃうよ」

「香月さんよ、あんた人に説教する前に、自分のこと、ちっと考えたらどうだよ。あんたみたいなオバサンがよ、二十代で通るんだ。そのくらい暗いこの中でよ、そんなこと気にする客、いねえよ」

年のことをいわれるのが、香月さんにはいちばんこたえる。亜木のその言葉を聞いて、奈美は黙っていられなくなった。

「警察いかれたらどうなるの。店長だって困るでしょう」

亜木がさっと奈美のほうを向いた。奈美は目を閉じたくなった。

「警察？　こいつらが警察いけるわけないでしょう。こいつら、ビザとっくに切れてんのよ。働くために日本きてんじゃないの。遊びにきてるの。だから、こんなところで働いてるのがばれると困るのは、こいつらなわけ。なんにも、文句、いえないの。だって、こいつら働きたいけど、誰も雇《やと》ってくれないから。それを、うちで働かしてやってんだから。こいつら、それで仕送りしてるんだもの。働きたいけど働けない、それじゃかわいそうだってんで、うちの社長が拾ったわけでしょう。うちら、恩人なわけ。ね、ナンちゃん」

ナンはおどおどと浅黒い顔にはまった目を動かしていた。何をいわれているか、わかっていない。が、ナンがいちばん恐れているのは、亜木のいう通り、クビになることだ。

「じゃ、弱い者いじめです」

奈美はいった。こういうとき、大切なことを喋ろうとすると、どうしてもですます口調になってしまうのだ。

「弱い者いじめねえ」

亜木はにたっと笑った。そして次の瞬間、表情を一変させた。

「なんだと、この野郎！」

ふうっという息が耳もとでした。郁が天井を見あげ、溜息《ためいき》をついたのだ。

亜木はくっつくほどに奈美の顔に顔をよせていった。口臭《こうしゅう》がひどい。

「女でもなあ、いっちゃいけねえことってのがあるんだよ、俺がいつ弱い者いじめしたってんだよ」

奈美は今度こそ目を閉じた。殴られると思ったからだ。

「イラッシャイマセェ！」

そのとき、大きな叫び声がした。楊の声だった。奈美は目を開けた。

「いらっしゃいませ」

香月がいった。工場の制服のような上着をつけた二十代の男ふたりが店の入口に立っていた。一瞬、たじろいだような顔つきをして、立ちすくんでいる。ナンの姿が目に入ったのかもしれない。

「いやだ、店長。お店暗くしてよ、おばさんがばれちゃうじゃない！」

香月さんが華やかな声でいった。ミーティング中は、店の照明をいっぱいにつけているからだ。

亜木の喉がふるえ、鼻から激しく息が吐きだされた。そして次の瞬間、くるりと客のほうをふりかえり、

「はあい、いらっしゃあいませ！」

と、叫んだ。

「お客さん、ついてる。今日の早番の子は、みんな、器量も気だてもばっちりだ。さあ、思うぞんぶん楽しんでってくださいよ。セット料金は、おふたりあわせて六千円ぽっきり。さあ、いらっしゃいませ、いらっしゃいませえ」

両手を叩きあわせながらにこやかに客たちに近づいていった。

かたわらを、「ローズの泉」と染めぬいたハチマキをした楊が、ビール壜ののった盆を手にすりぬけた。

ナンが照明のスイッチをしぼった。店内は今までに比べれば、暗闇《くらやみ》かと思うほど暗くなる。客のテーブルにセットを終えた楊がその前を通りすぎた。ナンが、暗闇でもそれとわかる白い歯を楊に向けた。

楊の横顔は、まったくの無表情だった。ナンが笑顔を消し、

「イラッチャイマセ」

と叫んだ。

郁が客のテーブルにつこうと、奈美の前をよこぎった。

「つまんね」

小声で吐きだすのが奈美に聞こえ、そのあとの言葉を、ヴォリュームいっぱいにあげられた有線放送のロックミュージックが、かき消した。

5

待ちあわせより十五分ほど遅れてきた晶はひどく不機嫌だった。

西新宿のビルの二階にある喫茶室だった。新宿署に近いが、署員はほとんどこない。多く利用するのは、新宿界隈《かいわい》に事務所をもつ、デザイン関係や編集プロダクションなどの連中だ。年はいってるがネクタイをしめておらず、たいてい眼鏡をかけてショルダーバッグをさげている。煙草をやたら吸うのも、彼らの特徴だった。

晶は膝の破れたジーンズにTシャツを着け、黒っぽい布のハーフコートを羽織《はお》っていた。手にレコード会社のロゴが入った封筒をつかんでいる。

鮫島が読みかけの文庫を閉じると、向かいの椅子にどすんと腰をおろした。何もいわず、鮫島の水のグラスに手をのばし、氷ごと口に流しこんで、ばりばりとかみ砕いた。

来月で二十三になる晶は、肩まであった髪をかなり短く切りおとしている。デビューアルバムのジャケット撮影のためで、このあと、さらに短くすると聞いていた。

知りあって以来、常に髪のどこかに入っていたメッシュは姿を消している。目鼻だちがはっきりしているせいで、ショートヘアの小さな顔は、男の子のように見えなくもない。が、Tシャツのその胸に目がいけば、誰も男だとは思わない。ステージではノーブラになるバストは、八八センチもあり、鮫島は「ロケットおっぱい」と呼んでいる。

「何をイカってる」

鮫島は、もち歩いているセカンドバッグに文庫をしまいながらいった。中に、手錠と特殊警棒も入っていて、見ためよりはるかに重い。大久保一丁目のマンション監視を斎藤らにひきついで、署に寄ったのち、ここにきたのだった。

「ばかやろディレクター」

晶は鮫島をにらみ、いった。怒っているときの晶の目には、今にも獲物《えもの》にとびかかりそうなネコ科の獣《けもの》に似た煌《きらめ》きがある。笑った瞬間、それはあどけない少年のような明るさに変わる。その一瞬を見るのが鮫島は好きだった。

晶はプロデビューを間近に控え、レコーディングとミーティングに追われていた。「フーズ・ハニイ」というロックバンドのヴォーカルが、今の晶の仕事だ。

鮫島と晶が知りあったのは一年半ほど前だった。そのとき、晶は、まだアマチュアだった。

「説教されたのか」

「薬はやってないか、葉っぱはやってないか、コークはやってないか。酒も飲みすぎるな、できりゃ新宿に近づくな、だって。あんなガキにいわれる筋あい、ないっての」

晶は吐《は》きだし、近よってきたウエイトレスにソーダ水を注文した。

鮫島は喉の奥で笑った。

「ガキなのか」

晶は、そのくっくという笑い声が聞こえたのか鮫島をにらんだ。

「ガキもガキ。大学で軽音かなんかに入ってたか知らないけど、間抜けがDCブランド着て歩いているような奴」

「六本木《ろっぽんぎ》あたりじゃそういうのがもてるらしいじゃないか。業界人とかで」

「ボクね、っていうんだ、そいつ。『ボクね、晶ちゃんがそういうのって、マズいと思うよ。今、大事なときだから』」

晶は唇を尖らせて、口真似をした。

「口ん中にさ、アイスコーヒーの紙コップつっこんでやろうかと思ったよ。周《しゅう》が目でやめろっていうからよしたけど……」

周というのは、「フーズ・ハニイ」のギタリストだった。「フーズ・ハニイ」のメンバーは、晶を別に四人。ドラム、ギター、ベース、キイボードの、シンプルな編成だった。

メンバーはいずれも、鮫島より晶とのつきあいが長い。癇癪《かんしゃく》をおこすと手がつけられなくなる晶の気性を、じゅうぶんに承知している。

「それだけ価値があるってことだ。お前さんたちの音に」

「でかい面《つら》したいだけなんだよ」

鮫島は晶を見た。職業、年齢にかかわりなく、他人に対し我が物顔でふるまう人物に、晶は癇癪を爆発させる。そうでないときの晶は、驚くほど我慢強い。

「じゃあ、もう少しそのディレクターの悪口いってから、飯にするか?」

晶はすねたような目になった。先手をとられたのがくやしかったようだ。

「いいよ、もう」

「ん?」

「あんたにボヤいたってしかたないってこと。あーあ、お巡りってのは、もう少し青少年の悩みにつきあってくれるもんだと思ってたよ」

「大きな声をだすな」

鮫島はあわてていった。

晶は鮫島を見やり、にっと笑った。

「何か食わせろ」

鮫島は笑いかえし、立ちあがった。二人が会うのは、十日ぶりだった。前に会ったときは、夕食をいっしょにして、すぐ別れた。「西口の純トロ」に鮫島がかかわっていたからだ。

　ふたりは、西口の雑居ビルにあるイタリア料理店に入った。晶がオリーブとペパロニのピザを、鮫島がアンチョビのピザを注文し、他にバジリコのスパゲティとサラダ、生ビールを頼んだ。

　晶はてきぱきと自分のぶんのピザを平らげ、スパゲティの半分をとり、さらに鮫島のピザにもひと切れ、手をのばした。

「どうなってるんだ、明日は」

　鮫島が訊ねると、

「待って」

　通りかかったウエイターに生ビールのおかわりを注文し、いった。

「一時から。またミーティング」

「レコーディングよりミーティングしている時間のほうが長いのじゃないか」

「わかんないよ。うちらを売りだす相談らしいけど、どうせこっちの意見なんか聞く耳もってないんだ」

「気に入らんのなら、会社をかわったらどうだ。別に、ひきうけてくれるのは、そこだけじゃないだろう」

　運ばれてきた生ビールをひと口飲み、晶は答えた。

「それはそうだ。だけど、しょっぱなからワガママやることたない、と思ってさ。今、けっこうワガママ通す連中多いからさ。言《い》い得《どく》、みたいのってあるじゃん」

「だが、そのディレクターは、お前たちのことを扱いやすいと踏んでいるのかもしれん」

「別に」

「別に、とは？」

フォークにくるくる巻きつけたスパゲティをにらみつけ、晶は口におしこんだ。

「うまいね、これ」

「ああ。全部食うか」

「半分つって約束だろ」

「わかった。別に、とは？」

「別にどうだっていいんだよ。人からどう思われようとかまっちゃいないから。大事なのは、うちらの音楽が、ちゃんと聞きたい人間の手もとまで届くかどうかであって、その手前側で、何をどう思われようと関係ない。もし、あいつがあたしのことを扱いやすいそこらのじゃりタレといっしょにしてるんなら、それはいつかちがうってことを思い知るだろうし、もしそのとき、どうのこうのいわれたって、あたしにはへでもないね」

「仲間もそれで納得してるのか」

「うん」

晶は頷いた。

「周がいってた。『バンドでいちばん発火点が低いのはお前だ。お前が我慢できることなら、たいてい、俺らには我慢できる』って」

「さすがだな」

鮫島は笑った。

「いやな奴」

晶はいって、生ビールのジョッキをつかむと、断わりなく鮫島のジョッキに半分ほど注いだ。

「何だよ、泡ばっかりだぞ」

「泡くってな」


イタリア料理店をでるとき、晶が釘をさした。

「もう、レコーディングの話はやめだ。歌舞伎町いこうぜ」

「トラブルに巻きこまれても知らんぞ」

「『新宿鮫』の女にちょっかいだす奴、いるっての？」

ふたりは降りてきたエレベータに乗りこんだ。

「誰が女だって」

鮫島がいうと、晶は無言で、膝で鮫島の尻を蹴りあげた。上の階から乗っていた、サラリーマンとOL風の若いカップルが目を丸くしてそれを見つめた。

歌舞伎町はいつもの人出だった。新学期が始まり、学生らしい若者のグループが多い。コマ劇場の周辺には、それらのグループがいくつもの輪をつくってひしめきあっている。それに叫び声、歌声、ゲームセンターの電子音、ときおり酔っぱらいの怒号《どごう》がまじる。

ふつうの人間なら、とても落ちつかない雰囲気なのだろうが、晶にはちがうようだった。ひと目で筋者とわかるような手あいが徒党《ととう》を組んでのし歩いていても、まるで平気で目を向ける。

「やっぱり多いね」

丸坊主の巨漢を中心にした五人組のやくざが横いっぱいに広がって、東亜《とうあ》会館の前を西《せい》武《ぶ》新宿駅方向に歩いていくのを見送り、晶はいった。

「歩いている数だけとっても、日本一だろうな」

「ひょっとしたら世界一じゃない」

鮫島は立ち止まり、肩を組んで横一列でやってきた学生風の一団をやりすごした。酒と汗、そしてかすかにグラウンドの土の匂いがした。校歌と覚しい歌をがなりたてている。

「いつも思うんだ。ここは、ほかの街より温度が高いって」

晶がぴょんぴょん跳《は》ねるように歩きながらいった。

そうかもしれない、と鮫島は思った。少なくとも湿度だけは、まちがいなく十パーセントくらい高い。腕時計は八時少し過ぎを示していた。これから湿度はますますあがっていく。

「そういや、このあいだ打ちあわせたカメラマンがいってたよ。街頭撮影をするとき、六本木は平気だけど、新宿は嫌だって」

「なぜだ。筋者のインネンが恐いのか」

「そうじゃない。六本木だと、平気でバシャバシャ、フラッシュたいても、みんな知らん顔で横を通ってく。でも新宿だと、あっというまに人だかりになるんだと。誰か有名人じゃないかって……」

「つまり六本木の連中は、すましているわけだ」

「そう。それにここはさ、あんまりそういうのこないじゃない。珍しがられるのよ、田舎《いなか》の子も多いし」

「じゃあお前さんもそのうちここを歩けなくなるかもしれん」

「嫌だよ」

晶は言下にいった。

「あたし、ここで遊び覚えたし、歌うことも始めた。だからいつもここにくる」

鮫島はあいまいに笑った。正直なところ、晶がプロデビューをして、このあとどうなっていくか見当もつかなかった。晶がシンガーとしてメジャーになれば、自分とのあいだに距離が生じるかもしれない。

が、もし今そのことを鮫島が口にすれば、晶はまちがいなく怒りだすだろう。

晶の、自分に対する気持ちに疑いは抱いていない。しかし、起こりうる可能性のある問題に対して、何の予断をもたずにいられるほど、鮫島は若くなかった。

刑事とロックシンガーという組みあわせは、それ自体が奇跡のようなものだった。その奇跡を生んだのは、この新宿という街なのだ。

あるいは晶は、無意識のうちにそれを感じているのかもしれない。だから、新宿を離れることを嫌うのだ。

「あたし、ここしか知らないもん」

晶が鮫島の右腕に、左腕をからませながらいった。

「それに、ここ以外のとこ、知りたいとも思わねえよ」

区役所通りにある、小さなゲイバーを経《へ》て、ふたりは晶が以前バイトをしていた、歌舞伎町二丁目の雑居ビルにあるスナックに寄った。

「展覧会の絵」という名で、その前までいた店と同じく、カウンターだけの店だ。黒のラッカーを、カウンターにも壁にも、噴きつけてある。レコードプレーヤーがカウンターの端にあって、奥のラックには五千枚以上のLPレコードがおさめられていた。レコードの大半は、六〇年代と七〇年代のロックだった。

長髪でひょろ長い顔をした車椅子の男《マスター》と、その妹がやっている店だ。同じ新宿でも、ゴールデン街のほうが似あうような造りだが、実はその長髪の男が、ビル全体のオーナーの息子であることを、鮫島は前に晶から聞いていた。

鮫島が、午前中、大久保でテレビカメラに映しだされた男を知っていたのは、このビルのエレベータでいくどか見たことがあったからだった。

マスターは、タクさん、と呼ばれていた。

ビルのオーナーが台湾人であり、テナントのほとんども台湾人経営者によるものであることを、鮫島は知っていた。が、それを晶には告げていない。

「やあ、晶ちゃん。いらっしゃい、鮫島さん」

ふたりがドアをくぐると、タクがいった。

「あ、いらっしゃーい」

プレーヤーの上のレコードをさしかえていた、タクの妹、エミもいった。この兄妹は、色白で顔だちのほっそりしているところも含め、驚くほど似ている。タクが三十代の初め、エミが二十七、八で、ふたりとも晶をかわいがっていた。

「おす」

晶がいって、カウンターに腰かけた。マスコミ関係の職業と覚しい、ノーネクタイのふたり連れが、中央付近にすわっている。

「こんばんは」

鮫島も挨拶をした。カントリーとロックをあわせたような、どこかゆるやかな曲が、壁のスピーカーから流れだした。鮫島の知らない曲だった。

「どう？」

車椅子をすべらせて、晶の向かいに来たタクが微笑《ほほえ》んでいった。

「退屈」

晶はいって唇を尖らせた。エミが笑いながら、「フーズ・ハニイ」の名の入ったホワイト・ラベルのボトルとミネラルウォーター、アイスペールを並べた。大きな缶から小皿ですくいとったナッツを、タクがカウンターにおく。カウンターの奥は、車椅子で動くタクのために、一段、高くなっている。

「ぜいたくいってる。プロになりたかったんでしょ」

エミが水割りを作りながらいった。

「いや、好きなことを仕事にするってのは、そんなものかもしれないよ」

タクがおだやかにいって笑った。額の中央で分けた長髪をヘアバンドで留めている。長さは肩の少し下まであった。

鮫島のうしろ髪は、それほどではないが、えり足の少し下くらいまで長い。最近は、晶がもっとのばして、そこだけを結《ゆ》え、とそそのかしている。

そういう髪型に、鮫島自身は抵抗はない。が、もし結うと、わりに印象に残りやすいヘアスタイルとなり、張り込みや尾行に支障をきたすおそれがあった。

「早くステージで歌いたいよ。プロでもアマでもいいからさ」

晶はいった。

「狭い金魚鉢の中はうんざりだよ」

「なんか晶ちゃんてさ、七〇年代のアメリカでロックシンガーやってたらよかったのに。そう思いませんか？　鮫島さん」

タクが笑顔になった。

「そうしたら、ヤクか酒に溺《おぼ》れてるな」

鮫島は笑った。

「あら、いいじゃない。ジャック・ダニエルとともに死す」

エミがぱっと目を輝かした。壁に、ジャニス・ジョプリンの等身大のポスターがあった。

「そうしたら、この人がガチガチのワスプのお巡りかなんかで、あたしのこと警棒でぶっ叩いてたりして」

「お前は一週間も十日も風呂に入らないで、フリーセックスとドラッグに明け暮れてるんだ」

「人のこと何だと思ってんだよ」

晶が肘《ひじ》で、鮫島のわきを小突《こづ》いた。

「俺は、ロッカーてのはずっとそうだと思っていたよ。高校一年生くらいまで」

鮫島がいうと、タクが嬉しそうな顔になった。

「そういう世代なんだよね。学校サボって見にいったんでしょう、『ウッドストック』」

鮫島は無言で頷いた。晶がおおげさにため息をついてみせた。

「ロックが好きだったおじんてのは、ただのおじんより始末が悪いよ」

「そういう歌があったな。何とかって若い子の歌手ので」

鮫島はいった。

「これだもん」

晶はいって、瞳をぐるぐる動かしてみせた。

「そういや、このあいだ、上の階のレストランのマネージャー、見かけたな」

鮫島はさりげなくいった。

「あらそうですか。呉さんでしょ。最近、あまりお店にでてきてないみたいだけど」

エミが応じた。

「何て店だっけ」

「『スリー・キャッスル』、深夜レストラン」

「古いんだっけ」

「そうでもない。だって呉さんが、日本にきて、まだ四年くらいでしょ」

「ねえ、マスター、『タルカス』が聞きたい」

晶がいった。タクが優しく頷いた。

「晶ちゃんは、ロックが好きなおじんはうっとうしがるけど、そのおじんが好きだったロックは好きなんだね」

「なんか荒っぽくていい。今のはさ、けっこうハードなのでも音がクールなの。昔のって、雑だけど、そのぶん熱くて」

「いうねえ」

タクが笑いだした。鮫島と目を見あわせる。

「頼むからマスター、初めて聞いたのは、あたしが生まれる前だなんて、こいつにいわせて、でかい面させないでね」

「こいつってのは俺か」

鮫島は唸《うな》った。

「そう。あんた。年季《ねんき》で威張《いば》られるのは、まっぴらだかんね。そういうのは、ジャズ喫茶にでも入りびたっててほしいよ」

「説教するのじゃなくて、思い出話だったら、どうなの？」

タクが訊ねた。晶は強く首をふった。

「嫌なこった。あたしの存在が、この人の人生の中でカケラほどもなかったころの話なんて、聞きたくない」

「激しいなあ、晶ちゃんは」

もうひと組の客の相手をしていたエミが笑っていった。

「わかんないのね」

「何が」

「何が」

鮫島とタクは、まったく同じ言葉を口にした。エミと晶が爆笑した。

「いっちゃ駄目。エミさん」

晶が叫んだ。

「あらいいじゃない」

「やだ、やだ」

エミはゆっくり首をふり、笑いを含んだ顔で鮫島の向かいに立った。カウンター奥との段差で、鮫島はエミの顔を、真正面から見あげる形になった。

化粧けはあまりないが、白い肌と薄くひいたルージュ、それに喉から顎にかけての線が美しかった。秀《ひい》でた額と、切れ長の目に、知性を感じさせるものがある。

エミが、兄といっしょに人生を歩くことを決意したのは、だいぶ前のことだと晶から聞かされたことがあった。

タクは、二十代のころ起こしたバイク事故で脊椎損傷《せきついそんしょう》を負ったのだ。そのとき、タクは、自分たちのアマチュアバンドでドラムを叩いており、エミはそのヴォーカルだった。エミが横浜の友人の家にでかけ、帰りが遅いのを心配したタクが迎えにいこうとして事故にあった。が、真実は、エミはそのとき、別のプロバンドからの勧誘を受けて、そのメンバーと会っていたのだ。ふたりだけで。そして場所は横浜ではなく、都内のホテルだった。

この兄妹は、日本生まれの日本育ちだった。苦労した父親は、子供たちに水商売をさせたがらなかったらしい。事実、「展覧会の絵」は、兄妹にとり、生活を支える存在ではない。ふたりの父親が、莫大な資産をもっていることを、鮫島は知っていた。

エミに惹《ひ》かれる男性客は多いだろう。が、エミが血の絆《きずな》に自分の一生を預けている以上、彼らの思いがかなうことは、たぶん永久にない。

「話す気、エミさん」

晶がいくぶんとんがった声をだした。

「いやならやめるわ」

エミは微笑み、目をみひらいて晶を見つめた。

大人の女と、子供の女がいる。たいていは皆、大人の女に心を惹かれる。なのに自分は、子供の女に惚れてしまった。そのとき、しみじみ鮫島は思った。

「いいよ。あたし、トイレいくから」

晶がいって、ストゥールをおりた。タクが笑顔で首をふった。

鮫島は晶を見送り、エミに目を戻した。エミはじっと鮫島を見つめ、カウンターに両肘をついた。

エミのすんだ視線は魅力的で、じっと見つめられると、エミが自分に気があるのではないかとすら思えてくる。

「晶ちゃんが、自分の知らない鮫島さんの過去を知りたくないっていうのはね」

エミはいった。鮫島は次の言葉を待った。

突然、トイレのドアが開いた。

「やっぱり、やだ！　エミさん、やめろ」

エミがぷっと頬をふくらました。ふりむくと、子供のように顔を赤くした晶が、トイレのドアのところに仁《に》王《おう》立《だ》ちになっていた。

「駄目だ、これは」

タクがいい、聞き耳をたてていた他の客まで含めて、「展覧会の絵」は爆笑に包まれた。

6

「深夜レストラン」という呼び名が生まれたのは、かなり前のことだろう。新宿や六本木に、二十年以上も前からある「サパークラブ」と称《しょう》せられるものと、基本的にはかわりがない。

それらの店は、早い時間、たとえば十二時で閉まる銀座《ぎんざ》のクラブなどのホステスたちが、自分たちだけ、あるいは客も連れて、食事にいったり、飲み直したり、という目的に使われる。今はカラオケが全盛だが、かつてはバンドが入っていたり、ピアノやギターの弾き語りがいたりした。

歌舞伎町における、それも台湾人経営による「深夜レストラン」は、それとはやや趣《おもむき》がちがう。

まず、かつての「深夜レストラン」が、午後八時、九時に開店して、午前四時、五時に閉店するのに比べ、文字通り深夜、午前零時、あるいは一時に開店して、閉店は、午前八時や九時にまでなる。

それは、はっきりと客種を限定しているからだといえなくもない。つまり、店がはねたあとの、台湾クラブのホステスたちである。ホステスたちは、仕事のあとの休息と、食事をとるために「深夜レストラン」を訪れる。従って、日本人の、彼女らの客たちが連れられていくことは、ないではない。しかし、どちらかといえば、まれなケースだ。

「深夜レストラン」には、ホステスもいれば、ホストもいる。もちろん、そうとはっきりは断わっていないが、店で客の酒や歌の相手をする。でてくる料理は、むろん台湾料理で、しかも日本人にとってというより、台湾人にとって身近な台湾家庭料理である。

カラオケは欠かせない。レーザーディスクのカラオケがおかれ、常に流されている状態にある。当然、曲のほぼすべてが、台湾の歌謡曲だ。画面の歌詞が、たまに上下二行に分かれてでることがある。それは、台湾、香港《ホンコン》、両方でヒットした曲で、北京語、広東語の、それぞれの歌詞が字幕になってでているのだ。

出演しているタレントも、ロケ地も、台湾のものだ。歌謡曲ばかりでなく、民謡や童歌《わらべうた》もある。

有名な民謡の場合、知らず知らずのうちに、店の者すべて、客といわず従業員といわず、大合唱になることがある。店内で日本語が聞かれることはない。

こうした店は、台湾クラブの全盛期、大量に新宿にいた台湾人たちを客に、数を一気にのばした。そこは、台湾人どうしが、中国語で親しくなれる場所であり、故郷の情報や友人たちの消息、そしてこれから異郷の街で生きていく者にとっての、先達《せんだつ》からのアドヴァイスを受けられる場だったからだ。

同時に、カモを捜す、台湾やくざたちにとっても、情報交換の場となり、格好のとぐろを巻く場所を提供したことになった。

新宿などにある台湾クラブが、あくまでも日本人客を相手にした異国情緒を売る店であったのに比べ、これら「深夜レストラン」は確実に、台湾人客のための店だった。それでじゅうぶん、経営がなりたつほど、新宿には、台湾人が多くいたのである。

日本人を相手にする台湾クラブで、バーテンダーやウエイター以外の台湾人男性を目にすることは少ない。また、台湾クラブは、「箱が小さい」ので、そうした男性スタッフも、いて、ひとりかふたりである。

しかし「深夜レストラン」では、数多くの台湾人男性を目にすることができる。客の台湾人は、長く華僑として日本に根をおろしてきた者から、親戚を頼ってやってきた旅行者まで、さまざまである。

客の種類もまた、店によってちがう。日本人の店であっても、まっとうな客しかこないところと、筋者がときに横柄な存在を主張する店があるように、こうした「深夜レストラン」にも、雰囲気にちがいがある。

出稼ぎに日本に来ていた台湾人ホステスの多くが故郷に帰り、また台湾クラブそのものの人気にかげりが見えてきた今、「深夜レストラン」も数を減らしつつある。

そんな中で、台湾人やくざたちがたまっている店があれば、そこには例外的に日本人客の常連を見ることがある。

彼らと取引のある、日本人やくざである。


「展覧会の絵」を、鮫島と晶のふたりがでたのは、午前二時近くだった。ちょうど階上の「スリー・キャッスル」がこみ始める時刻である。

日本人経営による「深夜レストラン」ならば、警察官が客を装《よそお》って様子をさぐりにいくことは可能だ。が、客のほぼ全員が台湾人である「スリー・キャッスル」に日本人だけで入れば、異様な注目をうけることになるだろう。

いや、それ以前に、入店を拒否されるにちがいない。もしどうしても入ろうとするなら、常連の台湾クラブのホステスなどに渡りをつけて、いっしょに入るしかない。その際、北京語で、刑事を連れてきたことを警告されても、刑事たちにはわからない。

開き直って身分を明かし、訊《き》きこみを試みても、日本語がへただという理由ではぐらかされるのがおちだ。

鮫島には、「スリー・キャッスル」をのぞいてみようという気持ちはなかった。常設賭場の胴元に「スリー・キャッスル」のマネージャー、呉が加わっていることは確かだ。だが、今、妙な動きをすれば、内偵をぶちこわしにしてしまう。

監視されていることに気づけば、呉は即座に賭場をたたむだろう。いくらVTRがあるといっても、常設賭場の摘発に手入れは欠かせない。

特に、客の側は現行犯逮捕でない者の住所、氏名をつきとめるのが困難になる。首尾《しゅび》よく、胴元側の「顧客リスト」でもおさえこめればよいが、さもなければ、その場にいない客の名を捜査員が知るのは難しい。

鮫島は、大久保一丁目の常設賭場の件には、かんでいない。今日の監視は、あくまでも、代打ちという形だった。むろん手入れなどで人員が必要になれば協力することになる。が、もともと、これは、本庁の荒木と、新宿署防犯では新城の、やまである。

にもかかわらず、鮫島は、このやまのことがひっかかっていた。

それは、朝、テレビカメラを通して見た、あの男のせいだった。呉ではない。鮫島が監視部屋についてすぐ、常設賭場からふたりの女を連れてでてきた男だ。

あの男を、並みではない、と感じたのは、鮫島だけではなかった。本庁のベテラン、吉田も同じ言葉を口にしている。荒木も強い印象をうけているのはまちがいない。

あの男が台湾からきたやくざなら、よほどのものをしょっているはずなのだ。こうした刑事の読みは、外れることが少ない。

なのに荒木は、国際捜査課への身許照会を必要ない、といった。荒木自身が、国際捜査課からの出向であるにもかかわらず。

鮫島ははっとした。吉田が帰り、ふたりきりになったとき、今まで無口だった荒木が、鮫島にいろいろと話しかけてきた。それも、鮫島の過去にまつわることばかりをだ。

荒木が、あの男について何かを知っている、という感触が、鮫島にはあった。荒木はその鮫島の興味を封じるために、過去の話をもちだしたのではなかったのか。

だいたい、荒木が、国際捜査課から防犯一課に出向している、というのも不自然である。そして、鮫島が最初に感じた疑問、本庁保安一課が、なぜ今ごろ、台湾人相手の常設賭場ツブシに熱心になるのか、という問題もあった。

これらのことが、何か、あの男とつながっているような気が、鮫島にはしていた。

荒木が不眠症だといって、早くから監視部屋にきていたのも、あの男の動きを予期して、ではなかったのか。

「車、拾えねえな」

晶がいった。歌舞伎町の、風林会館《ふうりん》の前だった。緑色の割り増しランプをつけた予約ずみの客待ちタクシーが連なっている。

「表にでてみるか」

鮫島は靖国《やすくに》通りへと向かう、区役所通りの方角に足を踏みだした。さすがに、学生風のグループや、素人のアベックの姿は、街頭から姿を消していた。

早足で歩く、スーツや和服姿の、水商売風の女性や、ネクタイをしめたサラリーマン、それに剣呑《けんのん》な雰囲気を漂わせたカジュアルウエアの男たちばかりだ。

「あたしんち？」

晶が訊ねた。晶は下北沢《しもきたざわ》にある賃貸マンションにひとりで住んでいる。鮫島は、中野《なかの》区野方にあるアパートにいる。こちらもひとり暮らしだ。

晶の部屋を夜、訪れたときは、鮫島はたいてい朝方に帰る。鮫島のアパートの場合は、晶が泊まっていくケースが多い。回数を比べれば、圧倒的に鮫島が晶の部屋を訪れることのほうが多かった。

「どっちでもいい」

鮫島はいって、立ち止まった。晶が鮫島の顔を見あげた。

鮫島の目は、区役所通りをはさんだ、ななめ向かいのビルの一階に釘づけになっていた。そこには、小さな台湾料理店があった。その扉をおし開けて、ひとりの男がでてきたところだった。

シルバーグレイの、光沢のある生地でつくられたスーツを着ている。がっしりとした体つきと、短い足、そして太い首に見覚えがあった。

男はスラックスのベルトあたりをつかんでひきずりあげながら、あたりを見回した。

刈《か》りこんだ髪、くぼんだ眼窩《がんか》にはまった鋭い目、張りだした顎、を鮫島は認めた。

あの男だった。考えていた、まさに今、あの男が、台湾料理店からでてきたのだ。

男はひとりだった。あたりをゆっくり見渡したあと、靖国通りのほうに向かって歩き始めた。

「なんだよ」

晶が低い声になった。瞬時に、鮫島の表情がかわるのを察知したようだ。

「ちょっとつきあってくれ」

鮫島はいって、自分から晶の肩に腕を回した。

それがアベックを強調するカモフラージュであることに、晶はすぐに気づいたようだった。が、フンと鼻を鳴らしただけで、肩にのった鮫島の右手に自分の左手を重ねてきた。

鮫島は晶を連れて、区役所通りを渡った。通りを渡りかけている途中で、男がでてきた台湾料理店のドアを開け、別の男が現われるのが見えた。

紫色のダブルのスーツを着た若い男だった。痩せていて、頰が尖っている。

若い男はうしろ手で台湾料理店のドアを閉めると、どこか気もそぞろにあたりを見渡した。

その目が自分たちにも向けられるのを感じ、鮫島は歩く速度をゆるめた。

若い男の目が、区役所通りの歩道を遠ざかる、シルバーグレイのスーツの背中にそそがれるのを、鮫島は見守った。

若い男の口が、何ごとかをつぶやくように動いた。そして左手で上着の前のあたりをおさえて歩きだした。その目は、はっきりと、前に同じ店をでてきたあの男の背中に向けられている。

鮫島は顎をひきしめた。予感があった。

晶をおきざりにすべきかもしれない。が、それを説明する前に、ふたりの男を尾《つ》けなければならなかった。

先頭をいく、大久保で見たがっしりとした男が立ち止まった。記憶をさぐるように、あたりを見回している。

そこはゴールデン街へとつながる路地の入口だった。入って左側にパチンコ店があるが、今はもう閉まっている。

男は確信したのか、その路地を左に入っていった。

若い男があとを追った。鮫島は晶を抱いたまま、足を早めた。

都庁移転にともなう地上げで、ゴールデン街にたち並ぶ小さな酒場の数々は、その三分の一ほどが、廃業している。またかつてに比べ、利用客も減って、限られたいくつかの店をのぞいて、繁盛《はんじょう》しているところは少ないようだ。

ゴールデン街、中央通り、花園三番街《はなぞのさんばんがい》、などという、小さな酒場がぎっしりと軒をつらねる細い路地の、右端を、男は通っていた。

その先は、花園神社につきあたり、手前には派出所もある。

ゴールデン街の右端にある、細い路地に入って、若い男は、急速に間を詰めつつあった。

ふたりの間隔は、一〇メートルぐらいに狭《せば》まった。

晶は無言でついてきていた。今では、鮫島が何をしているか、理解したようだった。

ふたりの男は、一度もあとをふりかえっていなかった。特に、若い男のほうは、気持ちがたかぶっているのか、ずっと顎をひくようにして、前をいくがっしりした男の背中をにらみつけている。

若い男の右手が、上着の内側へとすべりこんだ。

鮫島は晶の肩から右手を抜いた。左手にもったセカンドバッグのファスナーにかける。

そのとき、若い男のすぐ左手にある、まだ営業中の酒場の扉が開いた。

ネクタイをしめたふたりのサラリーマン風の男が肩を抱きあって、もつれるようにしてでてくる。

「ちょっとう、大丈夫？」

送りだすように現われた割烹着《かっぽうぎ》の中年の女が叫んだ。

若い男の手が上着からひき抜かれた。所在なげに、拳を握ったり閉じたりしているのが、鮫島から見えた。

「だあい、じょうぶ、だって。母ちゃん」

「本当に。ちょっと、今度くるときは、ちゃんともってくんのよ！」

「はあい！　って。おっ」

でてきた男のひとりが、晶に目をとめた。

「ほら、いくぞ」

もう片方が相棒を抱えなおしていった。

「いいねえ。どこのお店？」

「馬鹿。すんません」

晶の顔をのぞきこんだ相棒を叱《しか》って、サラリーマンは、鮫島にあやまった。

若い男がちらりとふりかえった。が、気にとめないようすで、再び前に目を戻した。

送りだした女が、店の、合板でできた扉を閉めた。

先頭をいくシルバーグレイのスーツの男は、花園神社との間の道にさしかかっていた。

すぐ右手前には、派出所がある。

若い男はあせったように、歩調を早めた。

鮫島は、酔ったふたり連れがいくのを待って、晶にささやいた。

「この店にいてくれ」

晶は無言で、鮫島を見た。女が送りだしたときに、店内には客がいないことはひと目でわかった。ゴールデン街の店は、どこも、入口からひと目で店内を見渡せるようなところばかりだ。

ぼったくりの怪しげな店でないことは、でてきたふたり連れを見ればわかる。

晶は一瞬唇を尖らせたが、

「ちゃんと迎えにこいよな」

とだけいって、頷いた。

「ああ」

鮫島がいって、いこうとすると、腕をつかんだ。

「それとよ、気をつけろよ。あの派手なスーツの、何かもってんだろ」

そぶりで見抜いたようだった。鮫島は晶の観察に、内心、舌を巻いた。

「わかった。やばくなったら、お巡りさん呼ぶから」

「馬鹿」

晶はいって、くるりと背を向けた。左手の店の扉を開く。

「いらっしゃいませ」

カウンターの中に戻っていた割烹着の女がけげんそうにいうのが聞こえた。

鮫島は看板を見て、その店の名を覚えた。

「忍冬《すいかずら》」だった。

晶が扉を閉め、鮫島は足を早めた。紫色のスーツの背中は、路地のつきあたりに達している。

路地をぬけると、若い男が正面にある階段をのぼっているのが見えた。花園神社のすみにある階段だ。

のぼった先は、花園神社の境内《けいだい》につづいている。夜間は社務所が閉まり、木立ちのせいで暗がりが多くなる。

歌舞伎町から新宿五丁目へと抜ける早道なのだが、ひったくりや痴漢が多い。また、シンナーやトルエンを吸う連中のたまり場になったりもする。

鮫島は階段をかけのぼった。

暗くて、ひらけたところにでれば、前をいく若い男がしかけるのは、目に見えていた。セカンドバッグのファスナーを開いた。派出所に寄って応援を頼むこともできるが、まにあわなくなるおそれがある。

バッグの中の特殊警棒をとりだした。金属でできていて、ひとふりで長さがのびる。もし若い男が呑んでいるのが銃であればお手あげだ。鮫島は、拳銃を携帯していない。

花園神社の境内に入った。

社《やしろ》を回りこむようになった道を、鮫島は急いだ。

叫び声が聞こえた。

鮫島は走った。

社の横手から正面にでる道の途中で、若い男が仁王立ちになっていた。右手に短刀らしい、光るものを握っていた。

その少し前に、シルバーグレイのスーツの男がいた。

声をかけられてふりかえったばかりのようだ。その表情に、驚きや恐怖はなく、不審そうに眉《まゆ》をしかめている。

「……………」

若い男がなにごとかを叫んだ。中国語だった。そして胸の前で短刀をかまえ、まっすぐに男につっこんでいった。

(しまった)

鮫島は思いながら、

「おおいっ」

と叫んだ。

若い男と狙われた男の間隔は、五メートルとない。しかも若い男のつっこみかたは、覚悟を決めた者の、必殺の気迫がこもっていた。スピードもある。よけきれるものではない。

刃先はまっすぐに、男の胸の中心に向けられていた。

「………」

男が吠《ほ》えるように怒号をあげた。そして次の瞬間、左肘を高くあげ、体を鋭く右にひねった。

さけきれないとわかった、とっさの身のこなしだ。刃先が、左腕の上膊部《じょうはくぶ》を突いた。

それによって胸をブロックしている。

若い男は頭をさげ、身を低くして、男の懐《ふとこ》ろにとびこんでいた。

男がぐっと奥歯をかみしめ、目をみひらくのが、走りよる鮫島に見えた。

そして、ひねった体を戻しながら右の掌底《しょうてい》を若い男の顔に叩きこんだ。力のこもった応酬《おうしゅう》だった。ビシッという音が鮫島にも聞こえた。

若い男の体がのけぞり、それとともに、短刀が男の左腕から抜けた。若い男の右手はしっかりと短刀の柄を握りしめている。

若い男は尻もちをつくように、地面に腰をおとした。鼻がへしゃげ、血がほとばしっている。

「うおうっ」

男が気合いのこもった息を吐いた。両腕の肘を曲げた状態で下にひきつけ、次の瞬間、右足の爪先で、目前の若い男の顎をしたたかに蹴りあげた。左足がまっすぐにのび、一本で傷ついた男の全体重を支えている。

蹴られた若い男は万歳をするように両手を高くあげ、後頭部からうしろに倒れこんだ。

尻もちをついているその下半身が宙にうくほど強烈な、ひねり蹴りだった。

男はすっと体をうしろにひき、身がまえた。だが若い男のほうはもう動かなかった。

男の体が半回転した。

「待った！」

鮫島は声をだした。その動きが、自分に対する攻撃動作の予備段階だとわかったからだった。

空手か拳法《けんぽう》かはわからないが、短刀でつきこまれてからの男の動きは、すべてが、武術に熟達《じゆくたつ》していることを表わしていた。

男は体にひきつけるようにしてあげかけた右膝をおろした。

が、体重は鮫島に向きなおった形でも左足一本にかけている。いつでも蹴りを鮫島に向けてくりだせる体勢だった。

男の目が油断なく鮫島を見すえた。スーツの左袖《ひだりそで》が裂《さ》け、血に染まっているが、苦痛の色はない。

おそろしいほど、鋭い目だった。

鮫島は、その目から視線を外すことの危険を感じながらも、倒れている若い男を見た。

若い男は顔をまっ赤に染めて昏倒《こんとう》していた。短刀は、その手を離れている。

男に目を戻すと、視線が特殊警棒に向けられているのを鮫島は感じた。

鮫島は、左の掌を使って警棒をたたんだ。

「警察、呼ばないで」

男が不意にいった。

「私、関係ない。この人が、私を刺した」

「わかっています。この男は、あんたをずっと尾行していた」

男は瞬きした。鮫島は、若い男のかたわらに膝をついて、脈をさぐった。

死んではいない。

「私、関係ない。帰る。悪い人は、この男」

「なぜ、あなたを襲ったんです？」

「知らない。泥棒」

「あなたを刺す前に、この男は何かいってましたね。あなたのことを知っているようだった」

男は首をふった。

「よくわからなかった。覚えてない。私、とても迷惑」

「そりゃそうでしょう。あなたも怪我《けが》をしている。病院へいったほうがいい」

「大丈夫。ちょっと痛いだけ。すぐなおる」

「そうですか？　かすり傷には見えないが」

「あなた、誰？」

男は油断なくいった。

「失礼しました。私、新宿署の署員で、鮫島といいます」

「警察？」

鮫島は頷いて、警察手帳を見せた。男の表情がやわらいだような気がした。体重が両脚に戻っていた。

「あなた、ずっとここにいたですか」

「いえ。この若い男の挙動が不審なので、あとを追ってきたのです。失礼ですが、お国はどちらですか」

「台湾」

「パスポートか何か、おもちでしょうか」

男の口に笑みのようなものがうかんだ。

「身分証？」

「そうです」

男が右手を上着にさしこんだ。黒い皮製のケースをとりだし、鮫島に手渡した。

「どうも」

鮫島は受けとって開いた。

金色の、鳥をかたどったバッジが片側に留められていた。番号が刻印されている。

反対側にＩＤカードがさしこまれていた。男の上半身の写真がついている。

『臺北市政府警察局刑警大隊』

の文字が目にはいった。鮫島は男の顔を見なおした。はっきり、男は薄笑いをうかべていた。

『偵二隊・分隊長・郭栄民《かくえいみん》』

鮫島はゆっくりと息を吸いこんだ。男は、台北からきた刑事だった。

7

楊のようすがおかしいことに奈美が気づいたのは、閉店らかくなった、十一時半すぎだった。

今夜はそれほど客が多くなかった。こむのはどうしても、月末や、週末に集中する。そのとき奈美は、帰る客を出口まで送りだしたところだった。四組めの客で、今夜はこれで終わりだろう、と思った。ときおり、閉店ぎりぎりにとびこんでくる客もいるが、たいてい酔っぱらっていて、ろくに立たなかったりする。

レジ奥の暗がりに、楊がすわっていた。小さな丸椅子がひとつあって、ふだんそこは、亜木の指定席だ。その亜木は、いらいらしたように店内をうろついては、うるさいだけのかけ声をだしていたが、少し前から姿が見えなくなっていた。

楊は、物思いに沈んでいるように見えた。

顔をうつむけ、両掌を上に向けて膝の上においている。

閉まるドアに向かって頭をさげ、奈美はレジの奥をのぞきこんだ。レジは、一メートル四方の、小さな箱のようなつくりで、手もとを照らすためのミニスタンドがおかれている。スタンドは今、消えていた。

「疲れた?」

奈美は声をかけた。夕方、楊が大声で客を迎えいれてくれなければ、亜木に殴られていたろう。楊の声がなかったら、客はそのまま帰ったにちがいない。

楊がさっと顔をあげた。放心状態だったのか、驚いたような表情だった。

奈美は楊の顔を見た。

楊は無言で奈美を見かえした。

暗い顔をしている、と奈美は思った。が、よく見ると楊は整った顔だちをしていた。鼻が少しつぶれているが、額が広く、頬骨が高い。いつも無表情な目は、うすく煙っているようで、向こう側にある考えを悟らせない。油けのないバサバサの髪を別にすれば、男くさい顔だちをしている。手も足も、事実、大きかった。

「ダイジョウブ」

楊は無表情で答え、店内を見やった。

遅番の子ふたりと郁が、客についていた。いちばん手前にいるのが郁で、全裸の上に羽《は》織《お》ったネグリジェの前を広げ、客の膝の上で甘い声をだしている。

客席は映画館のように、一方向、店の奥を向いている。郁ら女の子は、皆、たいてい反対向きにすわるので、入口のほうを向いていた。

郁が猫のむずかるような声をたてた。客の右手と郁の右手が交差し、それぞれリズミカルに動いていた。

郁がちらりと奈美のほうを見た。感情のこもらない、さめた目だった。その後、郁の顔が、客の膝の間に沈んだ。客の手がだらりとシートのかたわらにおち、後頭部が左右に動く。

それより奥の客席は、煙草の煙と暗闇にはばまれて、ほとんど見通せない。

奈美は楊に目を戻した。

「具合、悪いんじゃない？」

楊は首をふった。

「薬、買ってきてあげようか」

「ダイジョウブ」

奈美は小さく頷いた。そしてレジの前を離れようとした。

楊が低い声でいった。

「本土から来たのか」

奈美はぎくっと体を止めた。北京語だった。郁の頭がリズミカルに動いていた。客がもうすぐだというように、顔をのけぞらせた。

奈美はふりかえり、早口の小声でいった。

「十三のとき。ここで北京語は使わないで」

楊は無言で奈美を見つめた。かすかに顎を動かした。

奈美はさっとレジの前を離れた。店のドアが開く音がして、ふりかえると、亜木が入ってくるところだった。


奈美は、初めて成田《なりた》に着いたときのことを、今でも覚えている。夏で、人々が皆、紙でできているような薄い着物を着ているのを見て、びっくりした。

奈美が生まれたのは黒龍江省《こくりゅうこう》だった。父親は教員で、母親は紡績工場につとめていた。

母親が日本人だったというのは、十歳のときに知った。戦争中に、両親におきざりにされ、奈美の祖父と祖母の手で育てられたのだ。

あるとき、両親が夜遅くまで話しこんでいたことがあった。それがなぜかそのときはわからなかったが、三月《みつき》して、日本にいくことになったから、といわれてわかった。

母親は日本に住みたがっていた。そして奈美に、

「日本にいけば、きれいな洋服もいっぱいあるし、友だちもたくさんできるよ」

と、いった。奈美は、黒龍江省の友だちと別れたくなかった。

が、いく晩もいく晩も、遅くまで両親が起きて話しあっているうちに、自分は日本にいってしまうのだろうな、と思うようになった。

父親は、最初、反対していたようだった。だが結局、母親におしきられた。奈美が小さなころから、母親のほうが父親より強かった。だから、日本にひっこすことになった、と聞かされても、そんなに驚かなかった。

奈美と、七つ離れた弟は、近所の叔父の家に預けられた。そして両親は、先に日本に渡っていった。

半年後、奈美が呼ばれ、その半年後、弟が呼ばれた。

両親は、千葉市郊外の県営住宅にいた。奈美は日本にきて少しして、近くの中学に編入した。

このころのことが、いちばん重い思い出になっている。

奈美は日本語がまるきり話せなかった。基本的なことは日本にきてすぐ教わったが、そんなていどで同級生とのお喋りに加われるわけがなかった。

母親は、近所の食品工場に、父親は、バスと電車を乗りついで片道一時間の製材所に、それぞれ勤めていた。

奈美はひとりぼっちだった。学校が終わると、すぐ家に帰ってきた。弟がくるまでは、テレビだけが――何をいっているかまるでわからないものの――唯一《ゆいいつ》の友だちだった。

あのころ、奈美にとっては、話しかけられることそのものが苦痛だった。同級生は、好奇心か親切心か、初めのうち、いろいろと話しかけてきた。先生も、奈美を、「お友だちにしてあげなさい」といっていたようだ。だが、話しかけられたら、答えなければならない。

何をいわれているかわからないのに、答えなければならない。黙っていたら、嫌われてしまうかもしれない。それでなくとも、同級生の中には、明らかに奈美を嫌っている者がいたからだ。

戴清娜《ダイチンナ》、という奈美の名は、弟がやってきたとき、田口清美《たぐちきよみ》という日本名にかわった。両親の、日本国籍取得申請が受けいれられたのだ。

奈美は弟がくるのが待ち遠しかった。弟がくれば、昼間、中国語を話す相手ができる。まだ本当に小さな子供で、中国にいたときは子守りばかりさせられてうんざりしていたくらいなのに、今度は奈美のほうが、弟に会いたくてたまらなくなっていた。

テレビがよかったのは、ひとつだけ。どんなにテレビが奈美に話しかけてきても、奈美のほうはいっさい返事をする必要がない、ということだった。

弟がきたときは嬉しかった。奈美は学校が終わると、とんで帰って、弟の世話をした。

弟の名は、龍夫《たつお》ということになった。

田口清美、田口龍夫——この名に、ずっと奈美は馴染めなかった。ふたりきりでいるときは、そのころはいつも、中国名で弟を呼んでいた。

だが、その平和も長くはつづかなかった。奈美が学校にいっている間、弟は、同じ県営住宅の子供たちと遊んでいる。そして、めきめきと日本語に上達していった。やがて、小学校に入ると、弟はあたりまえの日本の子供のようになった。

奈美はまた、ひとりぼっちになってしまった。

弟が小学校に入ってすぐ、父親が仕事先の製材所で怪我をした。それでしばらく働けなくなり、奈美の家の経済状態は悪化した。父親は、ずっと家にいたが、奈美が話しかけても、ろくに返事をしてくれないような、暗い人にかわってしまった。

わずかだが、補償として毎月支給される金を、父親は、パチンコや酒につぎこむようになった。

両親がよく喧嘩《けんか》をした。

奈美はこのころ、始終、中国に帰った夢を見た。

夢の中で、黒龍江省の友だちと遊んでいる。思いっきり、中国語でお喋りをして、ふざけて、笑って、叫んでいる。

ふっと目がさめると、両親がいい争っている声が聞こえた。母親は金切り声で、父親は酔った濁《だ》み声《ごえ》で。

奈美は耳をふさいで、もう一度、夢の世界に戻ろう、と自分にいい聞かせる。

そんな夜が、毎日毎日、つづいた。

中学三年のとき、父親が近くの踏切で死んだ。電車にはねられたのだ。事故なのか、自殺なのか、わからなかった。奈美は、初めて母親を憎んだ。そして、卒業式を前に、家を出た。

あてば、そのころになってようやくできた男友だちのアパートだった。友だちは高校を中退し、ガソリンスタンドにつとめていた。暴走族のメンバーだったが、奈美には優しかった。

奈美の日本語の先生は、暴走族の仲間たちだった。男友だちが、ゾクの「特攻隊長」だったこともあって、皆、その女である奈美には優しくしてくれた。

家を出て二年目の春、奈美は最初の中絶手術を受けた。それでおちこみ、少しでも外にでようと、スナックで年をごまかしてアルバイトを始めた。

客の二十二のセールスマンと親しくなった。そのセールスマンは、奈美に、結婚しようとすらいってくれた。

が、つきあいが男友だちに知れた。男友だちは仲間数人と、会社帰りのセールスマンを待ちぶせ、全治三カ月の重傷を負わせた。

男友だちが警察にひっぱられ、奈美は千葉をでて、東京にきた。東京には、ゾクでレデイスのアタマを張っていた先輩がいた。その先輩は、新宿のキャバレーに勤めていた。彼氏がいるので、居候《いそうろう》の奈美は邪魔だった。

ひと月もしないうちに、自分が厄介者《やっかいもの》であることを悟った奈美は、自分だけの部屋を借りようと決心した。十九のときだ。

渋谷《しぶや》のヘルスにつとめたのは、そのためだった。その店は、最低六カ月はつとめるのを条件に、アパートの敷金を貸してくれたのだ。部屋を借りる際の保証人は、そこの店長だった。

八カ月つとめた。そのあと池袋のヘルスに移った。若い娘を欲しがっている店にひきぬかれたのだ。

一年半つとめ、今の「ローズの泉」に移った。少しましな部屋にひっこしたのを機会に、ヘルスからは、あがることにしたのだ。

今の住居は、新大久保《しんおおくぼ》のワンルームマンションだった。

池袋のヘルスにいたころ、三人の男とつきあった。ひとり目がやはり、暴走族をやっていた子で、事故で片足を複雑骨折し、田舎に帰るのを機に別れた。ふたり目は、新宿のディスコのボーイだった。

奈美はディスコがあまり好きではなかった。中国にもディスコはなくもないが、ソシアルダンスのほうが盛んだ。叔父の家に預けられていたとき、そこの八歳上の「お姉さん」

に、ソシアルダンスを教えてもらった。ジルバやタンゴ、ワルツなどだ。ひょっとしたら忘れてしまったかもしれないが、ディスコダンスよりは好きだ。

そのディスコのボーイは、結局、奈美の稼ぎがめあてだった。それがわかって、ほんのふた月で別れた。

しばらくして、常連の客のひとりとつきあった。二十四歳のサラリーマンだった。小遣いはせびられなかったが、自由に使える金は奈美のほうが多かった。外食や飲みにいくとき、たいてい奈美が払った。

みっつ上の奥さんがいて、妊娠中だった。つきあいだして半年で子供が生まれると、彼のほうから去っていった。

それほど悲しくはなかった。

もう、ひとりで生きていける、と思った。日本語も大丈夫だ。マンガなら読むことに何の支障も感じない。

自分が十三のときに中国からきたことを話した相手は、東京にでてからは、最初につきあった暴走族の子だけだった。

あとは、誰にも話したことはない。話せば、珍しがられ、あれこれと訊かれるのがわかっていた。それに、自分を中国人と馬鹿にする人もいるかもしれない。

自分が、本当は何人なのか、奈美にもよくわからなかった。

ただ、何となくだが、一生東京に住みたいとは思わない。日本に住むのでも、どこか、千葉ではない、田舎がよかった。千葉にはもう、二度と帰りたいとは思わない。それか、もし大金持ちになったら、中国に帰ってもいい。大きな家を建てて、幼馴染みの友だちと住むのだ。

いっしょに住む友だちの顔を想像する。

奈美はじき二十二になる。なのに、空想の中で、奈美と仲よく遊ぶ友だちは、皆、十二や十三の別れたころのままの顔をしていた。

「お先でーす」

更衣室でミニに着がえた郁がでていった。店ではほとんどすっぴんなのに、店が終わると、きっちり化粧をする。どこかで遊んで帰ることは目に見えていた。

奈美はジーンズに着がえた。山手線《やまのて》の終電には、じゅうぶんまにあう時間だった。香月さんは、さっき急いででていった。遅番の子ふたりは、どこかに飲みにいく相談をしている。ホストクラブに凝《こ》っているらしい。

店のほうは、ナンと楊があと片づけをしているはずだった。亜木は、売り上げの計算をしている。

「お先です」

遅番のふたりに声をかけ、奈美は更衣室をでた。とたんに待ちかまえていた亜木とばったり顔をあわせた。

「びっくりした」

暗がりにのっそりと亜木が立っていたので、思わず奈美は声をあげた。

亜木はにたっと笑った。制服を着がえ、紺の派手な、しかし安っぽいスーツ姿だ。

「奈美チャン」

亜木はいった。

「はい」

つとめて冷静な声をだそうと思いながら、奈美はいった。亜木が恐かった。

「さっき、ちょっと、いいすぎちゃったかな」

亜木は薄っぺらな笑顔を顔にはりつけたままいった。肉づきがほとんどないので、笑うと顔じゅうがくしゃくしゃの皺《しわ》だらけになる。

「いいえ。そんなこと、ないですよ」

「悪かった。あやまるわ」

妙に甲高《かんだか》い、感情のこもらない声で亜木はいった。まるで、へたな役者が台本を棒読みしているようだ。

「仲なおり」

亜木が右手をさしだした。奈美は内心の気持ちをおさえ、それを握った。じっとりとした手だった。

「飲みにいこう」

ガラスのような目で奈美の目をのぞきこんだ。奈美はぞっと背筋が冷たくなるのを感じた。

「俺の知ってる店でさ、すごく雰囲気のいい店があるんだ。静かで、まるでホテルのバーみたいなんだ」

ホテル、その言葉の響きが、奈美にはまるで気味の悪い虫のように聞こえた。

「すいません。そんな気、使わないでください」

「気なんか使ってないよお。ただ、飲みにいきたいだけなんだ。ね、飲みにいこう」

亜木は唇をわざとらしく尖らせた。

断わりたかった。だが断わって亜木が豹変《ひょうへん》するのが恐かった。

「奈美チャンさあ、新大久保住んでんだよな。帰り、ちゃんと送ってくからさあ」

奈美は体が棒のようになったような気がした。

(いやだ、いやだ、いやだ。こんな奴と、絶対、したくない)

奈美は亜木の顔から目をそらした。

ナンがフロアにモップをかけている。楊が生ゴミのつまったゴミ袋を両手にもって、奥からでてくるところだった。

「あの、約束があるんです」

「誰と?」

「お友だちと」

「男? 女?」

(そんなこと、なんであんたに話さなきゃならないの)

女と答えれば、連れてこい、といわれそうな気がした。

「おと、男」

「ふーん」

まるで信じてない目で亜木はいった。

ナンと楊は、黙々と働いている。奈美は亜木と目をあわせられなくて、そちらを見つめた。

「楊と飲みにいくの?」

不意に亜木がいった。奈美の視線を誤解したようだった。

「え?」

「楊と飲みにいくの?」

亜木はくりかえした。

ビールの空き壜の入ったケースを手にした楊が、ふと足を止め、こちらをふりかえった。

楊は、軽々と、ケースふたつをぶらさげている。

「あ……いえ……」

亜木がくるりと背後を向いた。

「楊」

「ハイ」

「奈美チャンと飲みにいくのか」

楊は表情をまったく変化させずに亜木を見つめた。

「飲みにいくかって訊いてんだよ」

楊の目が今度はさぐるように奈美を見た。

「ちがいます」

奈美はあわてていった。

「楊さんじゃないですよ」

「そうか」

ふりかえらずに亜木はいった。そしてつづけた。

「楊、お前、今日、ちょっと残れよ」

「ハイ」

楊はかすかに頷いた。

奈美は不安になった。楊はひょっとしたら、自分のことを亜木に喋るかもしれない。そうなれば亜木は、あれこれとまたしつこくしてくるだろう。

そのときは店を移らざるをえない。

「帰っていいよ。お疲れさまでした」

奈美のほうに顔を戻し、亜木はいった。妙にさっぱりとしたいい方だった。

奈美はますます不安がこみあげた。亜木は、奈美にふられた腹いせを、楊をいたぶることではらそうとしているのではないか。

しかし自分にはどうすることもできない。警察を呼べば、楊やナンが迷惑するだろう。

それをわかって、亜木は、ふたりに暴力をふるっているのだ。

「帰りたくないの?」

亜木が奈美の顔をのぞきこんだ。

「お疲れさまでした」

奈美はぺこりと頭をさげた。急ぎ足で出口に向かった。

「お疲れさま」

「オツカレサマ」

「オツカレサマデシタ」

楊とナンが声を返した。半分おりた店のシャッターをくぐり、奈美は、ほっと息を吐いた。

早足で歌舞伎町を抜け、靖国通りを渡った。スタジオ・アルタの手前にさしかかったとき、不意に足が重くなるのを感じた。

(関係ない、関係ないんだ)

自分にいい聞かせていた。が、楊のことが心配だった。新宿駅は目の前だ。

自分がどうしようと、何の役にも立たないことはわかっていた。戻ったところで、そして亜木が楊を殴っている姿を見たところで、自分は何もできない。

自然に歩くスピードが落ちていた。巾着型《きんちゃくがた》のショルダーバッグを、無意識に胸に抱きしめている。

亜木の誘いを受けていれば、楊は殴られずにすんだのだ。夕方、楊は自分を助けてくれた。なのに、自分は楊をひどい目にあわせようとしている。

これまで、奈美は楊に対し、特別な気持ちなどもっていなかった。むしろ更衣室での一件以来、警戒心すら感じていたのだ。

それが今日、少しかわった。

あのとき、腹痛だという彼のいいわけを通訳してやったことを、楊は忘れていなかった。だから助けてくれたのだ。

無口で暗い。だが、悪い人ではない。

悪い人は自分だ。

激しい感情がうねるように、自分の胸の奥からつきあげてくるのを感じた。奈美は喘《あえ》ぐように大きく口を開け、息を吸いこんだ。

わからなかった。どうしたらいいか、わからない。

だが何事もなかったようにこのまま電車に乗って、自分のマンションに帰ることはできない。シャワーを浴び、ベッドに入って、読みかけのマンガを開くか、テレビを見る——なんてできない、と思った。

奈美は、くるりと体をひるがえした。小走りになって、今きた道を戻った。

楊が殴られるのを止めたかった。

8

花園神社は、新宿署ではなく、四谷《よつや》署の管轄区域だった。鮫島は、ゴールデン街横の派出所から巡査を呼び、救急車の出動を要請した。若い男を救急車に乗せ、郭栄民はパトカーで病院に運ばせた。派出所の巡査には、自分が目撃者であり、郭の側に非がなかったことを説明した。

その上で、四谷署にこの件を預からせてはくれないかと、頼んだのだった。

傷害事件ではあるが、被疑者は失神している。しかも被疑者、被害者ともに外国人である。担当巡査は、むしろほっとしているようにすら見えた。

「警部がそうおっしゃるなら、お任せします」

鮫島はそれから、晶を待たせている「忍冬」に戻った。

カウンターにすわっていた晶は、店の扉が開くと、弾かれたように顔をあげた。

「すんだぞ」

鮫島はいった。

「どうなった？」

晶は訊ねた。

「たいしたことはない。ただ、署に戻らなきゃならない」

晶は笑った。少し悲しげな笑いだった。

「そんなこったろうと思ったよ」

鮫島は頷いた。

「すまない」

そして事情をよく理解できないでいる割烹着の女に、勘定を払った。ビール一本で、千二百円だった。

晶の肩を抱いて店をでた。

「うめあわせはする」

晶は上目づかいで鮫島を見あげた。

「嘘つき野郎」

そして両腕で鮫島の首をひきよせた。

「抱かれたかったんだよ」

ささやき、それから鮫島の耳を思いきり嚙《か》んだ。

「痛い！」

「ざまみろ。電話しろよな」

通りかかったタクシーの空車に手をあげて走りよった。

「明日する」

鮫島は叫んだ。

「本当だぞ。かかってこなかったら、六本木にいくからな」

鮫島はにやっと笑ってみせた。タクシーのドアが閉まり、晶は走りさった。

鮫島は派出所に戻った。長い一日だった。朝六時半に始まり、四時近くなろうとしているのに、まだ終わらない。

派出所で、若い男と郭が運ばれた病院を調べた。新宿管内の救急病院で、巡査が二名、同行している。

鮫島は病院に向かった。鮫島が到着したときには、ふたりとも当座の治療は終わっていた。

若い男のほうは、鼻と顎の骨を折り、脳振盪《のうしんとう》をおこしていた。郭は、左上膊部に、全治一カ月の創傷だった。

医師は、傷は筋肉で止まっており、骨まで達していない、と告げた。

「すごい筋肉でね、これが。鋼《はがね》のような、てのはこのことでしょうな。おそらく刺される直前に、力をこめたのでしょう」

若い男は、鎮静剤と麻酔《ますい》をうたれ、眠っている。

上着の中に、財布とパスポートがあり、台湾籍の許煥《きょかん》、二十三歳、とわかった。許煥は、観光ビザで半年ほど前に来日し、一度滞在延長をしている。鮫島は、警視庁国際捜査課に、許煥と郭栄民についての問いあわせを要請することにした。

郭は応急手当てのあと、退院を望んでいる、と医師はいった。本来ならば一週間ていどの入院は必要なのだという。

「会いましょう」

鮫島はいった。ふたりともとりあえず個室に移されていた。それぞれの部屋の外には、警官が立っている。

鮫島はノックをして、郭栄民が収容されている部屋のドアを開いた。郭はベッドの上にすわり、こちらに目を向けていた。

ワイシャツの左袖が切り開かれ、包帯を巻きつけた腕を首から三角巾《さんかくきん》で吊っている。

郭の目はあいかわらず鋭く、そこには動揺や不安の色は認められなかった。

この男が本物の警官なら、よほど経験を積み、修羅場《しゅらば》をくぐったベテランにちがいない、と鮫島は思った。

「痛みはどうです?」

郭は首をふった。

「大丈夫。ホテルに帰りたいです」

「ホテルはどちらです？」

「『サンコーホテル』新宿五丁目」

鮫島は頷いた。明治《めいじ》通りから一本入ったところに建つ、ビジネスホテルだった。郭が花園神社を通りぬけようとしたのは、ホテルへの帰り道だったのだろう。

「あの人、どうしました」

「鼻と顎の骨を折っています。過剰防衛《かじょうぼうえい》ということになるかもしれません」

「カジョーボーエー？」

鮫島は手帳をとりだし、漢字で書いてみせた。意味がわかったようだ。郭は頷いた。

「つまり、私、強すぎた」

「そういうことです」

鮫島はいって、病室にあったパイプ椅子に腰をおろした。

「今は、麻酔で眠っています。明日の朝でも通訳を連れて訊問《じんもん》するつもりです」

「あなたが担当するですか？」

「ええ」

あらためて鮫島は名乗った。

「新宿署の防犯課の、鮫島警部です」

「ケーブ……」

「英語でいえば、ポリス・インスペクターです」

「インスペクター」

郭は頰をちょっとゆがめた。若いころはかなりニキビで悩んだようだ。浅黒い肌にぶつぶつと跡が残っていた。

「あなた偉い人ですね。そうは思わなかった。若い。若く、見える」

「じき三十六です」

「私、三十八」

「もう一度、身分証を見せてもらえますか」

郭はベッドのかたわらに吊るされた上衣を示した。裂けた左袖に血の染《し》みが広がっている。

「あの中。どうぞ」

鮫島は立ちあがり、上衣の右ポケットから皮ケースをとりだした。

「中に名刺あります。どうぞ」

鮫島は礼をいって、一枚抜き、かわりに自分の名刺を一枚さしこんだ。裏に自宅の電話番号も刷ったものだ。

「この、偵二隊、というのは？」

「あなたたちの丸B、担当」

「つまり、台北警察の暴力団担当？」

「そうです。中隊長は、あなたよりひとつ下」

どうやら警部補のようだ。ノンキャリアで叩きあげたにちがいない。

「日本へは観光でみえたのですか」

郭はあいまいに微笑み、頷いた。

「そう、です」

「おひとりで？」

「はい」

「いつからいらしたんですか」

「四日前」

「いつまでいらっしゃるんです」

「あと、十日くらい」

「二週間ですか。長い休暇ですね。うらやましい」

郭は無言だった。

「東京のほか、どこかにいかれる予定は？　たとえば京都とか」

「わかりません」

「日本語がお上手ですね」

郭は薄く笑った。

「台湾、昔、あなたたちの植民地でした。年よりは皆、話せる。天皇陛下の名前、皆、いえる。私の叔母さん、日本人の人と結婚しました。すぐ近くに住んでて、子供のころから、日本語、話しました。でも、だいぶ忘れたね」

「立派なものです。お国では何語を？」

「北京《ペキン》語。年よりは台湾語も話す。もとは福建《ふっけん》の言葉」

「台湾でのお住居はどちらですか」

「あなた調べる？」

「いちおう、問いあわせはさせていただきます。ここに書いていただけますか？」

鮫島は手帳とペンをさしだした。郭は一瞬、さしだされた手帳を見つめ、それから受けとると住所を書きつけた。

台北市内のものだった。

住所を書かせたのは、郭が本物の台北の刑事かどうかを確認するためだった。

礼をいって手帳を受けとり、鮫島は次のページをめくってみせた。許煥の名とパスポートナンバーなどが記入してあった。

「あなたを襲ったのは、この男です。名前に覚えはありますか」

郭はその名をろくに見もせず、頷いた。

「許《ウー》兄弟は、リューマンです」

「リューマン？」

郭は手帳に『流氓』と書いた。

「なんですか」

「やくざ、愚連隊《ぐれんたい》、ごろつき。金のために銀行や宝石屋を襲う」

「ギャングですね。暴力団員ですか」

郭は唇をなめ、説明しようとするように宙を見つめた。

「あなた、台湾の暴力団、知ってるか」

「竹連幇《ツーレンパン》や四海幇《スーハイパン》などですか」

「竹連《ツーレン》、四海《スーハイ》、確かに大きい。でもほかに、たくさん小さなグループがいる。シンジケートに入らず、自分たちだけ、犯罪をおかす。銃たくさん。ピストル、カービン、サブマシンガン」

「そんなに武装が進んでいるのですか」

「大陸から、いっぱいくる。何百丁、何千丁。スマッグル《密輸》。『ブラック・スター』『レッド・スター』、ナンバー、つながっている」

「つまり製造番号のつながった銃が密輸されている？」

「そう」

郭は皮肉な笑みを浮かべた。

「大陸に、金儲け好きな、軍人がいる。ひょっとしたら、国のやっていること」

鮫島には、にわかに信じがたい話だった。

「ブラック・スター」「レッド・スター」というのは、黒星、赤星、と呼ばれる中国政府の官給拳銃であることは知っていた。トカレフ、マカロフなどのソビエト製自動拳銃を、中国側がライセンス生産したものだ。グリップの部分に星のマークが入っており、そう呼ばれるようになった。日本にも、大量に密輸されようとしたケースがあり、事実、かなり暴力団を中心にでまわっているという。警視庁は神経を尖らせていた。

が、台湾に流れこむ、これら中国製の拳銃が連番だというのは、鮫島も初耳だった。百丁、二百丁ならともかく、千の単位だとすれば、製造工場からそのまま輸出ルートにのせられていることになる。軍の要人がかかわっているとしても不思議はない。

「大陸政府は、台湾の治安、悪くなると喜ぶ」

台湾の治安状態を悪化させるための、破壊工作の一環《いっかん》としてやっている、と郭はいうのだ。つまり、銃の卸しもとは、中国政府そのものかもしれない、と。

鮫島は首をふった。だが考えてみれば、長い間、アメリカ合衆国やソ連も、内戦状態にある第三世界の国々に対して、それぞれの陣営に、武器やその操作技術を供与してきたのだ。ベトナムやアフガニスタンは、そこから始まって、拡大していった。中米や中東でも似たような経過はある。それは、一国の刑法では、もはや裁ききれない、大きな犯罪行為である。

警視庁の捜査四課が、課員だけで、ひとつの国家を相手にその犯罪行為を取り締まろうというのは、不可能に近い。

郭らが直面しているのは、まさにそれに似たことかもしれない。

「では、許煥は、小さなギャンググループのメンバーだと?」

「そう。許ブラザース、五人兄弟。今生きてるの、上からふたりめと、いちばん下。上からふたりめ、刑務所。いちばん下が、許煥《ウーファン》。許煥、子供だったから」

「あとの三人は?」

「ひとり、仲間割れ。ふたり、警官隊と撃ちあい」

死亡したということだ。

「つまり、許煥はまだ子供だったので、服役することも、殺されることもなかった」

郭は頷いた。

「許煥、ふたりの兄さん、私が殺したと思っている」

鮫島は郭を見つめた。

「捜して、追いつめたの私。撃ったの——」

『保安警察特勤中隊』と書いた。

「S・W・A・T」

「では、許煥は、警官隊に射殺された兄の仇《かたき》をうとうとした——」

「はい。許煥、撃ちあいのあと、ずっと行方不明。日本に来ていたね。今夜、私見て、ぎょっとしたよ。兄さんの仇、いる。殺してやる、思ったかもしれない」

「あなたにそういったんですね。あのとき」

「そう。私、許煥の顔、忘れていた。撃ちあい、四年前。十九歳、二十三歳、男の顔、すごくかわる」

「だが向こうは忘れていなかった」

郭は厳しい表情で鮫島を見つめ、頷いた。

「尾行されていたのは気づいていましたか?」

「途中で」

「恐くありませんでした?」

郭は黙って首をふった。目は外さない。

鮫島は話題をかえた。

「ところで、あなたの反撃はみごとでしたね。あれは拳法ですか」

郭の口もとに小さな笑みが浮かんで消えた。無言だ。

「ふつうの人間ではああはいきません。よほど武術に熟達していなければ。台湾の刑事さんは、皆、あんなに強いのですか」

「皆、軍隊にいく。そこで習う。銃の使い方、人の殴り方。警官も犯罪者も」

それが郭の答えだった。だが、並みの軍隊生活であのような格闘技が備わるはずがない。

鮫島は郭を見つめた。しかし、それ以上の言葉は郭の口から聞かれなかった。

「わかりました」

鮫島はいった。

「まだしばらく、『サンコーホテル』にいらっしゃいますか?」

郭は頷いた。

「では今夜は、ここに泊まってください。医者は一週間くらい入院したほうがいいといってますが――」

「ホテルに戻っても、包帯かえる、消毒する、自分でできる」

「でも縫《ぬ》ったのでしょう」

「糸ぬく、台湾に帰ってから」

「とにかくじゃあ、今夜だけでも」

郭は笑った。

「わかりました。ありがとうございます。心配かけてすみません」

「そうしてください。それと、ホテルをかわるようなときは、私に連絡をしてください。明日、また、うかがいますから」

鮫島は告げた。郭はベッドをおり、頭を下げた。それに応え、鮫島は病室をでていった。

9

靖国通りを渡るとき、スラックスのポケットに両手を入れ、うつむいて歩く、ナンの姿を奈美は見つけた。

広い横断歩道の、反対側の端を、ナンは奈美とは反対の方向——駅に向かって歩いていた。ナンは奈美に気づいたようすはない。

ひょろりとした細い体を前かがみに倒し、黙々と歩いていく。目はじっと足もとに向けられている。

楊は、亜木と今、ふたりきりなのだ。亜木はいたぶりを始めているだろう。

奈美は胸が痛くなった。

たぶん、楊を正座させている。その上で、楊のまわりをぐるぐる歩き回りながら、小突いたり、蹴ったりするにちがいない。

楊の日本語が不自由であるのにつけこみ、いくども同じことを訊きかえし、そのたびに殴るだろう。

奈美は駅に向かう人波に押し戻されるような錯覚《さっかく》をおぼえていた。次から次に人がおしよせ、奈美を「ローズの泉」によせつけまいとしている。

奈美は左手にはめた腕時計を外した。最後につきあったサラリーマンがプレゼントしてくれたものだ。高価ではないが、大切にしていた。

腕時計をバッグの底につっこむ。戻ってきた理由を、時計を忘れたからと、亜木にいいわけするつもりだった。

そのあと、どうしよう。

亜木に、飲みにいこう、と誘うのか。亜木が体を求めてくることをわかっていて。

それはできない。なんとか楊を連れだすのだ。そうだ、知りあいの店で、台湾の人がやっているところがあるといおう。そこに楊を連れていく、といえばいいのだ。

だが、亜木もいっしょにくる、といったら。

奈美は歩く速度をおとした。早くいかなければいけないことはわかっている。だが、亜木に、少しでも疑いをいだかれるのは恐かった。

亜木は、暴力団の盃をもらっている、という噂があった。本物の組員かどうかはわからないが、つきあいがあることはまちがいない。

しゃぶをやっているとすれば、それはどこかの組から買っていることを意味している。

今日だって、いらいらしていて、途中、店からいなくなったのは、しゃぶが切れたのを、買いにいったからかもしれない。

そう考えると、不意に足が重くなった。しゃぶの中毒者が、包丁をふりまわして、人を殺したり傷つけた話はいっぱいある。奈美自身も、前に池袋で、いつも見ていたキャバレーの呼びこみの男が、まっ青《さお》な顔になって暴れているのを、警官が何人もでとりおさえる姿を見かけたことがあった。

あとで、しゃぶの中毒だったと、店長に聞かされた。それは、本当に恐ろしい顔つきだった。涎をまきちらしながら、わけのわからないことをわめき、半分、裸のようになって、見るもの、あるものに、手あたりしだいぶつかっていくのだ。目が斜めに吊りあがり、最初はいつも道で会う呼びこみだとはわからなかったほどだ。

亜木がもしそんな風になっていたらどうしよう。

いくのをやはりやめようか。

ついに奈美の足は止まった。

歌舞伎町の入口だった。多くの人々が、駅をめざし、奈美に向かって街の奥から歩いてくる。

「どうしたの」

強い酒の匂いとともに眼鏡をかけた三十代の男の顔が、奈美をのぞきこんだ。

「ふられちゃったの？」

奈美は顔をそむけた。男の右手が肩にのびてくる。

それをふりはらった。

「離せ、ばかやろう」

思わず声がでた。男は驚いたように顔をひいた。

「おっかねえ。なんだよ、人が親切でいってんのに」

奈美は無視して歩きだした。男は追ってはこず、そこで立ち止まって、何かをぶつぶついっている。

奈美は顔をあげ、深呼吸した。とにかく、いくのだ——自分にいい聞かせた。もし、もし、亜木が、前に見た、あの呼びこみのようになっていたら警官を呼ぼう。楊には悪いけど、殺されるよりはましだ。

それに、楊が不法就労者とは決まっていない。

(あたしはやっぱり中国人なのかな)

奈美はふっと思った。楊が、中国人だから、こんなに心配しているのだろうか。北京語を話す人だから。

もし今、店にいるのが楊ではなく、ナンだとしたら——。自分は恐いのを我慢して、「ローズの泉」に戻ろうとするだろうか。

わからない。

奈美はカレースタンドの向かいを右に折れた。この先、路地をつっきった右側に、「ローズの泉」はある。

恐くない。恐いことなんかない。日本に来て、中学に入り、同級生に話しかけられるのに怯《おび》えたあのころの恐さを思えば、どんなことだって平気だ。

「ローズの泉」のシャッターは、まだ半分ほど上がっていた。

周囲は、のぞき部屋やファッションヘルス、ソープランドなどだ。どこも営業時間が終わり、暗い。

奈美は、どきどきしながらシャッターの前に立った。

肉を打つ音、悲鳴、罵《ののし》り声、を待った。

が、何も聞こえてはこなかった。不安が大きくなった。ひょっとしたら亜木は、楊を声もだせないほど痛めつけてしまったのではないだろうか。

奈美はシャッターをくぐった。フロアの明かりは消えている。すえたアルコールと煙草のいりまじった匂いのする暗い空気の向こうに、更衣室のドアからもれる光があった。

奈美はフロアにたたずみ、耳をすませた。

音は何もしなかった。

帰ったのだろうか。奈美はあたりを見回した。レジカウンターに、亜木のセカンドバッグがおかれていた。帰ってはいないようだ。

「すいません」

奈美は低い声でいった。返事はなく、もう少し大きな声でいった。

「すいません」

更衣室のドアが内側からゆっくり開いた。長身の男が、無言で逆光の中に立った。

「楊さん！」

奈美はほっとして叫んだ。楊は、例によって無表情だった。帰り仕度をととのえていたのか、白い長袖のポロシャツに、ジーンズをはいている。右手に店でつかうオシボリをもっていた。

奈美は楊に近づいた。

「店長は？」

楊は無言だった。じっと奈美を見つめている。楊の顔には、どこも殴られたようなあとはなかった。

「奥？」

奈美は訊ねた。楊がかすかに顎をひいた。

「店長ぉ」

奈美は自分でもわかる甘えた声をだして、楊の肩ごしに更衣室をのぞきこんだ。

亜木が更衣室の床にすわりこんでいた。上半身をロッカーにもたせかけ、両腕をだらりとおろして、両足を前に投げだしている。白い顔は膝を見つめるように心もちうつむけていた。

「店長」

もう一度声をかけ、亜木のようすがおかしいことに気づいた。目は開いているが瞬きをしていない。首が少し斜めになって、何より奇妙なのは、顎がさがるようにして肩にめりこんでいることだった。

全身の血がひいた。くるっと背後をふりかえった。

楊が無表情に、更衣室の戸口から見つめていた。

「死、死、死んでるの」

自然に北京語が口をついた。

楊は再び小さく顎を動かした。

「あなたが殺したの？」

北京語でいった。

「そうだ」

楊も低く北京語で答えた。そして奈美の目をじっと見た。

「逃げなきゃ！」

奈美は思わずいった。

「この人は暴力団に入っているの。仲間は近くにいっぱいいる。だから逃げなきゃ！」

楊の目に、ちらっと奇妙な表情が浮かんだ。それが何を意味するものかはわからない。困っているような、面白《おもしろ》がっているような、そんな表情だった。

「とにかく、ここをでましょう。早く」

膝が震えだしていた。楊はきっと自分の身を守ろうとして、亜木をつきとばしたかなにかしたにちがいない、それであたりどころが悪くて、亜木は死んでしまったのだ。

「お前と逃げるのか」

楊がいった。

「だって――」

いいかけ、奈美は楊を見つめた。そのとき、楊の内側に、自分が今まで感じていた、無口でおとなしい人間とはまったく別の人格が隠れていたことに気づいた。

(この人は本当は強かったんだ。すごく、強い人だったんだ)

だが不思議に、楊に対する恐怖はなかった。

楊もそれを感じとったようだ。

「少し待っていろ」

奈美にいった。そして奈美の見ている前で、オシボリを使って、更衣室やフロア、レジなどの、楊が触れていた場所を拭き始めた。初め、奈美は楊が何をしているのかわからなかった。が、その作業の意味に気づくといった。

「そんなの無駄よ。そこら中にさわっているんでしょ」

更衣室のドアノブを拭きながら、楊はふりかえった。

「いや。さわったところは全部わかっている。それに毎日、掃除をするときに、拭いていた」

そんな馬鹿な、と思った。毎日、毎日、自分がさわった場所をきれいに拭いて帰っていたというのか。

だが、楊は目の前に死体がころがっているというのに、いっこうに平気な顔で、作業をつづけていた。

「よし、終わった」

オシボリを、自分のロッカーからだしたらしい大きな紙袋に投げこんでいった。中には、楊が着ていた制服が入っている。

「いこうか」

奈美を見て、さりげない口調でいった。落ちつきはらっていた。

ふつうなら人を殺してこんなに平然としていられる人間に恐怖を感じていいはずだった。

だが、楊があまり物静かなので、奈美は恐さよりむしろ、とまどいを覚えた。

亜木は本当は生きているのではないのか。

楊はそれを知っていて、自分をからかっているのでは。

しかし、そんなことがあるわけはなかった。

楊と亜木がふたりで自分をからかうなんて考えられない。

奈美はもう一度、亜木を見た。さっきは気づかなかったが、亜木の鼻の片方からわずかだが鼻血が流れていた。そして、顔色が青黒くなっている。

まちがいなく死んでいる。

楊は立ちすくんでいる奈美を残し、さっさと出口まで歩いていた。

「どうしたんだ」

奈美は首をふった。まるで夢を見ているみたいだ、と思った。

ふりかえると、楊がレジカウンターの上から亜木のセカンドバッグをとりあげるところだった。紙袋の底におしこむ。

それからシャッターのすきまから、外をのぞいた。こちらを見て、

「急げ」

と小声でいった。

奈美は突然恐くなった。小走りで出口までいき、シャッターをくぐった。

くぐったところで、楊が腕をつかんだ。

「走るんじゃない。ふつうにしているんだ」

そして、オシボリをつかんだ手でシャッターをひきおろした。

シャッターをいちばん下までおろし、爪先でヘリを踏んで留めると、奈美の腕をつかんだまま歩きだした。

奈美はなかば怯えながら、それに従った。

楊の手にはさほど力はこもっていなかった。もしふりはらって逃げようと思えば、簡単にできるだろう。

が、奈美はなぜだか、そうしようという気持ちがおきなかった。怯えているのは、人が死んだという状況に対してであって、殺した楊にではなかった。

亜木には悪いような気はしたが、亜木の死をいたましいと思う気持ちは少しもわいてこない。むしろ、ほっとした、というのが正直な気持ちだった。

駅方向へと向かう道にでて、楊は手を離した。ふたりは、多くの人に囲まれて移動しつつあった。

「どうするの」

奈美は訊ねた。楊は答えなかった。

楊が警察に自首する気がないことはわかっていた。もしそうなら、指紋を拭きとったりはしない。

「どこに住んでいる？」

楊が訊ねた。

「新大久保よ。ここからひとつめの駅」

「そうか」

「あなたは」

楊の返事はなかった。奈美はそういえば、楊が誰ともそういう会話を交わしていなかったことを思いだした。奈美が知る限り、楊は出身地も住所も、年すらも、話していない。もし楊に関して何かを知っている人間がいたとすれば「ローズの泉」では亜木しかいない。

楊はたぶん「ローズの泉」のシャッターに貼《は》りだしてあった、求人広告を見てやってきたのだ。亜木はきっと、楊のことをろくに調べもせず雇ったにちがいない。楊やナンの給料を払っていた（ふたりともまだもらっていないだろうが）のも亜木だ。ふたりがどれだけもらう約束で入店したかは知らないが、亜木はきっと、最初の話よりは絶対に安い給料しかはらうつもりがなかったにちがいない。

文句をいわれれば、不法就労者であることを理由に威《おど》すことができるからだ。安くしたぶんは当然、亜木の懐《ふとこ》ろに入る。

靖国通りを渡るため、ふたりは横断歩道の信号で立ち止まった。

「いくところ、ないんでしょう」

奈美はいった。楊はまた答えなかった。楊の目は、まっすぐ通りの向こう側をみつめていた。奈美は急に息苦しくなった。

「今晩だけ、なら」

楊がゆっくり首を回し、奈美を見た。

「俺を助けてくれるのか」

「助ける？」

信号がかわった。周りのひとびとが歩きだした。押されるように、楊と奈美も歩きだした。

楊は無言だった。大またで歩いていた。

追いつこうと早足になりながら、奈美は訊ねた。

「何を助ければいいの？」

楊が不意に立ち止まった。奈美は楊にぶつかりそうになってよろめいた。

その腕を楊がとらえた。さっきよりずっと力がこもっていた。

「お前の家にいこう」

楊がいった。

10

翌日、出署した鮫島は、午前中をかけて桃井に、花園神社での事件を報告した。郭が本当に台湾の警察官であるかどうかの確認は、本庁の国際捜査課に要請してある。

重要なのは、郭が被害者であると同時に、別件の被疑者でもある。ということだった。郭が、内偵中の大久保一丁目の常設賭場に出入りするのを、鮫島はこの目で見ている。

問題は、郭がまっとうな警察官ならば、なぜ、日本の賭場に出入りしていたのか、ということだ。

郭本人に、現段階でそれを訊ねることはできない。内偵が明るみにでてしまうからだ。内偵は、本庁保安一課と新宿署防犯課の合同作業だった。新宿署からも、課長補佐の新城を始め、四名が加わっている。今、鮫島が不用意な動きをすれば、それがぶちこわしになる可能性があった。

鮫島は防犯課長の桃井にそのことを相談したかった。場合によっては、本庁保安一課が、桃井のところへ、よけいなことをしてくれたとねじこんでくるかもしれない。

「許煥が常設賭場の胴元に関係している可能性はあるかね」

桃井は鮫島に訊ねた。防犯課の部屋には、デスクワークをこなしている課員が何人かいるが、大久保一丁目と監視班のメンバーは現在ひとりもいない。鮫島と桃井の会話に加わってくる者もいない。

鮫島の単独遊軍捜査官という立場は、警官連続射殺事件のあとも、かわっていなかった。

「監視班の記録を見れば、すぐにわかると思います」

「新城くんなり、河田くんに、面通しさせよう。もし許がかんでいるなら、原因は、お礼参りではなく、博打のトラブルということもありうる」

「その場合、郭は私に嘘をついていたことになりますね」

桃井は頷き、鮫島を見た。

「どう思う？　郭という男を」

「刑事であることはまちがいないと思います。それも相当なベテランです」

「きれいだと思うか」

「難しいですね。捜査の役に立つためなら何でもやるタイプでしょう」

郭が、暴力団担当という部分が、その潔白性を判断する上で難しくしていた。一般に、マルボウを担当する刑事は、望むと望まざるとにかかわらず、暴力団員との関係が生じやすい。

管轄区域内にある暴力団事務所は、必ずといっていいほど、一度は足を踏みいれている。また主だった幹部たちについても、姓名や顔、身体的特徴などを把握している。そうなる過程では、互いに、挨拶をするていどの関係になるものだ。

情報収集のために、組員との面談は日常茶飯事《にちじようさはんじ》である。お茶を飲む。食事をする。酒を飲む。

これらの費用をすべて組員側がもてば、供応《きようおう》ととられてもしかたがない。従って、刑事は自分の分だけは払わなければならない。しかし、コーヒー代くらいならともかく、組員のそれも幹部クラスが使うような、レストラン、バー、クラブの類いになると、代金は高額のものになる。しかもそれら情報収集のための予算は限られている。当然、刑事たちは身銭《みぜに》を切ることになる。

警察官の給与は、決して高くはない。

一般人であれば、金持ちとそうでないもののつきあいで、金持ちが一万円の酒代を奢《おご》れば、奢られた側は千円のコーヒー代でそれを返し、それでなんとなく対等、というケースはある。あるいは、今日は御馳走《ごちそう》になっておき、次のとき、別のもので返す。という考え方もある。

が、警察とやくざではそうはいかない。きのう酒を奢ってもらったが、今日、令状をもって逮捕にいく、ということになりかねないからだ。

問題は金銭関係だけではない。

犯罪行為の情報を組員から入手し、それを確認するために、現場へおもむくことがある。その時点では、現行犯逮捕をする、またはできる、とは限っていない。また、犯罪行為の視認の場で、別の犯罪行為が進行中のこともある。

たとえば、覚醒剤の密売を内偵中の捜査官がいる。売買が、ある麻雀荘でおこなわれている、との情報を手に入れる。それを確認するために、客を装ってその麻雀荘にでかけていく。ところが、そこで賭博行為が進行中で、疑われないためには、その賭博に参加しなければならない、という状況すら生じることがあるのだ。

そういう捜査は、ある種のおとり捜査でもあるし、一般警察官はこれを嫌う。

例外的なのは、麻薬取締官で、同じ司法警察職員の立場ながら、捜査の進め方は、一般警察官とはまるでちがう。

麻薬取締局が、法務省ではなく、厚生省の管轄下にあることも関係しているかもしれない。

郭が大久保一丁目の常設賭場に出入りしたのは事実である。が、その理由はいったい何か、というのを桃井は考えているようだった。

もちろん、郭には、日本国内における捜査権はない。仮に郭が、台湾から日本に逃亡した犯罪者を追っているとしても、その所在の確認や身柄の確保は、日本の警察の仕事である。

郭がすべきなのは、Ｉ・Ｃ・Ｐ・Ｏ（国際刑事警察機構）を通じての正式依頼だ。

従って郭が、常設賭場への出入りを咎められた場合、捜査中であったという、いい訳は通用しない。

万一、そこでの博打に参加していれば、賭博行為の被疑者、ということになる。

「郭が息抜きをしていた、というのも考えられるな」

桃井はいった。

「もちろんあります。日本に観光旅行にきて、知りあいの台湾やくざに会い、どこか面白いところを教えろ、といってね」

「君が見たときはホステスを連れていたといったな」

「ええ、ふたり連れていて、両方とも台湾人のようでした」

「昨夜はひとりか」

「ひとりです」

桃井は小さく頷いた。

「ガサ入れの予定は？」

鮫島は訊ねた。

「まだ先だろうな。だが今度のことで、本庁は早めるかもしれないな」

「迷惑をおかけするかもしれません」

桃井は無表情で首をふった。

「どうせ、本庁からやりだしたことだ。こちらが頼んでつきあってもらっているわけじゃない」

「今日、もう一度会うつもりですが、大久保の件にはさわらないようにします」

桃井は頷いた。

「郭が誰かを追ってきている、という可能性はあると思うかね」

鮫島は考えた。

「ない、とはいいきれないと思います。私のうけた印象では、一度くらいつくと、とことん離れないタイプに見えました」

「まるで誰かみたいにか」

桃井の言葉に鮫島は苦笑した。

「それ以上でしょう。邪魔する奴は叩きつぶす、そんな感じです」

「そんな男が感情的になって追っかけているほしが、新宿にいるとなると厄介だな」

鮫島は頷いた。

「場合によってはひっぱる、という手もあるが、同じ警官だ、なるべくそんなやり方はしたくないな」

桃井はいった。

「同感です。今日会って、もう少し、あの男に――」

鮫島が答えかけたとき、桃井の机上にある電話が鳴った。桃井は受話器をとった。

「はい、防犯課です。……はい、……はい。おります」

鮫島を見た。

「君にだ。国際捜査課からだ」

鮫島は受話器を受けとった。

「鮫島です」

「きのうはお疲れさま」

聞き覚えのある、投げやりな口調が耳にはいった。

「荒木です。問いあわせのあった件で連絡をしたんだがね」

「いつ戻られたんですか、国際に」

鮫島は少し驚いていった。

「戻っちゃいない。いないけど、ちょっとね」

荒木は答え、ひと呼吸おいていった。

「あんたに会いたいんだ。話したいことがあって。きのうの件で」

「けっこうです。どうすればいいですか」

「こっちに来てもらうのもなんだし、そっちへいくのもどうかな。どこかでお茶でも飲まないか」

鮫島は腕時計を見た。午後一時二十分だった。先に郭に会っておいたほうがいいかもしれない、ふと思った。荒木に会えば、郭との面談を止められるかもしれない。

荒木がその間《ま》を読んだようにいった。

「また会うのだろう。問いあわせの台湾人に」

「ええ」

「その前に会ってもらいたいな」

鋭い男だった。

「わかりました」

「すぐ出られるかい」

「かまいません」

「じゃあ二時すぎに、そのへんのホテルの喫茶室かなにかでどうだ？　できれば、おたくの署員とも顔をあわせないようなところで」

鮫島は同意し、西新宿《にししんじゅく》にあるホテルの喫茶室を指定した。

「わかった。じゃあ、これからうかがう」

「お待ちしています」

いって、受話器をおろした。

桃井が無言で見た。

「荒木警視について、何かご存知ですか」

桃井は首をふった。

「いや。だが、少しかわった人のようだな」

「自分のことをすべり落ちたくちだといいました」

桃井は椅子の背にもたれかかった。ゆっくり、いった。

「噂は聞いたことがある。だが、あくまでも噂だ。だから口にすべきではないだろうな」

そして鮫島を見た。

「利《き》れる、と思うね。かなり」

鮫島は頷いた。気をつけろ、と忠告してくれているのだった。


二時少しすぎ、荒木は待ちあわせの喫茶室に現われた。茶のチェックのジャケットをノーネクタイで着ている。崩れたお洒落《しゃれ》、という印象だ。

向かいあうとアイスコーヒーを頼み、煙草をくわえた。火をつけないまま、先を上下させて喋った。

「ふたりとも身許を確認した。郭栄民《グオヨンミン》は、台北市政府警察局の私服刑事だ。許煥《ウーファン》のほうは、十三のときから逮捕歴がある」

「許ブラザースと呼ばれたギャング団のメンバーだったそうですね」

「五人兄弟の末弟だ。一斉検挙のとき、銃撃戦になり、ふたりが射殺されている。二番目が終身刑で服役中。すぐ上の兄貴は、そいつに刺し殺された。許煥は、逮捕時、未成年だったのと、グループの犯行では、たいした役わりをはたしていなかったことがあって、服役をまぬがれた。そのあとしばらく行方がわからなくなっていたら、日本にいたというわけだ」

鮫島は頷いた。郭の話とくいちがいはない。

「日本で何をやっていたかは、わからない。たぶん、『深夜レストラン』のホストでもやりながら、小遣い稼ぎをしていたと思うが」

「大久保一丁目の、例のとはどうです」

「今朝、吉田くんに面通ししてもらった。見たことはない、といっている」

「そうですか」

「取調べは、あんたがやるのか」

「通訳がいりますね」

鮫島は頷いていった。許煥がたとえ日本語が喋れても、話せないといいはる可能性は大きかった。

荒木はあいまいに頷いた。

「送検する気か」

「傷害事件ですからね。とりかたによっては、殺人未遂です」

荒木は無言で、煙草の煙をふきあげた。

「大久保の件がひっかかっているなら、片づくまで待ちますが――」

荒木は黙っていた。考えているようだ。

許煥の、郭に対する傷害は、日本国内でおこなわれたものだ。従って、日本の法によって許煥は裁かれ、刑をうける。郭に過剰防衛が問われる場合も同様である。

「郭について聞きたいと思わないか」

荒木はいった。

「うかがいます」

「台北市警察局の腕ききだ。ハンパな捜査をやらんので知られているらしい。拷問《ごうもん》をやったと弁護士から訴えられそうになったことがいくどもある」

鮫島は荒木の顔を見た。国際捜査課からの公式な問いあわせに、台湾側はそんなことまで回答してきたのだろうか。

「階級は、こちらでいう警部補。強引なやり方をしなけりゃ、もっと出世しているだろう、ということだ」

「問いあわせに向こうがそう答えたのですか？」

荒木は首をふり、にやっと笑った。

「そういってきたのは、刑警大隊の総隊長、こっちでいう警視正どのだ。ちなみに警視は組長ってんだから笑うだろう」

「親しくされてるのですか」

荒木は笑顔を消し、首をふった。

「つきあいがある、というくらいだ、台湾やくざの件でいろいろあったし、向こうから羽《は》田《だ》に、こっちでおさえた奴を引きとりに来てもらったりしたことがあったからな。だからこんなに早くふたりのことがわかったんだ」

「内偵中の賭場に出入りしていたことを伝えたんですか」

「いや、が、それとなく訊いた。こちらでやくざと遊ぶか、とな。そんなことはありえん、という話だった。郭は、台湾に進出している日本やくざも狙《ねら》っているらしい。台湾から日本やくざを叩きだしたいと思っているようだ」

「頼もしいですね」

「あんたの兄弟みたいな男じゃないか」

荒木はいって、つけくわえた。

「別にからかっているわけじゃない」

「気にしません。うちの課長にも同じようなことをいわれました」

「おたくの課長はできる。昔、あんなことがなければ、本庁でほしがったろう。確か、あんたを助けたことがあったな」

鮫島は頷いた。そのために桃井は被疑者を射殺した。そのことは、桃井にとっても、鮫島にとっても、一生の負い目になる。

が、事件のあと、桃井は、一度もそれを口にしていない。

「郭が日本に遊びで来ている、と思うか」

「さあ」

鮫島は首をふった。

「あんたの勘でいい」

「意味がありません」

鮫島はいった。

荒木は、ひっかからなかったな、というように笑った。

「誰かを追っかけてきているとすれば、重大な越権行為だ。ねじこもう、てのがでてくるかもしれんな」

「警視はそう思いますか」

荒木は答えず、アイスコーヒーをすすった。互いに手駒の読みあいをしているようだ、鮫島は思った。

荒木はアイスコーヒーのグラスを見つめ、口を開いた。水滴が表面を走り、紙のコースターに次々としみこんでいる。

「仮に、仮の話だ。郭が、重大な犯罪容疑者を日本まで追っかけてきている、としよう。本来、その仕事は、容疑者が日本の土を踏んだ時点で、日本の警察に任せるべきことだ。I・C・P・Oを通じて、手配すればいい。ところが、郭は、日本の警察には、容疑者を絶対につかまえられない、と思ったとする。なぜならその段階では、容疑者は日本国内で何も犯罪をおかしていない。どこの国でもそうだが、自国内の犯罪を扱うので警察は忙しい。別件でひっかかったときならともかく、専従の捜査員をそのために割《さ》くには、よほどのことがなきゃならん。まして、郭の追っかけているのが、相当の知能犯だとすればなおさらだ。

そこで郭は、越権行為を承知で、休暇をとり、日本にやってくる」

「その仮説には、いくつか条件が必要です」

鮫島はいった。

「何だ」

「まず、郭が、なぜそれほどまでに、その容疑者にこだわるのか、ということ。丸Bのべテラン刑事なら、抱えている犯罪はやまほどあるはずです。郭は私に、日本には二週間いる予定だ、といいました。二週間ものあいだ、公務を休んでまで追っかけたいような奴がいるか、ということです。ふつう丸B担当の刑事なら、休みのときくらい、丸Bの顔を見ずに過ごしたい、と思うはずですから。

それともうひとつ、容疑者が日本にいる、という確実な情報をどこから手に入れたか、です。ご存知のように、台湾やくざは、日本だけではなく、香港やアメリカにも勢力がありますからね」

「台湾やくざについて調べたのかい」

「少し、です」

鮫島はいった。桃井に報告をする前、鮫島は新宿図書館に足を運んだのだった。おかげで、朝方、数時間の仮眠をとっただけだ。

鮫島が得た結論は、台湾やくざは、世界最大の組織暴力である、ということだった。チャイニーズ・マフィアと呼ばれる形で、北アメリカ、南アメリカ、そしてヨーロッパにまで広がっている中国人犯罪組織は、横のつながりをもち、当然、香港や台湾、タイなどにもパイプをもっている。そして、彼らの組織の根幹をなしているのが、麻薬のネットワークだった。人材の交流は激しい。危険になると、すぐにでもその国を離れ、別の国に移動する。特に、アメリカ大陸とユーラシア大陸との往来によって、捜査をかわす術《すべ》に長《た》けている。

つまり、台湾やくざそのものが中心ではなくとも、中国人犯罪組織という視点でとらえれば、横のつながりはそれこそ世界全体に広がっているといえるのだ。ただし、結束、という意味では、これらすべてがひとつの意志のもとで統一されているわけではない。

むしろ台湾やくざだけをとっても、ひとりのやくざがふたつ以上の組織に所属していたりする場合もあるほどだ。日本では、ひとりの組員が、ふたつの組に所属することは考えられない。組織管理という点では、日本の暴力団のほうが徹底している。

台湾では下克上《げこくじょう》もそれだけ激しい、ということになる。

「確かにあんたのいう通り、ふつうの刑事なら、わざわざ日本くんだりまでやってきはしないだろう」

「警視には、郭が捜査で日本にきているという確証があるようですね」

荒木は答えなかった。鮫島ははっきりといった。

「私にどうせよ、というのです？」

荒木は苦笑した。

「俺があんたにどうのこうのいえる立場じゃないよ」

鮫島もつられて苦笑した。煙草をとりだし、火をつけた。

「非公式な形で、警視の耳には入っていたわけですね」

「そういうことだ。これを話してくれたのは、さっきいった台北市警察局の総隊長だ。向こうは協力を要請する、とはいわなかった。いや、いえなかったのだろうな」

「話はあなた個人に?」

「そう。俺は、はたと考えたよ。もし俺が目先の点数を稼ぐのに懸命なら、すぐ上にもっていったろうな。上は当然、郭にこっちの国内で好き勝手やってもらっちゃ困る。ということになるだろう」

「でもそれはしなかった」

「しなかった……」

「なぜです?」

「しゃぶと拳銃のルートだよ。郭が追っているのは、当然、台湾やくざの大物だ。奴が騒ぎをおこすときは、日本のやくざもからんでくるにちがいない。今、日本にいる台湾やくざは、昔とちがって食いつめ者ばかりじゃない。日本の連中が台湾に進出して、交換留学生みたいな真似をし始めてる。幹部候補生を互いの組に送りこむからだ。聞いた話じゃ、台湾からの連中のほうが、ごたがあったとき度胸がいいそうだ。日本の若いのは、仕事と刑期《おつとめ》の長さをはかって、ソロバンを弾《はじ》くが、台湾の連中は、いわれれば、すぐいく、とさ」

「郭が追っている人間が、日本の丸Bの構成員になっていると?」

「あるいは取引をしているか」

「つまり、丸Bにかくまわれているかもしれない、というのですね」

荒木は頷いた。

「むしろその可能性のほうが高いだろうな。しゃぶや拳銃の取引のある日本の組に身を寄せているのさ。郭はそれをつかみ、独断で日本にきた」

「しかし、令状もなしにどうするつもりです。まさかひっぱたいて連れだす、というわけにはいかないでしょう」

「それは俺にもわからん」

「郭が追っているのが何者か、情報はないのですか」

荒木は黙った。迷っているように見えた。

「そいつについちゃ、台湾の総隊長も渋ってな。つまり、それを俺に話すことで、日本の警察が先回りして、郭の出鼻をくじくのを心配しているのさ。話すのだったら、協力すると約束してもらいたい、という。協力しないのなら、あくまでも郭のことは、公式には、個人の観光旅行、というので通す、というんだ」

「なるほど」

たぶん、台湾の郭の上司は、郭のことをできる限り、荒木にバックアップしてもらいたい、と思ったのだろう。だが荒木がどこまで信用できるかわからないので、かんじんの、郭の標的について話し渋ったのだ。

「俺も参ったよ。俺の目的は、ぶちあけた話、郭が暴れたことで見えてくる、日本と台湾の密輸ルートだ。こいつをひっぱがせば、目先どころか、えらい点数になる。返り咲きもできるってことだ。俺があんたにこれを話すのは、あんたも俺と同じ落ちこぼれだからだ。待った、ただしあんたには、俺みたいなカムバックの野心がないことはわかっている」

鮫島が何かいうより早く、荒木はいった。

鮫島は再び苦笑した。荒木は、どこか憎めないところがあった。犯罪の摘発を出世の手段としか見ていないのだが、それを妙に隠したりしないからかもしれない。

「で、結局、約束はしなかったのですか」

「しなかった。俺は落ちこぼれだが、男らしくない、といわれるような真似は嫌なんだ。カラ約束をうっといて、知らん顔で先回りする、そういうこずるい官僚にはなりたくないんでね」

荒木は苦《にが》い表情になっていった。確かに、そうするかもしれない人間はいる。出世に目の色をかえる、という点では、荒木もそういう連中とかわりはしない。ただ、男らしさにこだわる、というのがちがいだった。

不思議な男だ、と鮫島は思った。

「郭が追っているのが何者か、わからないわけですね」

「そういうことさ。そいつは俺のいちばん知りたいところだ」

「なぜ直接会って訊かないんです」

「奴が喋るとは思えんからさ。それに、こっち側に奴の目的というか、日本にきた理由を知っているのがいる、と奴が知ったら、一発でモグってしまうかもしれん。そうなればお手上げだ。俺としては、知らん顔で泳がせたい」

「もし郭が追っているのが、日本の丸Bとは関係のない人間だとしたら」

「そんなことはありえない、と思うがね。もしそうだったら俺はカラテンでリーチしたようなものさ。アガリ牌《はい》がないんだ」

「どうします？」

「どうしようもない。郭がこっちの法をおかさない限り、知らん顔だ。この話は、公式には存在しないのだからな」

「もし、ばれたら？」

「上に？」

鮫島は頷いた。荒木はあっさりいった。

「かまわないさ。どうせ落ちこぼれているんだ」

鮫島は首をふった。

「保安一課の尻を叩いたのは、あなただったのですね。郭をひっかけたかった。それで、出向していった」

「上を説き伏せるのに苦労したよ。本当のことは話せないからな」

「郭の動きはどこから読んでいたんです？」

「入国したときからだ。入管に知りあいがいて、頼んでマークしてもらった、そのツテで、宿もつきとめた。ただ、俺が尾行してまわるわけにはいかないからな。はっきりいって、あんたとちがって、現場のほうは、からきしなんだ。自信がなかった。叩きあげの郭にばれずに監視する、なんてのは」

「郭は丸腰でしょうね」

気になって、鮫島はいった。もし武器をもちこんでいたり、こちらで手に入れたりしていると厄介だ。

「わからん。たぶんそうだろうと思う。そんなものをもちこむほど馬鹿じゃないさ」

鮫島は息を吐いた。

「結局、私に郭を監視してもらいたい、というのですか。今度のことを大ごとにせず」

「はっきりいえば、そうなる」

鮫島は荒木を見た。荒木は目をそらした。

「あんたはたいして得をしないかもしれん。それでも俺があんたに話したのは、あんたは損得で動く人間じゃない、と思ったからだ。

それともうひとつ。郭の一件で、痛い目にあう丸Bがでてくるとすれば、そいつはたぶん新宿でのさばっている奴だ。しゃぶと拳銃でな」

鮫島は無言でいた。

「厚かましい野郎だと思っているのか」

荒木は低い声になった。

「タイで何があったんです?」

鮫島はいった。荒木は驚いたように顎をひいた。目を細め鮫島を見つめていたが、やがていった。

「ビザだ。タイから女を送りこみたがっている連中のために、ビザを融通《ゆうずう》してやった。ただし、いいわけするわけじゃないが、丸Bじゃない。現地で知りあったママさ。日本に出稼ぎして、貧乏な家族に仕送りしてやりたい、それにほだされてな。もちろん、見返りもあった」

鮫島は頷いた。

「今でもそうだが、貧富の差はとてつもなく激しい。俺がいたころ、物乞《ものご》いの元締めてのがいて、そいつが田舎から赤ん坊を買ってくる。そして、目をつぶしたり、手や足をちょん切って、わざと街頭に立たせるのさ。そのほうが稼げるからだ」

荒木は首をふった。

「初めてそれを知ったとき、元締めをぶっ殺してやりたいと思った。が、そいつは皆、生きのびるためなんだ。そうでもしなきゃ、間引《まび》かれてしまう子たちなのかもしれん。俺はそういう子供を、バンコクの街頭で何人も見たよ」

「わかりました」

鮫島は息を吐いた。

「全部が全部、あなたの思い通りにいくとは思えませんが、少しつきあってみます。郭が新宿で台湾やくざをかたっぱしから拷問してでもまわらない限り」

「助かる」

荒木はいった。

「ただし郭が私の意図に気づいたら、おしまいですよ」

「どうかな。もしあんたを信用できると踏んだら、奴のほうから接近してくるかもしれん」

「そうなったら私は、ふたりを天秤《てんびん》にかけることになる」

「俺がほしいのは、日本の丸Bの密輸ルートだ。郭には獲物をくれてやる。ことが大きくなる前から」

「ガサ入れはどうするんです？　大久保一丁目の」

「あんなものはオマケみたいなものだ。郭の件が片づいてからでいい」

鮫島はにやりと笑った。

「あなたは博打が好きだ。ちがいますか」

荒木は新たな煙草に火をつけ、いった。

「捜査なんて博打みたいなものさ。ちがうか。裁判所が胴元で……」

そして真顔になった。

「礼をいうよ」

11

郭は病院をでて、ホテルに戻っていた。鮫島は、「サンコーホテル」のフロントから、郭の部屋に電話を入れた。

「鮫島です。今、下にきていますが」

郭は少し間をおいて、

「どうぞ。お待ちしています」

と答えた。

ビジネスホテルの中には、客以外の人間が部屋に入ることに神経を尖らすところが多いが、そこはちがった。鮫島の受けた印象では、外国人のビジネスマン、それもアジア系の客が多いようだ。

郭の部屋は五階のシングルルームだった。

鮫島は自動販売機で缶コーヒーを二本買い、エレベータに乗りこんだ。

ドアをノックすると、郭が内側から開いた。郭はホテルに備えつけらしい浴衣《ゆかた》を着こんでいた。

部屋の中は、息が詰まりそうなほど狭く、シングルベッドと小さなライティングデスクでほぼいっぱいだった。ベッドの横にあるクローゼットに、きのう着ていたのを含むスーツが何着か吊るされ、下にサムソナイトのトランクがおいてあった。

部屋の窓が開き、夕方のラッシュの音が流れこんでいる。部屋は狭いが、眺めはそれほど悪くない。

「どうぞ」

鮫島は缶コーヒーをライティングデスクの上においた。

「ありがとうございます」

郭は無表情で頷いた。

「すわってください」

郭自身はベッドに腰をおろした。ベッドカバーの上に、薬局の包みがあった。

「包帯をかえるところだったのですか」

「いえ、もうかえました」

郭は首をふった。

鮫島は灰皿を見た。吸い殻はなく、きれいだった。

「どうぞ、吸ってください。私、気にしません」

目ざとく気づいて、郭がいった。

「吸わないのですか」

「ときどき、だけ」

「吸いますか」

鮫島は自分の煙草をだした。

「ありがと」

郭は一本抜いた。鮫島は自分もくわえ、ライターの火をさしだした。

郭は鮫島の目をじっと見つめ、火を借りた。

「私のこと、調べた？」

「ええ、許煥のことも。すべておっしゃる通りでした」

「早いですね」

「許煥は、まだ当分、取調べができそうもありません。なにせ、顎が割れているんで」

「私、逮捕されますか」

「いえ」

「でも、台湾、帰るかもしれない」

「まだ帰らない、そういってたでしょう」

郭は鼻から煙を吐きだした。

「でもその体では、いきたいところにもなかなかいけませんね」

「だいじょうぶ。私、元気」

「あちこち、いかれたのですか」

「少し。新宿、いちばん面白いね」

郭は窓を見やった。

「お国にも、こういうところはあるでしょう」

「ワンホア」

「ワンホア？」

郭の身ぶりに、鮫島はライティングデスクにのったメモを渡した。

『萬華』

「なるほど、万の華か。いかにもにぎやかそうですね」

「犯罪者もにぎやか」

郭は薄く笑った。

「新宿に似てますか」

「少し似ている。全然、似てないところもある。でも、やくざ多いね」

「日本のやくざもいますか」

「ほとんどいない。彼ら、表を歩かない。ホテル、レストラン、ナイトクラブ、車で動くだけ」

「定期的に台湾を訪れているのもいますか」

「いる。お金だして、台北で店を経営している。最近、台湾の黒社会、ビジネスになっています。大きな会社の顧問、社長、ベンツやＢＭＷに乗って……」

「企業化が進んでいる？」

「大きな組織は皆そう。トップはビジネスマン、何かあったとき、下っぱが戦争。つかまるのは、下っぱだけ」

「どこも同じなようですね」

「日本も？」

「上の連中はめかしこんでいますよ。よほどのことがない限り、自分たちは逮捕されない、とね。弁護士も雇って、何か仕事をする前には必ず、どうやればつかまらないですむか、研究している」

　郭は頷いた。

「頭がいい。台湾のやくざも、日本のやくざから勉強している」

「でもいずれ、つぶされる。私やあなたが生きているうちは無理かもしれないが、いつかはね」

「信じてる、あなた、それ」

「信じています。非合法に金を稼ぎ、暴力で人をおどし、人よりよい生活をしようという連中にのさばられてはたまらない」

郭は微笑んだ。

「あなた立派な警官」

「どうでしょうか。立派な警官というのは、もう少し別の人間のことかもしれません」

「どんな？」

郭は訊ねた。

「愛国心、というか、ときの政府を守ることを一番、と考えている連中です。国が警察制度をもつ最大の理由は、政治権力を自分たちの敵に渡さないためですから。その意味では泥棒よりも反政府主義者のほうが、警察にとっては大事なお客さんです」

「あなたはそう思わないか」

「私はこの国に革命がおきると思っていません。反政府主義者によって、今の政府が倒されるとは思わない。そこまで国民の支持をうけているグループはいませんから。もちろん、テロ行為がないわけではない。しかしその大半は宣伝のためであって、存在を主張することはあっても、支持者を増やすのに役立ってはいません」

「ほかの国が破壊工作《サボタージュ》をしかけてくる、どうする？　私から見ると、日本の人、皆、のんき。いいことも悪いこともすぐ忘れてしまう。自分たちがしたこと、されたこと」

「確かに。それが日本人の性格でしょう。おっしゃるように、自国の力だけでクーデターがおきるようなことはないかもしれませんが、外からの圧力があればありえます。しかしそれも、国民の多くがその意見を支持しなければ駄目でしょう。そうなるには長い時間がかかります。もし攻めこんでくる国があるとすれば、それは警察ではなく、軍隊の仕事です」

「日本と台湾、まるでちがいますね」

「アジアの先進国の中では、日本だけが特殊なのかもしれません。政治的な緊張感がない。台湾には大陸の問題があるし、韓国には北朝鮮との問題がある。その点では、日本は軍事的な脅威《きょうい》がない」

「幸せ」

「ある意味では。年よりの中には、平和慣れしてしまった日本人に警告をうながす人もいます。万一のとき、たいへんなことになるぞ、と」

「台湾にも、同じことあります。台湾人でも年より、特に戦争のあと本土からきた人たち、今でも中国の政府はひとつだけ、自分たちが正しい中国の政府、と主張している。大陸の政府は偽ものと。若い人は、もういい。中国がふたつあってもいい。中華人民共和国《ちゅうかじんみんきょうわこく》、中華民国《ちゅうかみんこく》、別の国。しかし、台湾政府はそれを認めない。私たちが取り締まる」

「あなたの仕事に対して、私はとやかくいえる立場ではありません」

「本当のこと、私はどちらでもいい。私がつかまえたいのは、ギャング、人殺し、強盗。もし、そいつらに武器を提供している外国人がいたら、それもつかまえたい。だから、あなたほど、外国人と暴力団、わけられない」

鮫島は頷いた。

「あなたみたいな警官、日本人に多いですか」

「さあ。ひょっとしたら少ないかもしれません。皆、この問題について話しあいませんから」

「上の人の目が恐い？」

郭の表情に皮肉が宿った。

「ええ。それもあるでしょう」

「あなた、なぜ警官になった？」

鮫島は考え、いった。

「自分が、ほかの人とちがう。そう思ったからです。わかりにくいかもしれませんが、私はふつうの仕事に向いている、とは思わなかった。学校をでて会社に入り、定年まで規則正しい生活を送る。それができないと思ったのです。ただ、今になってみれば、会社員の仕事だってそれほど規則正しくも退屈でもない、という気がしますし、警察官にはあべこべに規則がたくさんあって、がんじがらめだった。ですが、自分の仕事がどういう形で社会の役に立っているのか、この目ですぐ確かめられる。国のため、という気持ちとはちがいます、きっと自分自身のためなのでしょう。

自分が納得できるかどうか、それだけなんです。もちろん、警察はひとつの大きな組織ですから、なかなか簡単にはいきません」

「警察官、好きですか」

「迷うこともありますが、好きですね。もちろん、私から見て、嫌いな警察官もいます」

「どんな？」

「やたらにいばる警官。それとふた言めには、国の利益をもちだす奴。そういうのは信用しないことにしています。たいせつなのは人間であって、機構や組織ではありませんから。警官は、ふつうの人にはない力を与えられています。それはしかし人を守るためであって、法律を守らせるためではない。悪いことをして、警官にあやまる人がいますね。

『お巡りさん、ごめんなさい』『見逃してください、お巡りさん』と。その人たちにとって、警官は裁判官であり、法律が制服を着ているような存在なのです。しかし、本当は、ちがう、そんな気がします。法をおかしたことそのものは悪いが、警察官にあやまるのとは別の問題です。

法律というのは、目に見えません。警官は、柵《さく》、フェンスのようなものだと思うのです。

その柵をこえれば、自分も他人も傷つく。だから柵の存在に気づいたら、そこから先へはいかないようにしよう。そう人に思わせるような存在であればいいのだと思います。

ただ、中には平気で柵の外で生きているような連中がいます。柵の外にいけば、それが近道だ、そんなことは皆知っているけど、ふつうはそれをしない。あえて、わかっていても、面倒くさい遠まわりをしている。なのに、あたり前の顔をして近道を使い、それを不満に思う人がいたら、威《おど》してひっこめようとする、そういう奴らを放っておいたら、『何だ、遠回りした俺は馬鹿みたいじゃないか』と思う人が必ず現われてくる。そんな不平等は許せないんです。世の中には、不平等、不公平なことはたくさんあるけれど、その不平等だけは、私は知らん顔できない」

鮫島は、自分の考えが郭に通じるという自信はなかったが喋った。同じ警官にこんな話をするのは馬鹿げている、という気持ちもあった。だが反面、異郷《いきょう》にひとりぼっちで、自分の闘いを背負ってきている警官にこそ、わかってもらいたいという思いもあった。

郭が微笑んでいった。

「煙草、もう一本、ください」

鮫島は頷いて、煙草をさしだした。こんなふうに、自分の気持ちをほかの警察官に話したことはなかった。日本人の警察官に対してさえ、だ。

郭は煙草に火をつけ、鮫島を正面から見すえた。

「あなた、もうわかっている。私が日本に旅行にきたこと、遊びじゃないとわかっています」

「ええ」

鮫島は静かにいって、郭の目を見返した。

「私は警察に入る前、軍隊にいた。陸軍。徴兵されて入ったが、水泳が得意なのと体が頑《がん》丈《じょう》だったので、スペシャル・フォースの訓練をうけた。そのあと、金門島《きんもんとう》の守備隊に配属された」

『金門島』『馬祖島《まそとう》』と、ふたつの名を郭はメモに書いた。

「このふたつの島、台湾の領土。でも、大陸からの大砲の射程距離の中。大陸から、軍隊攻めてくるとき、まずこのふたつの島が狙われます。だから守備隊の訓練、すごく厳しい。海に潜《もぐ》って、敵と闘う。台湾語で、ツイクイア、と呼ばれます」

「ツイクイア？」

『水鬼仔』

「『水鬼仔《ツイクイア》』は、エリート。フロッグメン部隊。皆、射撃がうまく、格闘も強い。あなたきのう見たの、跆拳道《テコンドー》、朝鮮《ちょうせん》武術。『水鬼仔』は跆拳道の達人。韓国から先生がきて、教える。必殺技ばかり。『水鬼仔』の結束固い。皆、命かけた仲間。自分が死んでも仲間、助ける」

鮫島は無言で郭の話を聞いていた。

「私が二十九のとき、私の父、病気になった。『水鬼仔』にいては、父のそばにいられない。私、軍の偉い人に頼み、軍隊から警察に移った。父は台北にいたから。金門島は遠いから。『水鬼仔』の仲間と別れるのつらかった。けれどしかたがない」

鮫島は頷いた。

「警察入ってしばらくして、刑事になった。『一清運動』が始まった。掃黒ね、台湾社会からギャング、暴力団を一掃する運動。片っぱしからやくざつかまえて、刑務所に放りこむ。悪い奴、皆、逃げだした。香港、日本、ボリビア。台湾は、少し静かになった。でもそのあと、一九八七年、台中交流。本土とのいききできるようになって、いっせいに黒星《ブラック・スター》、赤星《レッド・スター》、流れこんできた。拳銃がいっぱいになると、あちこちで暴力団ができる。皆、気が大きくなるから。ギャングが増えました。

大きなところは皆、『一清運動』でこりているから、ビジネス。うまく企業とくっつく。小さなギャング団は、銀行強盗、宝石強盗、誘拐《ゆうかい》。許ブラザースも、そのころです。そして、大きなところはギャングを相手にしなくなった。危ない仕事、下っぱやプロに任せる」

「プロ？」

郭は鮫島の目を見てから、メモをひきよせた。

「香港の映画が最初に使った言葉」

『職業兇手』

「殺し屋、ヒットマンのこと。チンピラは皆、自分のことを『職業兇手《シィーイエーションショウ》』だと自慢《じまん》した。馬鹿な連中」

「では実際はそんなにプロはいなかった？」

「本物は、ごくわずか。そういう連中、めったに人前に顔をださない。仕事を頼むのは、竹連や四海の大物だけ。ボスとだけ連絡しあって、標的を決める。ふだんは、別の生活している。小間物売ったり、タクシーの運転手。そうすれば、警察に疑われないから。自分のことをやくざだといわない。頭がいい」

「どんな風に仕事をするんですか、そういう連中は」

「暴力団が、ある会社と手を組みたい。大きな銀行、不動産開発など。そこで、ボスが会社のトップに話をもちかける。『私が顧問をします。トラブルおきてもオーケー』、簡単にいえばこう。もし、会社の社長が『ノー』、副社長は『オーケー』。ボスは、職業兇手に電話する。一週間？　ひと月？　半年？　わからない。職業兇手、社長のことをよく調べる。家がどこ、何時に起きる。会社へどうやっていく。よくいくレストラン、ナイトクラブ、ゴルフ場。運転手は？　ボディガードは？　そして調べた上で、ある日、ボン！　爆弾か拳銃か、ライフル。警察はすぐ動きます。でも、職業兇手をつかまえない限り、ボスもつかまえられない」

「その通りですね」

「それでも何人かの職業兇手がつかまって、ボスもつかまった。ひとりだけ、どうしてもつかまえられない職業兇手いる。たぶん、元軍隊。銃や爆弾も使いますが、蹴り技で人を殺せる。チャギ、といいます。きのう、あなたが見たのは、『ピットロチャギ』。

その職業兇手、チャギで相手の脳天を叩き割ります。まるで木から木にとびうつる猿のように身軽です。それに自分の殺した死体のところに木彫《きぼ》りの猿をおきます。日本では三《さん》猿《えん》と呼ばれています。見ザル、聞カザル、言ワザル」

「台湾にもあるのですか?」

「日本の文化、たくさん台湾に残ってます。『見ザル、聞カザル、言ワザル』の猿、象につかまって同じようなことをしている猿の置きもの。警告ですね。自分のこと、見てはいけない、聞いてはいけない、もちろん喋ってはいけない。器用な男、自分で彫って、死体においていく。新聞がこれの写真を撮ってのせ、名前がつきました。ドゥユアン」

郭はペンをとり、『毒猿』と書いた。

「私は、毒猿《ドゥユアン》をずっと追っています。毒猿が組織に裏切られたという噂を聞きました。そこでスワミン、こう書きます。『綫民』、日本で何というか知りません。私に逮捕され、そのあとときどき噂話を売るようになった人」

「そう。刑事は皆、自分の綫民をもっています。私は綫民にそのことを調べさせました。毒猿を裏切ったのは、『葉威《イエーウエイ》』という、四海のボスのひとりです。葉威は、毒猿を使って組織の邪魔者を殺してきたのですが、毒猿がつかまらないので安全でした。ところが昨年、葉威自身が、ギャングのグループに誘拐されたのです」

「情報屋ですね」

日本ではまず考えられないことだが、台湾では、強盗や誘拐をくりかえすギャンググループが組織暴力団の幹部を誘拐して身代金《みのしろきん》を奪う、という事件がいくどか起きている。

襲われるほうには、まさか、という油断があるのだろう。少数のボディガードとしかいっしょにいないときに、拳銃とサブマシンガン、あるいは散弾銃などで武装したグループに襲われ、あっというまに車におしこめられて、連れだされ監禁される。

当然、襲う側は覆面《ふくめん》などで、ぜったいに正体がばれないよう、注意をしている。ボスの家族に身代金を要求し、支払われたら、田舎に連れていき、置きざりにする、というパターンだ。

襲われたボスのほうは、とても公《おおやけ》にはできない。組織暴力団の幹部が、誘拐され、生命おしさに身代金を払ったということになれば、いい笑い者だし、配下に対してもしめしがつかなくなる。

葉威を誘拐したのは、「白銀団《パイイントアン》」と名乗っている十八組のギャンググループだった。リーダーの名が白銀文《パイインウエン》といい、そこからとったのだ。

葉威は、台北の愛人宅にいるところを襲われ、白銀団は、愛人と三名のボディガードを射殺し、葉威を連れだした三日後、葉威の家族が身代金九千万台湾元を支払い、葉威は釈放された。

自由の身になった葉威は、屈辱《くつじょく》をはらすのと、秘密を守る、ふたつの目的で毒猿を使った。

毒猿は、葉威を誘拐したのが白銀団であることをつきとめ、さっそく仕事を開始した。白銀団の最初のメンバーが殺されると、葉威は、アメリカ合衆国に飛んだ。警察のマークをさけるのと、白銀団の復讐をかわすためである。

毒猿は、白銀団のメンバーをひとりずつ殺していった。

自分たちが殺し屋に狙われているとわかったメンバーは、それぞれ分散したり、固まったりして、その手を逃れようとしたが、相手が悪かった。

「ひと月の間に、五人、『白銀団』はメンバーを失いました。ひとりが撃ち殺され、ひとりが殴り殺され、あとの三人は、いっしょにいたアパートの部屋に爆弾を投げこまれました」

白銀団は追ってくるのが毒猿とわかったが、どうすることもできなかった。なぜなら、毒猿の本名、住所を知る者はいなかったからだ。

葉威の命令で、リーダーの白銀文の命は、最後までとっておかれた、綫民の話では、葉威は、白銀文の眼球を手もとに届けるよう、毒猿に指示していたらしい。

白銀団のメンバーが残るふたりになったとき、白銀文が捨て身の賭けにでた。台湾を脱出し、ロスアンゼルスにいた葉威を再び襲ったのだ。

アメリカにいてまで襲われると思っていなかった葉威は、白銀文の威しにあっさり屈服した。毒猿にだしていた抹殺指令を撤回《てっかい》する、と約束したのだ。

だが白銀文はそれだけでは納得しなかった。毒猿に殺されたメンバーの中に、白銀文の弟がふたり入っていたからだ。

白銀文は、葉威の命とひきかえに、毒猿の本名を訊きだした。

もちろん、毒猿を殺すのが目的だった。


「では毒猿は殺されたのですか」

鮫島は訊ねた。郭は首をふった。

「いや、葉威が白銀文と残ったひとりの命を見逃してやれ、といってきたとき、おかしいと思ったのでしょう、すぐ身を隠しました」

台湾に戻った白銀文は、毒猿の住居を襲った。が、毒猿はいなかった。かわりに留守宅を守っていた女性がひとりいて、白銀文ともうひとりは、この女性を惨殺《ざんさつ》した、麻薬を射ち、いくども暴行し、最後に射殺したのだ。

その女性は、毒猿の愛人だと思われた。ふだんは、毒猿と暮らしていないのだが、その日はたまたま郵便の整理や家具の掃除をするために訪れていたのだ。

「そうなると、白銀文と仲間は、助かるチャンス、ゼロです。逃げまわったあげく、三カ月後、萬華の華西街《ホアシーチエ》というところで、撃ち殺されているのが見つかりました」

「葉威はどうなりました？」

「アメリカにいられなくなりました。かくまっていたロスアンゼルスのチャイニーズ・マフィアが、ベトナム・マフィアと戦争になったからです。でも、台湾に帰れない。今度は、毒猿が、自分を待ちうけているからです。そこで、ここ、日本に来ました」

「日本にかくまってくれる人間がいたのですね」

「います。石和竹蔵《いしわたけぞう》、知ってますか」

鮫島は頷いた。警視庁指定の広域暴力団の傘下《さんか》にある、石和組の組長だった。武闘派を標榜《ひょうぼう》している。

「石和は、台北で、喫茶店、パチンコ店、ビデオショップ、経営しています。代表の人間は台湾人。皆、葉威の親戚。ビデオショップには、たくさん日本の映画、テレビのビデオあります。海賊版です。大きな資金源ね。私、日本にこようと思ったとき、日本のビデオ借りて、日本語思いだすため、勉強しました」

郭は、日本でも人気のあった恋愛ドラマや刑事ドラマのタイトルを口にした。

鮫島はいった。

「葉はいつ日本にきたんです？」

「ひと月前。たぶん、ボリビアのパスポート使っています。怯えているでしょう。毒猿に狙われたら助からない、自分がいちばんよく知っている」

「毒猿の本名はわかったのですか」

郭は首をふった。

「台北のアパート、嘘の名前で借りていましたから。でも私、もしかしたらと思う人、います」

鮫島は郭を見つめた。郭は立ちあがり、右手でクローゼットの中のサムソナイトをひっぱりだした。番号錠をあわせ、蓋を開いた。

蓋の内側にあるポケットに右手をさしこんだ。キャビネ判のモノクロ写真をとりだす。

鮫島は受けとった。

ウェットスーツを着けた男たちが、掃海艇《そうかいてい》のような高速ボートの上で肩を組んでいた。六名いて、全員がナイフや水中銃で武装していた。横にはM16をもった水兵が立っている。

強い日光の下で、ウェットマスクの下の顔は、濃いコントラストを作っている。

左から二番目に郭がいた。全員の足もとにアクアラングがおかれている。

郭はその隣り、左端の、背の高い男を指さした。メモに書きながらいう。

「劉鎮生《リュウツェンシエン》、といいます。劉は、私と同じ年。いっしょに『水鬼仔』入りました。でも、私が『水鬼仔』除隊した三年後、事件おこして、彼も軍隊やめた。無口で、ふだんおとなしい。でも跆拳道《テコンドー》、部隊でいちばん強かった。『ネリョチャギ』、脳天を踵《かかと》で割る技、得意」

鮫島はさされた劉の顔を見つめた。カメラに向かって、どことなくはにかんだように、目を伏せている、横にいる郭に比べても、かなり若く見えた。

「なぜ劉だと思うのです?」

「劉の家、とても貧しかったです。昔、妹が病気、でも田舎だし、貧乏なので、ドクターきてくれない。結局、死にました。劉、その妹の写真、いつももっていた。軍隊やめたあと、劉の居場所わからなくなった。私、劉に会いたくて、捜した。劉の田舎、いきました。お父さん、昔死んで、今、お母さんと劉の弟、妹。お母さんが病気になった。劉が軍隊やめて少ししてからです。劉から電話があり、弟がそのこと話しました。『よし、わかった』、劉はそういいました。それから毎月、お金がたくさん送られてくるようになりました。でも差出人の住所、書いてない。

それともうひとつ、葉、陸軍の高官にたくさん友人がいます。『水鬼仔』が陸軍最強の部隊というの、知っています。葉は前から、『水鬼仔』の隊員たち休暇になると、自分の経営するレストラン、ホテル、招待していました。そして、軍隊やめたら自分のところへおいでと誘っていました。それは、私が『水鬼仔』を除隊してからのことです。八七年のころから」

「ではずっと毒猿が、その劉だと疑っていたのですか」

「ひょっとしたら、です。劉は手先が器用でした。基地で暇なとき、ナイフと木の枝で、いろいろなもの作っていた。竹トンボ作って、飛ばしっこしたことあるよ。でも、三猿を作ったのは見たことがない。私、それを確かめたい。劉は、軍隊でいちばんの友だち。もし、毒猿、つかまえるなら、それは私。劉を特勤中隊で包囲して射殺、したくない。どうしても確かめたい。でも、台湾では難しい。劉は、姿くらますの名人。何日でも何カ月でもずっと待つ、その名人。部隊でも忍耐力がありました。でも、今、劉はきっと日本にいます。葉威、殺す。自分を裏切った葉威、許さない。自分の愛人殺させたのも同じ、ですから」

鮫島はゆっくり息を吸いこんだ。もし郭の話がすべて事実なら、新宿はとてつもない爆弾をかかえこんだことになる。「毒猿」と呼ばれる殺し屋は、裏切り者の台湾マフィアの幹部を仕とめようと、日本の暴力団も巻きこんだ戦争をおこすかもしれない。

「毒猿が日本にきている、という確証はあるのですか」

郭は首をふった。

「ありません。毒猿の動きはまったくつかめません。ですから私、日本にきてからずっと、台湾やくざの出入りする店、のぞいています。そこで何かわかるかもしれない。毒猿のこと、葉威のこと。でも、まだ。毒猿、かしこい。台湾人の集まる店にこない、ひょっとしたら、まだ日本にいないかも」

「石和組についてはどうです？」

「調べました。台湾クラブに、くる組員はいます。でも、葉威はきていない。きっと、どこかに隠れている」

石和組の事務所は、新宿署管内に二カ所ある。ひとつは本部で、もうひとつは、宿舎、とよばれている。

だが葉がそのうちのどちらかにいる可能性は低いだろう、と鮫島は思った。

「私、あなたを立派な警察官だと信じる。毒猿のこと、ないしょにしてください」

鮫島は郭を見つめた。もし毒猿が石和組を相手に戦争をしかけたら、ことは大きくなる。他の組からの攻撃と思いこんだ若い組員が抗争をひきおこすかもしれない。そうなれば、郭や荒木の目的はふっとぶ。新宿は厳戒体制になり、毒猿は追いつめられるか、地下に潜るだろう。

当然、鮫島ひとりの胸にしまっておくことはできない。石和組と毒猿の戦いが一般市民を巻きこんだものにならない、とは断言できないからだ。

「ひとつ教えてください、大切なことだ」

鮫島は真剣な口調でいった。

「はい」

「毒猿は、今まで無関係な市民を殺したことがありますか。爆弾を使ったり、あるいは情報を得るために」

「ない、です。毒猿はプロ。本物の職業兇手です。狙った人間だけ、殺す」

「今回はどう思います？　石和組の組員や石和竹蔵を殺すと思いますか」

郭は唇をかんだ。額に汗が光っている。

「――わかりません。たとえば、葉に、日本のボディガードついていれば殺すかもしれない」

「葉の居どころをつきとめるために、石和組の人間を拷問する可能性はどうです？」

「それ、たいへん難しい。なぜなら、毒猿がもし劉なら、日本語、喋れない。葉の居場所、訊きだすのできない」

「すると通訳が必要になりますね」

「ええ。でも、誰がそれやるか。私、それもあって、新宿の台湾人にたくさん会ったよ。でもまだ、わからない」

鮫島は郭を見すえ、いった。

「これはひとつまちがえば、たいへんな抗争事件に発展しかねないことです。郭さんのお気持ちはわかります。しかし、私としては、まず、この国で、殺しあいがおこなわれるのを防がねばならない。ですから、もし私が協力できるとすれば、毒猿による、死者や怪我人がでるまで、です。もし、ひとりでもでたら、私はこのことを上司に報告します、石和組を監視し、締めつけて、石和竹蔵が葉をともなって出頭せざるをえないような状況に追いこむでしょう」

郭は無表情になった。やがて低くいった。

「あなたがそういうの、しかたがないです。もし、私があなたでも、同じことといいます。ここは、あなたの国」

「そう。でも、郭さんは私を信用して毒猿のことを話してくれました。あなたの信頼には応えたい。あなたは、一昨日の夜遅く、大久保というところにある麻雀賭場を訪ねましたね」

郭がじっと鮫島の目を見た。かすかに唇がほころんだ。

「やはり、警察、見はっていました、あのとき、誰かに見られてる、そんな気持ちしました」

鮫島はゆっくり頷いた。

「あのとき私は、監視する部屋にいて、あなたを見ていました。すぐに思いましたよ、ただものではないと」

「ではきのうの夜は」

「偶然でした。あなたを見かけて尾行した、正体をつきとめたかったからです」

「どこから」

「区役所通りの台湾料理店をでてきたところからです」

郭は頷いた。

「あの店の前、私は台湾クラブに一軒、いきました。石和組の人間が使っているところです。でも、きのうはいなかった」

鮫島は、郭の情報収集能力に舌をまいた。いくら台湾で予備知識を手に入れているといっても、新宿にきて数日で、石和組と台湾マフィアとの接点を見つけだしている。

鮫島は腕時計を見た。表は暗くなっていた。

「私はこれから署に戻ります。許の一件については、さきほどもお話ししたように、もうしばらく時間がかかるでしょう。それまであなたは自由です」

「ありがとうございます」

郭は頭を下げた。

「もし私のほうで何かわかれば、連絡します」

「はい」

「今夜も歌舞伎町にいくのですか」

鮫島は訊ねた。郭は鋭い光のこもった目で鮫島を見すえ、頷いた。

「いきます。劉を見つけるまで。何度でも」

12

奈美は怯えていた。その日、奈美は遅番だった。楊は奈美に、何事もなかったように出勤しろ、といったのだった。

きのうの晩は、まんじりともできなかった。楊は、ここでいいといって、奈美のワンルームマンションの床で寝た。毛布を一枚、かけたきりだ。

部屋についてから、奈美は、

「何を助ければいいの」

と、いくども訊ねた。が、楊は黙りこくっていた。ずっと何かを考えているようだった。そしていった。

「朝になったら、俺はでていく。助けてもらいたくなったとき、電話をする。ここか、店に」

「店になんて、もうでられないわ」

「駄目だ。明日も、何もなかったようにでるんだ。さもないと警察は、お前を疑う」

「そんなこといって。あなたはどうするの？」

「俺はでない。俺が店長と残ったことは、ナンも知っている。でていっても、疑われる。俺は朝になったらここをでていく。荷物をとりにいかなければならない。そしてここが安全のようなら、また戻ってくる。もし、お前がいい、というなら」

奈美は口の中が乾いていくのを感じた。だが、部屋に戻っても、まだ、楊を恐いとは思わなかった。ふたりぎりでいるのに。

「いい、わ。もし警察がきたら、どうすればいい」

「ここに？」

奈美は頷いた。

楊は無表情な目で室内を見回した。女のひとり暮らしであることを隠すために、室内に干してある奈美の下着に目がとまった。

「あれを、ベランダに干しておいてくれ。それでわかる」

奈美のマンションは大久保通りを北に向かって入る一方通行路を進んだ右手にあった。一階はコンビニエンスストアになっていて、奈美の部屋は四階にある。階段を使ってあがるのだ。

部屋のベランダはコンビニエンスストアが面したその一方通行路から見えた。

「警察に訊かれたら何といえばいいの」

「初めに帰った時間に、そのまま帰った、といえばいい。戻ってきたことはいわなければいいんだ」

楊はそこでいったん言葉を切り、奈美を見つめた。

「なぜ、戻ってきたんだ？」

奈美は黙って首をふった。楊が、ずっと自分が思っていたような男ではなかったのを知った今、それを口にすることはできなかった。

夜明けごろ、うとうととしていた奈美は、床で寝ていた男が立ちあがる気配に目をさました。

楊は薄闇の中で奈美を見おろし、低い声で、

「多謝《トウオシエ》」

とだけいって、部屋をでていった。

ひとりになって出勤時間が近づくと、奈美は不安が強くなるのを感じた。

亜木の死体は見つかっているだろうか。昼や午後のテレビニュースに、奈美はつぎつぎにチャンネルをあわせた。ふだんはニュースなど見たことはなかった。

が、ニュースでは、新宿のキャバレーで男の死体が見つかった、というのはやっていなかった。それはそうだ。いちばん早く店にでてくるのは、亜木とナン、楊なのだ。それが

三時半から四時にかけてだ。

　奈美ははっとした。亜木はいつも、前日の売り上げを、出勤前に本社の社長のところに届けていた。社長というのは、安井《やすい》という男で、「ローズの泉」のほかに、新宿でサラリーローンをやっている。安井が死体を見つけているかもしれない。
　二、三度会ったことがあるが、ひと目でやくざとわかる男だった。だが亜木とちがって、店の女の子たちにはわりと紳士的だった。
　亜木が売り上げを届けにこないので、安井が店をのぞきにくることはありうる。さもなければ、ナンだろう。

　ナンがかわいそうだった。警察がくれば、ナンはつらいことになるかもしれない。

　四時半になって、奈美はでかける仕度をした。ふだん通り、何もなかったように出勤するのだ。

　警察はきているだろうか。もしきていたら、取調べは恐いだろうか。テレビドラマのように、ひとりずつ、警察署の部屋に連れていかれて、いろいろと訊かれるのだろうか。

　もしそんな目にあったら、自分は昨夜のことを黙っていられる自信はなかった。きっとどきどきして、顔色がかわってしまう。

　思いだすんだ。自分にいいきかせた。どんなに刑事が恐くたって、あの、同級生たちほどではない。

それに大嫌いな亜木は死んで、「ローズの泉」にはもういないのだ。

ぎくしゃくする足を動かしてマンションの階段をおり、新大久保の駅に歩いた。

電車の中ではいくども深呼吸をした。乗客が皆、自分のことを見ているような気がする。

新大久保から新宿までのひと駅を、こんなにも長い、と感じたことはなかった。

ホームから構内におりる階段では本当に足が震えた。いつも人でいっぱいの階段を、奈美は手すりを伝っておりた。

改札口をでる前にトイレに入った。自分の顔色が心配だったからだ。まっ青だったらどうしようか。

いつもより濃《こ》いめにファンデーションを塗っていた。

鏡の中の自分は、ふだんとあまりかわらないような顔をしていた。少し暗くて、表情にあまりさえがない、面長《おもなが》の女。髪は傷《いた》んでいるので、うなじのうしろで縛っている。

自分の顔で好きなのは、白い歯くらいのものだ。瞼は一重《ひとえ》だし、厚ぼったい。目も決して大きくない。鼻はふつう。唇は薄すぎる。

陰気くさい顔だと自分でも思う。笑顔をつくれば、少しはましになるのだが。亜木はなんで、こんなわたしに目をつけたのだろう。

いつもの顔だ。

改札をでて階段をのぼり、地上にでた。地下からいったり地上からいったり、その日の気分でかえている。

今日は地上からいこう、と思った。地下街から階段をのぼって地上にでたとたんに、警官がいっぱいいたりしたら、ぎくっとして怪しまれるかもしれない。

新宿通りのアルタの前は、いつもとかわらない人混みだった、心臓がだんだんどきどきしてくるのを感じながら、歩行者用信号が青にかわるのを待った。

(わたしが殺したんじゃない。わたしが殺したんじゃないんだから)

自分にいい聞かせつづけていた。

まっすぐに道を進んだ。靖国通りにぶつかった。信号を待つ間、ここもふだんと変わらない、と思った。パトカーはいない。警官の姿もない。

いくども生唾《なまつば》を飲みこみ、靖国通りを渡った。自分の顔が能面《のうめん》のようにこわばってくるのがわかる。

腕時計を見た。四時五十六分だった。

歌舞伎町に入った。なんだかいつもより、人が少ないような気がした。呼びこみがいない。ゲームセンターにも人が少ない。なぜだろう。

カレースタンドが左手に見えた。走っている若者がいる。ひとり、ふたり、自分が曲がろうと思っている角を折れていく。

バッグをしっかりと握り、角を曲がった。

ああ、と思った。

人がいっぱいいた。黒山のひとだかりだ。フラッシュが光っている。パトカーが何台も何台も止まり、赤く回る天井のライトが、あちこちの店先で反射していた。

警官もたくさんいる。

(このまま帰ろう)

だが、奈美の足は、人だかりに向かっていた。

13

署内に殺人事件の捜査本部が開設されたことを鮫島が知ったのは、翌日だった。

その日、本郷会の佐治が、新宿駅構内のコインロッカー前で刺殺された事件に関する、鮫島への審問会が、桃井、新宿署署長らの立ちあいで、本庁からきた係員によっておこなわれた。

署員らの目前で殺人がおきたことは、重大な事件である。証拠品であるシンナーの押収、被疑者の扱い、周辺への対応、に落度がなかったのかを調査するのが目的だった。

現場にいた警察官の中で、最上位の階級だったのは鮫島である。

鮫島は、責任はすべて自分にある、と告げた。その上で、佐治を刺殺した犯人の行動は、あの段階では予見しえず、周辺警備の制服警察官らに責任はなかったと主張した。

鮫島における処分が決定されるのは、先のことになる。

鮫島にとって幸運だったのは、事件をそれほど報道機関が大きくとりあげていなかったことだ。

たまたま同じ日に、関西の高速道路で大きな事故がおきていた。それと、殺された被害者がシンナーの密売をおこなっていた暴力団員ということで、新聞などの論調は、犯人に対し、同情的でもあった。

もしこれが、報道機関に大きくとりあげられ、押収現場での対応の落度を指摘されるような状況であれば、鮫島に下る処分は、かなり厳しいものになることが予想された。

幸いにそうはならず、現場からの異動、という措置《そち》はとられずにすみそうだった。もっとも、鮫島を異動しようにも、署内には受けいれ手はない。

もちろん警視庁上層部が、これを理由に、鮫島を罷免《ひめん》しようと考える可能性はまったくないではない。しかし、もしそういう動きになれば、鮫島は徹底的に戦う覚悟だった。たぶん今の段階では、そんな、藪《やぶ》を突ついて蛇《へび》をだすような真似を上層部はとってこないだろう、と鮫島は読んでいた。

この事件を理由に鮫島が罷免されれば、それこそ週刊誌なども書きたてる可能性がある。

鮫島が警察官をつづけていることに対し、心中おだやかでない高級幹部が警視庁にいるのはわかっている。これからもそういう連中は、ことあるごとに鮫島を隠密裡《おんみつり》に警察組織からひき離そうとつとめるにちがいなかった。

鮫島がすぐれた捜査官であろうとすればするほど、そういう機会は増える可能性があった。しかし、鮫島は、刑事としての仕事につぎこむエネルギーを、少しでも減らそうという気持ちはなかった。

人には、生きている証《あか》しを手にする権利がある。と鮫島は信じていた。それは、晶との恋愛であり、警察官としての職務の遂行だった。

そのふたつが今、鮫島の人生の中で、もっとも価値あるもので、それを失うことは鮫島にとり、人生の終焉《しゅうえん》を意味する、とすら思っていた。

審問会は午前中で終わった。昼になり、鮫島は署員食堂に足を運んだ。

食堂で、鮫島が誰かと同席することはめったにない。もしあるとすれば、桃井か、鑑識係の藪《やぶ》とだけである。

その藪が、鮫島より少し遅れて食堂に現われた。

藪は、顔が大きく、頭の禿《は》げあがった無格好な男だった。着ているものにはまったく頓《とん》着《ちゃく》せず、食事にも気を使わない。

弾道検査の手腕には定評があり、本庁の鑑識課、あるいは科捜研からの招聘《しょうへい》を何度もうけているのだが、首をタテにふらない。

署内でも、桃井と並ぶ折り紙つきの変人で通っている。本人はいっこうにそんなことはかまわず、一鑑識係で通しているのだった。

鮫島の姿に気づくと、藪は上着の両ポケットに手をつっこんだ姿で軽く頷き、ぶらぶら歩みよってきた。

向かいの椅子にどすんと腰をおろす。

「しぼられたか、だいぶ」

ぞんざいな口調でいった。

「そうでもない」

鮫島は首をふった。

藪が何も料理をもってこないので、鮫島は食べかけの定食を示した。

「今日のこれは、まあまあだ」

食べるものに迷っているのかと思ったのだ。藪は、

「そうかい、どれどれ」

と手をのばし、定食ののった盆をひきよせた。

初め、ひと口だけ食べるのかと思って、見守っていた鮫島は、藪がかじりかけのメンチカツまで頬ばるのを見て苦笑した。

「うん、いけるよ」

藪は、あっというまに、鮫島が三分の一ほど食べていた定食の残りを平らげてしまった。

その間、「いいかな」のひと言があったわけでもない。

鮫島は立ちあがり、同じ定食をもうひとつテーブルに運んできた。

藪は、米飯のはいっていた丼を口もとからおろすところだった。丼は空だ。

口じゅうに食物の詰まった状態でもぐもぐいった。

「そんなに、食えない、ぞ」

「何をいってる」

鮫島はあきれていった。

「これは俺のぶんだよ。最初にあった俺の飯は、あんたが全部食っちまったんじゃないか」

「そうか」

藪は悪びれたようすもなくいって、新たに鮫島が運んできた定食の盆にまで手をのばした。野沢菜漬けの茎を一本とり、音をさせてかじった。

ついでに鮫島の茶碗にも手をのばす。鮫島は、新たな茶碗をとり、ポットから茶を注いでやった。

「ほら」

「ん」

藪は平然と頷いて、それを口に運んだ。

「新しい帳場がたったろう」

鮫島があらためて昼食にとりかかると、藪はいった。

「ああ。でも今回は、あんたの出番じゃなさそうだな」

鮫島は答えた。凶器が銃ではないらしいことをさしていったのだ。

「うん。きのういったんだが、死因は割創《かっそう》だ。脳頭蓋《のうずがい》をな、鈍器でま上から殴ったような感じだな。てっぺんが割れて、骨片が脳を潰したようになってる。それも一発だ。ほしは背が高くて、腕も長い奴だろう。固いものをふりあげて、頭にふりおろしたのじゃないかな。丸害が立っていたとしたら」

鮫島が箸《はし》を動かすのを見ながらいった。

「丸害は何者なんだ」

鮫島は話題をかえようと、いった。

「キャバレーの店長だ。しゃぶ中だよ。わきの下に注射痕があった。見つかったのは、きのうの夕方で、百十番したのは、キャバレーの経営者だ。安井興業《やすいこうぎょう》って、知ってるか」

「歌舞伎町一丁目の？」

「そう。あそこの社長だ、丸Bだろ、あれ」

鮫島は頷いて箸をおき、茶碗に手をのばした。安井は、石和組と同系列の暴力団組員で、同じ広域暴力団の傘下にある。

「丸害も組員か」

「いや、籍はおいてなかった」

「丸被は？」

「つとめていたボーイがひとり、連絡がとれなくなってるらしい」

「遺留《リュウ》品は？」

「ない。指紋《モン》もない」

「指紋もない？　だってつとめていた奴だろう？」

「きれいさっぱり消してあった。もちろん、指紋はいっぱい残っていた。客やほかの従業員のものと思われるのはな、だが、そのボーイの使ってたロッカーやトレイ、灰皿なんかの、指紋がありそうなのは、全部、拭《ふ》いてあった」

「だが客のなのか、そいつのなのかは、今の段階じゃわかりっこないだろう」

「何年、鑑識やってると思ってるんだ。丸被はきっちり拭いていった。奴の指紋はない」

「奇妙だな」

鮫島はいった。

「なぜ」

「もし、自分の指紋が残るのが心配なら、そこらじゅう、すべてきれいにしていくものじゃないか。それなのに、きちんとさわったところだけを拭く。それが、初めて入った丸害の家とかならわかる。だが職場だろう」

「二週間だと。つとめだして二週間もいたら、もうどこにさわって、どこにさわっていないかなんてわかるはずがないぞ」

「それはそうだな」

「本部はどう考えてるんだ？」

「指紋を拭くくらいだから、前科《ぼっ》のある奴だろう、てな」

「住所や名前は？」

「それがいい加減でな。安井もきのう絞られていたが、ろくに履歴書もとってなかったらしい。丸害の面接して採った人間なんだ」

「写真もなしか」

「ああ。今、モンタを作るかどうかやってるよ。どうも外国人らしい」

「外国人？」

「そこにはもうひとり、バングラデシュからの不法就労がいた。どうやら丸害はそんなのばっかり選んで採っちゃ、安く使ってたんだな」

「丸被の国籍はわかっているのか」

「東洋系だ。店じゃ、ヤンと名乗っていた」

鮫島は頷いた。

「まあ、そんなに長くはかからんだろう」

藪はいった。

「店の売り上げがなくなってるんでな。窃盗《せっとう》で逮捕歴のある中国系の線で、あらってるところさ。従業員に写真見せれば、すぐにわれるさ」

「店の名前は？」

「『ローズの泉』、風営法《ふうえいほう》の前は、キャッチだった店だ」

キャッチとは、キャッチバーのことだ。ポンびきやホステスが街頭で客をひっぱり、法外な値段を要求する。

「どうせすぐ潰して、名前をかえて、商売再開だ」

鮫島はいった。

「だろうな。助平にとっちゃあ、一発ヌケれば店の名前なんて関係ない」

藪は頷いた。


午後、荒木から電話があり、鮫島は再び会うことにした。

前回と同じホテルの喫茶室で待ちあわせ、鮫島は荒木に、郭から聞いた話を語った。

荒木の表情が険しくなった。

「殺し屋だと……」

「石和の人間が殺《や》られたら危険信号です。戦争になる前にくいとめなければならない」

鮫島はいった。

「本当に日本にいるっていうのか。そんなに腕の立つのが」

「四海の幹部はボリビア国籍のパスポートで入国している、とのことです。調べられますか」

「それだけじゃ無理だ。ボリビア系中国人も、ふつうのボリビア人も、入管では分けてないだろう。ボリビアは、コロンビアとならんで留意している国だが、それだけでは、な。もし何かをもちこもうとしていれば、別だが」

「その可能性は低いと思いますが、いちおう調べてください」

「わかった」

荒木は頷いて、鮫島を見た。

「で、どうする？」

「今しばらくは、見ているつもりです。郭は郭で懸命にやっています。ほしに特別な思いいれをもっているんです」

「跆拳道というのは、そんなにすごいのか」

「もちろん、武術ですから、その技量にもよるでしょうが、毒猿というのが本当に郭より強いとすればたいへんなものです。考えてみてください。郭は、掌底の一撃で許の鼻を折り、蹴りの一発で顎の骨を割っている。わずか二発、それも私の見ている前で、あっというまに。その上をいくとなれば、そこいらの素手喧嘩《ステゴロ》の名人じゃ、たちうちがきかない」

「石和がかくまっているとすれば、当然、武装しているな」

「していますね。ただ、毒猿も馬鹿ではないでしょうから、正面からぶつかっていくかど

うかわかりません」

「武装してるのかな」

「さあ。ですが聞いた話では台湾の武装事情はかなりのもののようです」

「かなり？」

「自動小銃や手榴弾も含まれている」

荒木は唇をかんだ。

「もしそんなものをもちこんでいたら、えらい騒ぎだ」

「場合によっては、石和組は壊滅《かいめつ》します」

「そんな馬鹿な。いくら腕ききといったって、たかがひとりだろう」

「郭の話を聞くかぎり、あなどることは禁物です。毒猿は、葉威の居どころをつきとめよ

うとしているのではないでしょうか。こちらも、それはしなければ……」

「へたに突つくと、葉威はモグるな。葉がモグれば、石和を潰すネタをとるのが難しくな

る」

「そういうことです。方法はふたつだと思います。とことん石和をシメて、葉を吐きださなければならなくするか、石和には気づかれないように監視して、ことの起こりを待つか」

「前の方法だと大ごとだ。機動隊を動員して、石和の組長の住居から事務所まで包囲しなけりゃならん。しかも仮に、葉を押えたとしても、こっちで取り調べられるような容疑が葉にはない」

「ええ。それにそうなれば、毒猿は葉がでてくるまで待つだけの話です」

荒木は息を吐き、天井を仰いだ。

「石和を監視する、か……」

「捜四の手助けなしではかなり難しいですね。葉が、すぐに見つかるような場所にかくれているとは考えにくいですから」

「ただ、葉だっていくら命がおしいといっても、要塞《ようさい》のようなところの中に閉じこもっているわけにはいかんだろう。たぶん、何日かに一度は、飲みにいったり飯を食いにでかけたりしているのじゃないか」

「そう思います。根がやくざですから、部屋の中でじっとしているなどということはできないでしょう」

「毒猿がしかけてくるのを待つしかない、か」

「毒猿は、日本で手配をうけているわけではありませんから」

「それに先に毒猿を押えてしまっては、石和と台湾のつながりをひっぱがすのは難しい」

鮫島は頷いた。

「待つだけ、ですね。今は」

14

「ローズの泉」は当分のあいだ休業となった。それも当然だった。店長が死に、ふたりいた男性スタッフの両方がやめてしまったのだ。

警察による事情聴取がすむと、奈美らホステスは、安井興業の事務所に集められた。安井が亜木を見つけ、百十番したのだった。

安井はしかし、それほど動揺しているようには見えなかった。やはり、やくざはこういうことに慣れているのかもしれないと、奈美は思った。

「当分のあいだ、お店は休みます。もし、生活が心配な人は、やめていただいてけっこうです。給料は日割りで、こちらのほうで払います。ただ計算に少し時間がかかるので、希望の人は手をあげてください」

並んでいるホステス全員が手をあげたのを見て、奈美も従った。

「わかった」

安井はいった。安井は運転手だという若い男を従えていたが、ひと目でチンピラとわかる。

その男がすごんだ。

「お前ら今まで、社長にうけていた恩を忘れやがって――」

「やめろ」

安井がそれを制した。指輪のはまった手で男の肩をおさえる。亜木がしていたのより、数段高そうな、ダイヤと金のリングだ。

「おねえさんたちだって、生きていかなきゃならないんだ」

「いつもらえるんですか」

香月さんがいった。若い男は香月さんをにらみつけ、唾を吐いた。香月さんは無視をした。

「来週の終わりか、さ来週の始め」

えー、という声が皆からあがった。

「もし嫌なら、あきらめてもらう。うちとしちゃ、亜木くんの香典をださなきゃいかんし、売り上げも盗《と》られて痛い思いをしているんだ」

「お前ら、まさか、楊てのの居どころ知らねえよな」

若い男がいった。警察だけではなく、この連中も、楊が犯人であるとわかっているのだ、奈美は思った。

「ん？」

若い男はひとりずつ、顔をにらんでいった。突然、郁がいった。

「奈美ちゃんが仲よかったじゃない」

奈美は息が詰まった。知らん顔をしていた。安井が奈美を見た。

「奈美さんて、あんただよな」

「お前、知ってんのかよ」

若い男が声を荒《あら》らげた。奈美につめよる。

「まあまあ」

安井がそれをいなして、奈美の顔をのぞきこんだ。

「あなた、知ってんのかい。知ってんだったら教えてよ。うちも警察には協力しないと、何かとうるさいんでね」

「わたし、知りません」

いって、奈美は郁をきっとにらんだ。郁は知らん顔をして、ガムをかんでいる。

「本当かい？　別に恐がんなくていい、あんたには何も迷惑をかけないから。知っていることがあったら教えてくれればいいんだ」

「本当です」

安井はしばらく無言で奈美の顔を見つめていたが、小さく頷いた。そして上着のポケットから紙入れをとりだし、名刺を一枚ぬいた。それを奈美の手に握らせた。

「楊がもっていったバッグにね、俺の貸したたいせつな人の名刺が入っているんだ。だから、それだけでもとり戻したいんだ。あんたには悪いようにしない。もし、楊から何かいってきたら、その名刺のところに電話をくれないか。俺がいなくても、ポケットベルか携帯電話で連絡がつくから」

奈美は黙っていた。

「ね。よろしく、ね」

安井はいって奈美の肩を叩いた。

「そいじゃあ皆さん、今日はご苦労さまでした」

安井がいい、ホステスたちは皆、ぞろぞろと安井興業の出口に向かった。

奈美は郁のうしろ姿を見つめながら階段をおりた。

途中、香月さんが郁にいった。

「どうしてあんたあんなことといったのよ。奈美ちゃんがかわいそうじゃない」

「そうよ、あやまんなさいよ」

杏さんもいった。

「べつにぃ」

ふてくされたように郁がいった。

「何なのよ、それ」

杏さんの顔色がかわった。

「もう、いいです」

奈美はいった。

「なにいってんのよ。あんた、もっと怒んな。ひどいよ、こいつのいったこと」

杏さんは腹の虫がおさまらないようにいった。

郁は関係ない、というように肩をそびやかしている。

「奈美ちゃん、おどかされるところだったじゃないのさ」

郁は表にでると、首をゆらゆら動かしながら空を見あげた。そして奈美のほうを見ていった。

「あたしさあ、中国人て嫌いなんだよね」

「誰のことといってんのよ」

杏さんが訊ねた。

「こいつ。こいつだよ」

郁が顎で奈美をさした。

「なにいってんの、奈美ちゃんは――」

「あたし中学のときにさ、中国から残留孤児で戻ってきたのがクラスにいて、そいつがちょうムカつく女でさ。似てんのよ、こいつに」

郁はいっきにいった。

「喋り方とかさ、へんな訛《なま》りとかさ。気にいらねえんだよ」

奈美は全身が冷たくなるような思いだった。顔がこわばっていくのがわかる。

「それに、楊とこいつが中国語で喋ってるの、あたし見たんだもんね」

郁は顎で奈美をさしていった。

「だから何なのよ！」

香月さんがいった。

「奈美ちゃんがどこからきた子だって関係ないでしょ。あんた恥ずかしくないの。そんなこといって」

「立派だよな」

郁はせせら笑った。そして、プッと、かんでいたガムを奈美の足もとに吐きつけた。

「ばーか」

奈美の顔をのぞきこみ、低い声でいって、スキップするように遠ざかった。

「奈美ちゃん――」

香月さんがいった。

「大丈夫です！」

奈美は思わず叩きつけるようにいった。香月さんは、息を呑んだ。奈美はくるりと踵《きびす》を返し、香月さんや杏さんのほうを向くと、頭をさげた。

「いろいろありがとうございました。皆さん、元気でいてくださいね」

そしてせいいっぱいの笑顔をうかべると、手をふって、走りだした。

15

その夜、鮫島のアパートにレコーディングを終えた晶がやってきた。鮫島が部屋に戻ったのは、午後八時過ぎだった。見はからったように晶から電話がかかってきたのだ。

「飯、食った？」

開口いちばん、晶はいった。

「晩飯なら食べた。夜食はまだだ」

鮫島は笑っていった。

「腹減って死にそうなロックスターの卵に、恩を売っておこうって気、ある？」

「そのロックスターの卵が、無銭飲食でもして、将来のステージを棒にふりそうだ、というなら考えよう」

「じゃ何か食わせろ、すぐこっちでるから」

鮫島は晶と、環七沿いにあるファミリーレストランで待ちあわせた。

晶は飢《う》えていた。やってくると、ハンバーグステーキとスパゲティを注文し、鮫島がかたわらでビールを飲む間に、がつがつと平らげた。自分の水のグラスを飲みほし、ウエイトレスが補うのを待ちきれず、鮫島のグラスにも手をのばした。

「ああ、食った、食った」

満足すると頰を輝かせていった。

「そのうち女王さまのようになって、ステーキはあそこがいいだの、鮨《すし》はどこそこに限る、なんていったら、今夜のことを思いださせてやろう」

晶はにやっと笑った。

「女王さまになったら、貧乏マッポなんかとつきあわないよ。ポルシェに乗って迎えにくる大金持ちの実業家に乗りかえる」

「本当だな」

「でもなれなかったら、くいっぱぐれのない公務員にぶらさがるのも悪くない」

鮫島はテーブルごしに拳をとばした。晶はそれをよけて、立ちあがった。

「どこへいくんだ?」

「貧乏マッポの家。腹がいっぱいになったら眠くなった。きのう、おととい、とあんまり寝てないんだ」

鮫島のアパートに着くと、本当にそのまま晶はベッドに這《は》いこんだ。

「おい、本気で寝る気か」

「うん！」

元気のいい返事がかえってきた。首までひっぱりあげた毛布の下でごそごそし、やがて、ジーンズとソックス、ヨットパーカが、毛布の裾《すそ》のほうからぼろぼろ落ちてきた。

そして枕を叩き、形を整えて、右手をかたわらの鮫島にのばした。

鮫島は床においたクッションにすわり、テレビをつけた。

「音、小さくしろよ」

鮫島は舌打ちし、ヴォリュームをしぼった。晶は満足そうに唸り、鮫島の二の腕のあたりを右の掌でこすった。顔を鮫島のほうに向け、目を閉じている。

十分としないうちに、静かな寝息が聞こえてきた。眠ってしまったのだった。

鮫島は苦笑し、スタンドをつけて、上の照明を消した。

二時間ほどそうしてテレビを見ていた。晶は目をさます気配はない。

やがて鮫島はそっと晶の右手を毛布の下におしこんだ。そして立ちあがると、バスルームにいって、シャワーを浴びた。

バスタオルで体を拭き、パジャマに着がえて寝室に戻った。

晶が片目を開け、いった。

「そんな風にシャワー浴びてきれいにしたからって、やらしてやんないよ」

「ただで飯食って、ただで泊まっていく気か」

「もとは税金だろ」

鮫島は晶がつかっていない、もうひとつの枕をとりあげ何もいわずに晶の顔に押しつけた。

くぐもった笑いと悲鳴がした。

「あれ、どこかで殺人か暴行事件が発生したかな」

鮫島は押しつける手をゆるめず、いった。

晶は暴れ、ようやくのことで枕を顔から外した。顔をまっ赤にして息を喘《あえ》がせている。

「う、訴えてやる。お巡りが暴行したって」

「では本職に、証拠を見せてもらおうか。犯人は、どうやってあなたに暴行を加えたのか」

晶のタンクトップがずれ、豊かな乳房が露《あら》わになっていた。

「犯人は、まず、ここをこうしたのかな」

「や、やめろ」

「それから、ここも、こうして」

「あ、こら、こらっ」

「最後に、この部分をこういう風にした」

晶のタンクトップとショーツを、鮫島はすべてはぎとった。

晶の両腕を鮫島は左手一本で頭上におさえつけ、右手は太腿の上においていた。

「終わりかよ」

晶をおさえこむので荒くなった息を整えていると、晶が目をきらきらさせながらいった。

「そのあとは?」

鮫島は逆に訊ねた。

「キスしたんだよ、そいつ。むりやり」

晶はいってにやっとした。

「むりやり?」

「そう。舌まで入れてきて、厚かましく」

鮫島は晶にキスをした。手を放してやる。

唇を離し、いった。

「それから?」

「屋根にのぼって、ワオーン、て吠えてた」

「それだけ?」

「それだけ」

「虚偽《きょぎ》の供述をすると、ためにならないぞ」

「へっへっへ」

晶はいって、スタンドの明かりを消した。

16

翌日を、奈美は部屋でずっとすごした。食事は下のコンビニエンスストアで買ってきた弁当だった。

ニュースの時間になると、必ずチャンネルをあわせた。午後七時、九時、十時、十一時半。

事件のことはもう報道されなかった。楊がつかまったのか、まだつかまっていないのか、それすらもわからない。

コンビニエンスストアでは、女性用の求人誌も買ってきた。「ローズの泉」のあとに勤める場所を見つけなくてはならない。

が、ページを開く気持ちはおきなかった。

十二時半に電話が鳴った。奈美はびくっとした。今日、初めてベルが鳴るのを聞いたのだった。

「――もしもし」

「ひ、ひとりか」

北京語がいった。

「ひとり」

「今からそこへいきたい」

「いいわ」

電話は切れた。五分とたたないうちに、インタホンが鳴った。

奈美は立ちあがり、ドアを開けた。見知らぬ男が立っていた。髪をきちんとなでつけ、眼鏡をかけて、グレイの上品なスーツを着ている。

よく見ると、楊だった。楊は、金属製のアタッシェケースを手にしていた。

楊は無言であがると、鋭い目で、奈美のワンルームを見回した。奈美はあぜんとして見とれていた。

「すごい。お金持ちみたいに見える」

楊は答えず、アタッシェケースをベッドの下におしこみ、腰かけた。

「警察はどうだった」

「疑われずにすんだみたいだけど……」

奈美は楊の変化にとまどいながら答えた。

「けど？」

「あなたのことは捜している」

楊は小さく頷いた。

「それに、社長も」

「社長？」

奈美は安井から渡された名刺を楊に見せた。楊はそれに目を落とした。

安井興業の事務所でおきたことを、奈美は話した。ただし、でてから、郁にいわれた言葉は黙っていた。

奈美は妙に胸が弾んでいるのを感じた。楊のことを恐いと思う気持ちはあいかわらずなく、むしろ自分の知らなかった楊の姿が意外で、興味のほうが強かった。

「――電話をしろと、この男はいったのか」

「ええ」

「電話をしたら、お前と会うと思うか」

「わからない。でも、たぶん」

考えていた。奈美はまた少し不安になった。今度は何をするつもりなのだろう。

それを訊ねた。

楊は、どこか虚《うつ》ろな目で奈美を見た。

「俺は、ある人間を捜している。その人間は、イシワという日本人といっしょにいる。イシワのことを知りたい」

奈美は首をふった。イシワという名前は聞いたことがなかった。

「イシワは、暴力団の頭領《とうりょう》だ。イシワグミ、という」

「知らない」

「この男は暴力団だろう。きっと、イシワのことを知っている」

「どうしてそう思うの？」

楊はアタッシェケースをとりだし、蓋を開いた。中を奈美に見せないようにして、すばやくビニールの袋をとりだした。中に、亜木のセカンドバッグがあった。

セカンドバッグを開けた。中は、財布や領収証、名刺などが入っている。そして、皮製のペンケースのようなものがあった。

楊はケースを開いた。使いすての細い皮下注射器と、菓子の袋などによく入っている乾燥剤のような薄い、ちいさな袋が四つ、入っていた。

「その男はこれがほしいんだ」

ひと目でわかった。しゃぶにちがいない。

「これが警察に見つかると、いろいろとうるさく訊かれる。それを恐がっている」

奈美は楊を見つめた。楊は袋のひとつをとりあげ、端をちょっと破って、中味を掌にあけた。

きれいな色をしている、と奈美は思った。まっ白で、輝いている。

楊は掌にのせた粉を高くかかげ、蛍光灯の明かりにすかすようにした。それからおろし、ほんの少しだけを舌の先でなめた。奈美はじっと見ていた。

やがて楊はいった。

「混ぜてあるが、台湾製だ」

それからティッシュペーパーに唾を吐いた。顔をしかめている。

「まずいの？」

「苦い。とても」

「あなたも射っているの、これを」

楊は首をふった。

「こんなものに手をだすのは、馬鹿者だ」

そしてキッチンに立つと、破ったのも含めて、袋の中味をすべて水道の水に流してしまった。手もきれいに洗う。

奈美は冷蔵庫からコーラの缶をだして手渡した。楊は頷いて、栓《せん》を開け、口に運んだ。

「電話をするんだ、この男に」

「なぜ？」

「俺のことを教えてやる、といえ」

奈美は目をみひらいて、楊を見つめた。

「人目につかないところで会いたい、というんだ」

「どこで？」

楊は考えていた。

「どこか。人目につかないところ。シンジュクギョエンがいい」

「夜は閉まっているわ」

「知っている」

「いったことあるの？」

楊は頷いた。

「あそこに、タイワンカクという建物がある。そこがいい」

「いつ電話をするの？」

「明日の朝、まだ開かないうちに」

「そんなに早く？　きっとこないわ」

「くる。皮ケースの話をしろ」

「何時ごろ？」

「朝の五時」

「いないわ、そんな時間。事務所には誰も」

楊は名刺をさした。

「大丈夫だ。必ずいる」

なぜ楊がそんなに確信をもっているのか、奈美にはわからなかった。だが、

「わかった」

と、頷いた。

楊は立ちあがった。奈美ははっとしていった。

「どこへいくの」

「帰る」

「もう？　どこかに泊まるところがあるの」

楊は答えなかった。

そのとき電話が鳴りはじめた。楊の表情が険しくなった。

奈美は楊を見た。楊は頷いた。

「はい」

「奈美さんだね」

男の声がいった。

「はい」

「きのうお会いした安井です」

奈美は楊を見た。安井の声はざらついていて、少し割れていた。

「はい」

「今、ひとりですか」

「……はい」

「ちょっとお邪魔していいかな。すぐ帰りますから」

「今、あの、寝ようと思っていたところです」

「すぐ帰りますよ。ちょっと話をしたいだけなんだ」

「困ります」

「それじゃ、これからいくから」

電話が切れた。

奈美は楊を見た。

「たいへん。社長が今からくるって電話をしてきた」

「明かりを消せ」

楊がいい、奈美は弾かれたように立ちあがった。蛍光灯のスイッチを切る。

楊が大またで窓に歩みよった。窓にはレースのカーテンがおろしてあった。カーテンをはぐり、サッシを開けて、ベランダにでた。

「どうしたの」

「静かに」

楊は中腰になって、ベランダの手すりから下をのぞいていた。

つづいて両側の部屋の窓をふりかえった。両隣りとも、奈美と同じ水商売で、この時間にはまだ帰っていない。

楊は戻ってきて、サッシを閉めた。

「何なの?」

「ヤスイの子分がこの建物を見はっている。お前は疑われていたんだ」

「どうしよう」

「大丈夫だ。ヤスイは、俺がここに来ていると知っているわけではない。男がひとり、この建物に入ったから確かめにくるだけだ」

「でも――」

「俺は隣りのベランダに移る。もしおどされたら、百十番する、といえ。俺のことは何も知らない、と」

そして玄関から靴をとってくると、アタッシェケースを手に、再びベランダにでた。手すりごしに下をうかがっていたが、見はりのすきをついたのか、一瞬の間に手すりの上に立ち、隣室との境にある羽目板をまたいだ。手すりの太さは一〇センチほどしかない。なのに、床の上を歩いているような身軽さだった。隣りのベランダにとびおりた。

「窓を閉めて、明かりをつけておけ」

羽目板の向こうから声がした。奈美は言葉にしたがうほかなかった。

サッシを閉め、レースのカーテンをおろしてから、どきどきしながら室内を見渡した。

インタホンが鳴った。

(こんなに早く)

心臓がはねあがった。安井は下から電話をしてきたのだ。本当に見はられていたのだ。

もう一度、インタホンが鳴った。

奈美は玄関にでた。チェーンロックをかけたまま、ドアを開けた。

安井が、ふたりの男を背後に従え、立っていた。クリーム色のジャケットにチェックのシャツをつけ、度のついたサングラスをかけている。

「はい」

「すいませんね。突然。ちょっとお話ししたいことがあって」

口調はていねいだが、表情にうむをいわせないすごみがあった。

「何ですか」

「ここ開けてもらえませんか。ドア越しってのはどうもねえ。それに御近所に迷惑がかかりますし……」

背後のふたりは、廊下の両側に鋭い視線を向けている。

「でも女のひとり暮らし、ですよ」

「だから、すぐです。すぐ帰りますから。お茶をだせとかいいません。こいつらは外で待たせておきます」

「本当ですか」

「本当です。約束します。破ったら、百十番したって何したっていい」

奈美はドアを一度閉じ、チェーンを外した。言葉通り、安井はひとりで入ってきた。

「すいませんね」

玄関の三和土《たたき》を見、それから首をのばして室内を見渡したあと、安井はいった。うしろ手でドアを細目に開けているが、すぐに子分を呼びいれられる態勢だということに奈美は気づいた。

「いやあ、男性スタッフはいいかげんなのしかとってなかったけど、女の子のほうはね、うちはしっかり管理してるんですよ。あんたの住所もね、本社のほうにあったから」

「ちょっといいですか。ああ、いい部屋だ。家賃どれくらいです？」

いいながら安井は靴を脱いだ。

あがりこんだ。

「トイレ、拝借しますよ」

ユニットバスの扉を開け入った。手を洗っただけですぐにでてくる。

ジャケットの内側からだしたハンカチで手をふいていた。

安井は、カーテンをはぐってベランダをのぞいたあと、部屋の中央にあぐらをかき、ラークを内ポケットからとりだした。しかたなく奈美はベッドの上に腰をおろした。両手を膝の上にのせ、見つめた。

「これ一本、吸ったら帰りますからね。灰皿、ああ、このコーラの缶でいいや」

ライターのキン、という蓋を開ける音を奈美は聞いた。

安井は音をたてて煙を吐き、いった。

「それで、例のから、何かいってきました?」

奈美は顔をあげた。

「あれですよ。楊、いなくなっちゃったボーイ」

奈美は無言で首をふった。自分の背中から数メートルと離れていないところに、壁をへだてて楊がいる。背中が熱い。

「そうか」

トンと音をたてて、缶の飲み口に安井は灰を落とした。残っていたコーラが、ジッという音をたてた。

「あんた、中国出身なの?」

奈美は一瞬、顔をあげた。

「なんか、ほかの子から聞いたんだけど、残留孤児なんだって」

「母が、です」

「じゃあんたは日本で生まれて日本で育ったの？」

「十三のとき、こっちにきました」

「それなら中国語、喋れるね」

奈美は頷いた。

「そう。楊てのは、あんまり日本語うまくなかったらしいねえ」

「よくわかんないです」

「通訳してやったりしたの？　亜木なんかに」

奈美は首をふった。

「楊とはよく話さなかった？」

「別に」

「こっち向きなよ。顔よく見せてよ」

奈美は顔をあげた。

「べっぴんさんだよな。楊、あんたに惚れてたんじゃないの」

「ちがいます」

「だってよく話したことないんだろ」

「わかります」

「そうかい。楊から友だちの名前とか、聞いたことない？」

「ないです」

「なんか亜木にはさ、友だちの家に住まわせてもらってるっていったらしいけどさ。聞いてない？」

「聞いてません」

安井はしばらくしていった。

「さっきさ、男がひとりこのマンション入っていったのよ。でも今、ここ明かりついている部屋、ふたつしかないんだよね。で、男が入ってったあとも、みっつになんなかった。てことは、そのふたつのどっちかに入っていったわけだ。お宅か、もういっこか」

「どうしてわかるんです？」

「いや、うちの若い者が下にいるもの。きのうからずっと、あんたのとこ見てたから」

「どうしてそんなことするんです。警察でもないのに」

「ま、うちもさ、いろいろあるわけよ。そんな面倒くさいことしたくないけど。あんたも嫌だよな。わかるよ、その気持ち。だからさ、知ってることあったら話してよ」

奈美は深呼吸した。

「ありません」

「俺、そうは思えないな。電話の一本もなかった？　あったんだろ、本当は」

「ないです」

「あ、そう」

いって、安井は吸いかけの煙草をコーラの缶の中に落とした。

「いいんだけどさ。強情はっても。またくるだけだから」

「百十番します」

「いいよ、して。悪いこと何もしていないから。お巡りさんにだって感謝されちゃうよ。こっちは、警察の役に立とうと思ってやってるんだから」

「嘘です」

「なにが嘘なんだよ、本当だよ。人殺しだよ、楊てのは。人殺しつかまえんのは、市民の義務だよ」

奈美は不意におかしくなった。確かに楊は人殺しだが、安井より、よほど恐くなかった。それに安井は市民なんかではない。

安井は黙った。その沈黙が不自然で恐かった。

「ま、いいや。楊から連絡あったら、必ず知らせてよ。何時でもいいから。名刺もってるだろ、まだ。あそこに電話すれば、必ず誰かでるから」

奈美は頷いた。楊のいった言葉は本当だったのだ。

安井は立ちあがった。玄関までゆっくり歩いていく。靴をはきかけ、思いついたようにふりかえった。右手を懐ろにいれ、紙入れをだした。

「あ、そうだ。これ、お手洗いの借り賃ね」

一万円を奈美に押しつけた。

「いりません」

「まあまあ。とっときなさいよ。別にこれでどうこうというのじゃないんだから。あんたの給料もなるべく早くだすし」

ドアを開いた。煙草を吸っていた若い男ふたりがあわてて踏み消し、頭を下げた。

「いくぞ」

不機嫌な口調でいい、奈美に頷いた。

「じゃあね」

スラックスをずりあげ、大またで廊下を歩いていった。子分のふたりが急いであとを追う。

奈美はドアを閉め、ロックした。ほっとして、すわりこみそうになった。チェーンをかけ、部屋をふりかえった。

はっと息を呑んだ。いつのまにか楊が部屋の中にいた。

「びっくりした」

小声でいい、楊の様子がおかしいことに気づいた。右手をわき腹ちかくにあてがって、ベッドの上に腰をおろしている。

「どうしたの」

楊は無言で首をふった。顔色がひどく悪かった。しばらくそうしてじっとしていたが、ベッドの上においていたアタッシェケースをひきよせ、蓋を開いた。中から、カプセルと赤い錠剤《じょうざい》をとりだし、口に含んだ。

「病気？」

「大丈夫だ。薬を今、飲んだ」

「お腹《なか》が痛いの」

「虫垂炎《ちゅうすいえん》だ。慢性化《まんせいか》しているから、どうということはない。いずれ切る」

奈美は、亜木と楊が更衣室にいたときのことを思いだした。あの日もさっと、楊は痛くなって、薬をのみ、効いてくるまでじっとしていたのだろう。

「お医者さん……」

いいかけ、それが無意味であることに気づいた。楊が保険証などもっているはずない。

「本当に大丈夫？」

「大丈夫だ。三十分もすれば楽になる」

「じゃ、横になっていて。どうせ今でていけっこないのだから」

楊は頷き、ベッドに体を横たえた。奈美はその足もとにすわった。楊は眼鏡を外し、背広の胸ポケットにさしこんだ。そして上半身をおこして背広を脱ごうとした。奈美は手伝ってやった。

楊はアタッシェケースに頭をもたせかけ、目を閉じた。額に脂汗がうかんでいる。

奈美は立ちあがると、キッチンにいき、手ぬぐいを濡らして固く絞《しぼ》った。

楊の額にのせた。楊は動かなかった。目を閉じたまま、いった。

「明日の朝、電話をかけるんだ。忘れるな」

「いったい、何をする気なの」

「話をする」

「でもあいつらはあなたをつかまえるわ」

「つかまらない」

確信のこもった口調で楊はいった。

「ナミ」

楊がいったので、奈美は楊を見た。

「明日が終わったら、俺のことは忘れろ」

奈美は頷き、いった。

「ナミはお店の名前よ。本当の名は……清娜《チンナ》。戴《ダイ》清娜」

「清娜。どこで生まれた？」

「黒龍江省。あなたは」

「台湾だ。台湾のこと知っているか」

奈美は首をふった。

「話して」

「暖かい。東京よりずっと暖かいところだ」

「人はおおぜいいるの？」

「台北や高雄《ガオシオン》には、な。俺が育ったのは、中部東側の、海に近い田舎だった。毎日、海に潜って魚をとった。子供のころから、泳ぎは得意だった。泳げるか」

「駄目。顔を水につけられないの。友だちは川でよく遊んでいたけれど、わたしはできなかった」

「簡単だ。今でも、俺は、三分以上、水に潜っていられる」

「魚をとって生活していたの？」

「いや。それは子供のころだけだ。家が貧しかったから、とってきた魚を、家族で食べようと思ったのさ」

「わたしが得意だったのはダンス」

「そう。お姉さんが教えてくれた。お姉さんといっても従姉《いとこ》だけれど」

奈美は立ちあがった。

「ジルバ、タンゴ、ワルツ……」

せまい部屋の中で、ステップを踏んでみせた。

「日本にきてから、踊るところがなかったので、忘れているとおもったけど……」

奈美は笑った。

楊が微笑んだ。面白がっているのがわかった。奈美はうれしくなって、次々と踊ってみせた。

「いいでしょう。ディスコより、よほど好き。日本の人はあまり踊らない」

「台湾でも、ダンスは皆、好きだ」

「踊れる？」

楊はとまどったような表情をうかべた。

「ずっと前、軍隊にいたころは。休暇になると遊びにでかけて、踊った」

「軍隊にいたの」

「ああ。台湾人は皆、そうだ」

楊はその話はあまりしたくないように見えた。奈美は話をかえた。

「ダンス？」

「お酒は好き？」

「少ししか飲まない」

「旅行は？　どんなところに旅行にいった？」

「あちこちだ。日本は初めてだが」

「アメリカは？」

「ある」

この話にも楊はのってこなかった。

「家族は？　結婚しているの」

「いない」

楊はそっけなくいった。

「女の人が嫌いなの？　そんなことはないでしょう。女の人を嫌いな男の人はいないから」

楊は頷いた。

「嫌いじゃない」

「日本の女の人、どう思う」

楊は小さく首をふった。目を閉じている。

「眠い？　眠る？」

「お前が喋っていては眠れない」

奈美は笑って口を押えた。

「ごめんなさい。じゃあ静かにしてる」

「お前は眠らないのか」

「今は眠くない」

「俺がいるからか」

「そんなことはない」

奈美は首をふった。そしていった。

「わたしみたいな女、嫌い？」

「なぜ」

「あんなことをしていたから。お店で」

「もう忘れた」

「じゃあ……」

奈美はいいかけ、言葉を呑みこんだ。

「何だ」

楊が目を開けた。

「隣りにいきたい。あなたの」

楊はしばらく奈美を見つめていた。やがて無言で体をずらした。

奈美は洋服を着たまま、楊の隣りに横たわった。スタンドをつけ、天井の明かりを消した。

天井にスタンドのランプが作る光の輪を見つめていた。

「痛いの、どうした？」

しばらくして、奈美は訊ねた。

「もう平気だ。おさまった。薬をのんでいれば大丈夫なんだ」

奈美は頷いた。楊は顔を天井に向け、目を閉じていた。

奈美はそっと手をのばして、楊の胃のあたりに触れた。楊の体がぴくりとしたが、それ以上は動かなかった。

奈美は楊の腹をさすった。ひきしまった、ロープのような筋肉が掌に感じられた。

楊は黙っていた。

十分以上、奈美は楊の腹をさすっていた。やがて、掌をもう少し下に動かした。楊は動かなかった。

奈美はそこも静かにさすった。楊の体に変化が表われるのを待った。

楊が目を開いた。変化がおきていた。

「動かないで」

奈美はささやいて、楊のスラックスのファスナーをおろした。

体をゆすられて、奈美は目を開いた。背広を着こんだ楊がベッドのかたわらに立っていた。時刻は、午前四時だった。

奈美は驚いていった。

「電話をするのは、五時じゃなかった？」

いつのまにか眠ってしまっていた。まだひどくねむい。

「そうだ。だがここからは電話をしない」

奈美は上半身をおこした。

「どこからするの？」

「どこでもいい。ここから離れた場所で」

楊はアタッシェケースを手にしていった。

「ここは別々にでる。俺がでてから十分くらいしてでろ。そのあとは、好きなところにいって、五時になったら電話をするんだ。公衆電話からがいい。こういうんだ、俺から電話があって『いくところがない、金を貸してほしい。ギョエンで野宿した。すぐにきてくれ』」

「『いくところがない。金を貸してほしい。ギョエンで野宿した。すぐにきてくれ』」

奈美はくりかえしていった。楊は頷いていった。厳しい表情をしている。

「でもギョエンは閉まっているわ」

「柵をのりこえれば、どこからでも入れる。特にセンダガヤのほうからは。俺がそういったといえばいい。俺は台湾閣にいる。奥の池のほとりだ」

「台湾閣ね。でも、警察をよばれたら、どうするの？」

「奴らがか？」

奈美は頷いた。

「よばない。奴らは俺をつかまえて、どこかに連れていこうとする」

奈美は恐くなった。

「それじゃあいったい、わたしはどうすればいいの」

「あとは何をしてもいい。ただここに帰ってきては駄目だ」

「そんなの嫌よ。わたしもギョエンにいくわ」

「危険だ」

「だって、あなたひとりじゃ、あの人たちと話ができないじゃない。あなたの日本語ではまだ無理だわ」

楊は無言で奈美を見つめた。

「それにわたしは、電話したことであなたの仲間だと思われる」

楊はなおも黙っていた。

「お願い。連れていって。恐くないわ、わたし」

楊の目が、ぼんやりとしたうつろなものになった。

「お前は、今までに見たことがないものを見る。気分が悪くなる」

「かまわない。どんなものを見ても我慢する」

「俺を恐ろしいと思うだろう」

「思わないわ。絶対に思わない。わたしはあなたと離れることのほうが恐ろしい」

奈美はきっぱりといった。

楊は頷いた。

「わかった。いっしょにでよう。スカートは駄目だ」

「ジーパンにするわ。それならいい？」

「ああ」

「見はりは？」

「もういない。あきらめて帰ったようだ」

奈美は大急ぎでジーンズにトレーナーを着こんだ。

「二〜三日帰らないつもりで用意をしたほうがいい」

楊がいったので、布製のショッピングバッグに下着のかえとワンピースを一着つっこんだ。

「いいわ」

「いこう」

奈美は玄関に向かいかけた楊の腕をつかんだ。楊がふりかえり、奈美を見た。

「わたしをおきざりにしないで。ぜったいに」

奈美は楊の目を見ていった。

「わかった」

楊は低い声で答えた。

外にでると、青みがかった空が広がっていた。ふたりは無言で歩いた。駅近くまで歩き、通りがかりのタクシーをつかまえた。

「千駄ケ谷《せんだがや》」

奈美は運転手にいった。

楊は、いくども新宿御苑《ぎょえん》を訪れたことがあるようにみえた。タクシーが千駄ケ谷五丁目に入ったところで、奈美のわき腹を肘で突いて合図した。

「ここでいいわ」

料金を奈美が払って、ふたりは車をおりた。楊は今まで走ってきた明治通りを左に入る道を歩きだした。奈美は小走りであとを追った。

そこは住宅街と商店街がいりまじった区域だった。店はまだどこもシャッターをおろしている。通行人は、犬を散歩させているような老人くらいだ。

楊が道の左側にある電話ボックスをさした。奈美は頷き、ボックスに入った。足もとにショッピングバッグをおき、受話器をとりあげた。楊がいっしょにボックスに入った。

安井の名刺をだし、テレホンカードをさしこんで番号を押した。

三〜四回、ベルを鳴らしたところで、

「はい、安井興業です」

若い男の声が答えた。

「安井社長をお願いします」

「そちらは？」

「奈美といいます」

「社長はまだ参りません。楊さんから電話がありました」

「急いでいます。楊さんから電話がありました」

「ちょっとお待ち下さい」

受話器にオルゴールが流れた。やがて、

「はい、もしもし、電話かわりましたが」

別の男の声がいった。ねむたげでぞんざいな喋り方をしている。

「安井社長に伝言をお願いしたいのですが」

「はい」

「楊さんから電話があって、『いくところがない。金を貸してほしい。新宿御苑で野宿した。台湾閣というところまでもってきてくれ』って」

「ちょっと待って。新宿御苑の台湾閣ね。あんた今どこ」

「新大久保の駅です」

とっさに奈美は嘘をついた。

「そのまま待ってて。切らないでよ」

再びオルゴールがながれだした。奈美は受話器をおさえ、楊に状況を説明した。楊は頷き、公衆電話のレバーを下げた。信号音とともに、テレホンカードが吐きだされた。

楊を見つめた奈美にいった。

「大丈夫だ。奴らは必ずくる」

電話ボックスをでると歩きだした。北東の方角にのびる道をまっすぐ歩いていく。

やがて正面に背の高い鉄柵が見えてきた、黒く塗られていて先が尖っている。細い道路をへだて反対側は建物がつづいていた。柵にそって歩いていくと、途中、くぼんだように、民家が入りこんだところがあった。家は皆古く、どうしてだかわからないが、ほとんどが空き家のようだ。

楊は空き家の裏側に回った。

鉄柵は、そのあたりだけが、古いコンクリートの塀にかわっていた。削れたり砕けて、細くなったコンクリートの柱をつらねた塀だ。

あたりは暗く、静かだった。

楊の手がアタッシェケースをさしだした。奈美は受けとった。

濃い緑の匂いが鼻をついた。楊の手が塀のてっぺんをつかみ、簡単に体をひきあげた。

塀の上に馬乗りになった楊に、奈美はアタッシェケースと自分のショッピングバッグをさしだした。

楊は受けとり、塀の内側におとした。つづいて、奈美が両手を上にのばした。誰かに見《み》咎《とが》められるのでは、と思ったが、窓の開く音や声はしなかった。

奈美の腕をつかんだ楊は、軽々と奈美を塀の上にひきあげた。奈美が馬乗りになるのを待って、内側にとびおりる。

楊が手を広げた。奈美は両足を内側におろし、塀からおりた。途中、奈美の腰を楊が抱きとめた。

着地して奈美は周囲を見渡した。そこは大小の樹々が植わった、木立ちの中だった。少し先に、小さな砂利をしきつめた道がある。

新宿御苑にくるのは、二度めだった。そのときつきあっていた男と、桜を見に、去年の春きた。

楊が歩きだした。御苑の中は、緑が多く、静かで、外の街よりも夜明けが遅れているように思える。

ときおり鳥たちがけたたましく鳴きながら頭上をかすめていった。砂利を踏みしめて歩く自分たちの足音がやけに大きく響く。奈美は肌寒さを感じた。

楊はどうしてこの広い庭園の中を、迷わずに歩いていられるのだろう。奈美は思わずにいられなかった。

小走りに楊についていくうち、前方に池が見えてきた。細長い形をした池だった。ところどころくびれている。それほど深くはないようだ。

池の細くなった部分を渡る道を進んだところで、楊は左手をふりかえった。濃い木立ちの中に建つように、木造の建物があった。屋根の端がそれぞれぴんと空に向かってつきだし、白い壁に大きな丸い窓がはまっている。

「あれが台湾閣だ」

楊は低い声でいい、なおも先へ進んでいった。

反対側に回ると、建物が池のほとりに建っているのがわかった。

奈美はしばらく見とれていた。前にきたときはまるでその存在に気づかなかった。

濃い緑色をした池の水に、空と柱のような台座の上の建物が映っている。池のほとりはきれいに刈りこまれた芝生だった。それを縫うように歩道が走り、正面の方角に濃い森があって、そこの頂《いただ》きよりさらに高く、西口の高層ビル群があった。

芝生は日本庭園のようだった。だがそうして手入れのいきとどいた庭よりも、台湾閣の神秘的なたたずまいのほうが奈美はいいと思った。

我にかえると、だいぶ先をいく楊は濃い木立ちの中を抜ける道を進んでいた。明るくなってきた空の光をさえぎるような木立ちがつづく。

ひとりだったらきっと道に迷うだろう。まるで巨大な迷路だった。大きな木が多いので、遠くを見渡すことができない。

それでも奈美は何となく、自分たちが新宿の方向に進んでいるのだろう、と思った。

不意に目の前が開けた。正面に、コンクリートで囲まれた池があった。淀《よど》んだ水から、アヤメやショウブの葉がのびている。右手に階段があって、その向こうにコンクリートでできた建物があった。

楊はそちらに向かって歩いていた。奈美はあとを追った。池のほとりの敷石がところどころ割れたり、めくれたりしている。階段の中央に、池に向かって落ちこむすべり台があった。

池ではなく、プールなのだ――奈美は気づいた。その証拠に、建物との間には、水道の蛇口のならんだ水飲み場があり、左手に公衆便所がある。

建物は、何本ものコンクリートの四角い柱で支えられた屋根がついていた。隅に窓のはまった部屋があるが、人けはない。

その手前に、テーブルにでも使うのか、高さが一メートルくらい、直径が五〇センチはありそうな、丸い切り株がみっつ立っていた。根元はぼうぼうと雑草におおわれている。

楊はそのうちの一本に歩みより、アタッシェケースをかたわらにおいて、切り株を動かした。かなりの重さがあるようだ。

そして下から露出した地面を掘りはじめた。

いったい何をする気なのか。奈美は少し離れたところから見つめた。

やがて土の中から黒っぽいものが見えた。楊はそれをひっぱりだした。黒いビニール袋で被《おお》われたひとかかえもある包みだった。ビニール袋をはがすと中から雑のうがあらわれた。

それをかたわらにおき、楊は洋服を脱ぎ始めた。

パンツひとつになった楊は、雑のうの口を結んだヒモをほどいた、中に手をさしこむ。

まず、固く輪になって結ばれたロープをとりだした。それをおき、今度は紙袋に包んだ、長さ四〇センチほどの細長いものをとりだす。そして最後に、黒っぽいスウェットスーツのような布でできた服と、ゴム底のブーツをだした。

楊は手早くブーツをはき、スウェットスーツを身につけた。上衣にはフードがついていて、それをすっぽりかぶり、顎の下のヒモで縛った。奈美はそのようすを見ながら、楊の脱ぎすてたスーツをたたんで、アタッシェケースの上においた。

楊のことがまったくわからなくなった。いったいどうしてこんなところに洋服や荷物をかくしていたのだろう。

楊の動きはてきぱきとしていて無駄がなかった。最後に紙袋をひらくと、中から鞘《さや》におさまったナイフがあらわれた。それは二本のストラップで、楊の右のふくらはぎにしっかりと固定された。

楊はもう一度腕時計を見た。奈美もつられて自分の時計を見た。

五時七分前だった。

楊は雑のうを元の穴に戻し、切り株をその上にのせた。

「こっちへこい」

楊はいった。

奈美がついていくと、プールのほとりに、ふたつの小屋が建っていた。今は使われていないポンプ小屋だった。ひとつは、のびた雑草が建物の屋根近くまでおおっている。一段、地面より低いところに建っているからだった。

「ここにいろ。何があってもでるな。俺が迎えにくるまでは」

楊はまるでビデオで見た忍者のようだった。でも北京語を喋る忍者だ。

奈美は頷いた。楊は厳しい目で奈美を見つめ、それからくるりと背中を向けた。小走りで、来た道を戻っていく。

その姿が木立ちに消えると、奈美は楊のアタッシェケースを横にし、その上に腰をおろした。膝の上に自分のバッグと、楊の脱いだスーツ、シャツをおいて抱きしめた。体を丸くして、湿った床を見つめる。虫がいっぱい巣くっていそうだ。

不安だった。それは自分がどうかなってしまうのでは、という不安ではなく、楊の運命に対して感じる不安だった。

そのまま、じっと動かなくなった。

しばらくして、遠くから人の声が聞こえた。それは話し声で、だんだん近づいてきた。

奈美は両手を前で交差させ、きつく楊の洋服とバッグを胸にあて、目を閉じた。

緑の匂いに、頭がくらくらした。

17

「歌舞伎町キャバレー店長殺人事件」の捜査本部が新宿署に開設されてから三日がたった。が、当初の署内の空気とはうらはらに、被疑者は確保されていなかった。

　鮫島は別の件で薮のいる鑑識係の部屋を訪れ、そのことを聞いた。

「本部は、ちょっとあせりはじめてるな。わりに楽なやまだと思ってたのが、被疑者の中国人が消えちまったんでな」

　中国人、という言葉にひっかかりを覚え、鮫島は薮に訊ねた。

「そうだ。例の指紋のなかった奴だ。ホステスにあたったが逮捕歴のカードにも該当する人間はいなかったそうだ。住所はでたらめ、写真もない。日本語がへただったというわりには時間をくってるよ。仲間のところにころげこんで、なりをひそめているのかもしれんがな」

「丸被をその男だと特定したのか」

「いや、いちおう、丸害のしゃぶ中の線もあるので、そちらもあたっているらしいが、奇妙なことがあったんだ」

「奇妙なこと？」

「発見通報者で、あんたも知っていた、丸害の上司の安井、あれが行方不明になってる」

「飛んだ、ということか」

鮫島がいうと、藪は首をふった。

「いや、そうじゃない。若い者三人をつれて、きのうの朝でてったきり、連絡がとれなくなってるんだ」

「どういうことだ」

「捜査員がモンタを作るんで、ホステスらのほかに安井にも会いにいった。ところが、その安井と連絡がとれなくて、安井興業の連中がおろおろしているのさ。多少、やばい線も関係しているらしい」

「予定外の行動なんだな」

「ああ。話じゃ、きのうの朝方、電話が事務所にあってよびだしをうけたらしい。安井は自宅にいたが、連絡があって、事務所にいたその電話をうけた奴と、運転手をあわせた総勢四人ででかけていったというんだ」

「何時ごろの話だ」

「四時か五時くらいだ」

そんな時間にやくざが動くのは、仕事にからむ場合か、組本部からのよびだしがかかったときくらいのものだ。一般に、朝の四時、五時というのは、ふつうの人間なら、活動力も理解力も、もっとも低下する時間帯だ。

それを狙って、やくざたちは獲物の家に押しかけ、借金の返済や土地の譲渡書などの署名を迫ったりするのだ。

組本部に抗争などの事件が生じているきざしはない。するとよびだしというのは、線をはっていた人物が動いた、などという情報を意味しているのではないか。

安井はサラリーローンの会社をもっている。高額の負債者が潜っていて、その行方を追っていた若い衆から情報が入ったとすれば、その時間の動きは考えられないことではない。

「きのうの朝か――」

鮫島がつぶやくと、藪は頷いた。

「奴らにしちゃ珍しい話さ。丸一昼夜以上も連絡がつかんというのは」

「トボけているわけじゃないんだな」

「トボける理由がないだろう。丸害を殺ったのが安井らだというのなら別だが。手口からいって、丸Bの殺し方じゃない」

「頭を叩き割った、といったな」

「丸みのある固いもの、だな。たとえば石とか、灰皿のような」

「凶器はでたのか」

藪は首をふった。

「現場からは見つかっていない」

「その凶器だが、人体、ということは考えられるか」

「人体？　つまり素手《すで》、ということかい」

鮫島は頷いて、

「足、という場合もあるが」

藪は難しい表情になった。

「素手で頭蓋を叩き割る、というのはな……。確かに空手の試し割りで、ブロックや石を割る奴はいるから、不可能とはいえんだろう。だが、そういう空手の達人なら、何も頭を叩き割らなくとも、腹部の急所を打つ方法だってある」

「そのほうがふつうだな」

鮫島もいった。

「足でやるにしても、丸害が倒れたところを蹴るくらいしかないだろう」

藪がいってつづけた。

「丸害には、致命傷になった頭の割傷以外には傷がない。つまり、最初から丸害が寝ていたり、すわっているのを蹴ったのでないとすると……」

「丸害の身長は？」

鮫島は訊ねた。

「一七〇センチだ。大柄とはいえんが、立っている丸害の頭を蹴るのはちょっと難しい。現場じゃ、丸害の周囲に椅子はなかった」

「打撃は正面から、それとも背後から？」

「凶器の形状がはっきりわかっていないので断言はできないだろうが、丸害の状況から見て、正面だ」

一七〇センチの身長をもつ男が立っていて、その頭を叩き割ったとすれば、もっとも考えやすいのは、バットのような長さのある獲物を、剣道の「面」のようにふりおろす動作だ。

その場合、凶器は前方から斜め上方にかけて被害者の頭にふりおろされる。

「ネリョチャギ」という、郭のいった技が実際にはどんな形なのか、鮫島にはわからなかった。

ただ、踵《かかと》を使う、というのは覚えていた。

「踵、というのはどうだ？」

「踵、だと？」

藪は驚いたような顔をした。

「踵でどうやって頭を叩き割るんだ？」

「そいつは俺にもわからない。ただ凶器の形状としてあてはまるか」

「そりゃ、考えられなくはないが、そうなると、ほしはバレエのダンサーのように足が高くあがる奴ってことになる」

藪はいってにやっと笑った。

「本部に教えてやるか。ほしは、バレエダンサーかもしれん、と」

鮫島は首をふった。


その夜、鮫島は電話で起こされた。目を覚まし、枕もとの時計を見た。午前一時半だった。一時少し前にベッドに入り、スタンドを消したのだから、寝入りばなということになる。

「はい」

「鮫島さん、ですか」

訛《なま》りのある声がいった。郭の声とわかった鮫島は体を起こした。

「そうです。郭さんですね」

「はい。寝ていました？　だとしたら申しわけありません」

「大丈夫です。どうしました？」

「あなた、おもしろいところ案内したい。私は、今、新宿にいます。でてこられますか」

「かまいませんよ。見つかったのですか、毒猿が」

緊張を覚え、鮫島は訊ねた。

「まだ。でも、きてください」

「わかりました、どこへ」

郭が説明したのは、歌舞伎町一丁目の区役所通りに面した場所だった。

「今、そこの公衆電話」

「これからいきます。この時間なら十五分もあれば着きますから」

「はい。待ってます」

電話を切って、鮫島はベッドから降りた。

アパートは環状七号線《かんじょうななごうせん》の近くにある。この時間なら、新青梅《しんおうめ》街道を使って都心に戻ろうとしているタクシーの空車が拾えるはずだ。もし駄目なら自分の車を使ってもいい。

スラックスをはき、シャツを着て、特殊警棒と手錠をベルトに留め、上着を羽織った。もし毒猿とぶつかることになるのなら、特殊警棒だけでは心もとないが、署によって拳銃をとってくるだけの余裕はない。

二時を少し回った時刻に、鮫島は区役所通りの入口でタクシーを降りた。運転手は、極端に流れの悪くなる区役所通りにまで進入するのを嫌ったのだ。

鮫島が区役所通りを小走りに進んでいくと、ガードレールに尻をのせて待つ郭の姿が目に入った。

左腕を紺の背広の下で吊っている。

「お待たせしました」

鮫島がいうと、郭は頷いた。

「手帳、もってきました？」

「手帳？　警察手帳ですか」

「はい」

「もってますが」

鮫島がいうと、郭は唇のはしに笑みを浮かべた。

「よかった。それ、いるかもしれない」

「なぜです？」

「すぐわかること」

郭はいって歩きだした。歌舞伎町二丁目の方角に向かい、風林会館のある交差点を右に折れた。

三台のメルセデスがハザードをつけ、止まっていた。周囲を七〜八人のやくざが囲み、煙草を吸ったり、しゃがみこんで、車の主がでてくるのを待っている。

やくざたちは、あたりを睥睨《へいげい》していた。近づいていく郭にいっせいに視線が集中した。が、中のひとりが鮫島に気づき、顔色をかえた。

「ご苦労さまっす」

石和組のチンピラだった。そのひと言で意味が通じ、全員の顔に緊張が走った。

鮫島はそれを無視した。腹の底に緊張が広がった。これだけの人数がでているところを見ると、組長の石和以下、主だった幹部が、この付近の店で顔をそろえているのだ。

郭と鮫島はチンピラの集団の中を通り抜けた。最初の角で郭が左に曲がった。何もなかったように平然とした顔をしている。

「裏からいきましょう」

郭はいって、メルセデスが止まっていたビルの裏側に回った。

「ここの三階」

鮫島は見あげた。

「阿里山《アリサン》」というネオンがでている。深夜レストランだとわかった。

「いきましょう」

郭はオシボリの籠が積まれた急な非常階段をのぼった。鮫島も従った。裏に見張りはいない。

「阿里山」は木の扉に「会員制」のプレートを貼っていた。

「何かいわれたら、一杯だけ飲んで帰る、といってください」

郭はいって扉を押した。

エコーのきいた中国語の歌声が流れだした。同時に中華料理の匂いも漂ってくる。歌のほかに手拍子やかけ声が加わり、店内はかなりにぎやかだった。

郭が扉を押し開けた瞬間、白のシルクシャツを着けた男が奥からとんできた。男が何かいうより先に、郭が中国語を喋った。

男がいいかえし、内側から扉を押した。明らかに入店を拒もうとしていた。

郭はなおも早口の中国語で男にまくしたてた。

男の肩ごしに店の中が見えた。中央に通路があり、それでへだてられるようにして、店が左右に分かれている。それぞれ通路のすぐそばに大型のテレビがおかれていた。そのテレビを囲む形でボックスが並んでいる。

通路には真ちゅうの手すりが走っていて、正面の左奥が厨房《ちゅうぼう》のようだった。左側のボックスには客はひと組もいない。右側にはいるようだが、男の体でさえぎられていた。

郭が鮫島のほうをふりかえり、中国語で喋った。男の顔色がかわった。

「新宿署、ですか」

男がいった。鮫島は頷き、手帳を提示した。

「貸し切り、なんですよ」

男が鮫島に告げた、かぶせるように郭がまたも喋った。

男は顔をゆがめた。郭が何といっているかはわからないが、たぶんむりやり入店しようとしているのだろう。

ついに男は折れたように扉から手を離し、郭に道をゆずった。乞うような口調で郭にいう。

もめごとを起こさないでくれと頼んでいるようだ。

郭はそっけなくそれに答えると、男の体を右肩で押しのけ、店内に入った。

鮫島もあとにつづいた。

右のボックス席に、スポットライトを浴びて十五～六人の集団がいた。中央のテーブルに二人の女と四人の男、その左右のテーブルに、四人組とふたりの男がそれぞれすわり、そこにも女がひとりずつついている。

歌は、ふたり組の男がすわる右はしのテーブルでうたわれていた。ひとりが立ってマイクを手にしている。

中央のテーブルの四人の男のうちの三人を鮫島は知っていた。

石和竹蔵と、石和組の幹部、高河《たかかわ》に羽太《はた》だ。石和はシルバーグレイのスーツに濃い色のついた眼鏡をかけていた。ずんぐりとした体型で頭を角刈りにしている。年齢は五十代の前半だった。

高河は、髪をオールバックになでつけた二枚目だった。尖った顔に険のある目つきをし、グリーンのダブルのスーツを着こんでいる。背が高い。

高河の隣りにすわっているのが羽太で、高河とは対照的に、パンチパーマをかけ四角ばった顔にはニキビの跡が数多く浮かんでいる。羽太は黒のスーツに派手な柄のネクタイを結んでいた。

石和と高河のあいだに、痩せた銀髪の男がいた。顔色がどす黒く、内臓を病《や》んでいるような印象がある。向かい側に女がふたりすわっていた。

郭は、グループとは通路をはさんだ反対側のボックスにさっさと腰をおろした。グループからはテレビの陰になる位置だ。

鮫島も向かいにすわった。こちらを向いたテレビには、噴水のある公園を背景に、若い男女が歩く映像がうつっていた。漢字の歌詞が画面の下に流れている。

白いシルクシャツの男がふたりの横にしゃがんだ。必死の表情でいう。

「ケンカ、駄目です」

「大丈夫だ」

鮫島はいった。男は頷き、

「何、飲みます？」

と訊ねた。鮫島の言葉をまるで信用していないように見えた。

鮫島は郭をちらりと見ていった。

「ビールを」

郭も頷いた。そして男のシルクシャツで包まれた腕をつかんだ。

「私たちのこと内緒にしておく。いいね」

男の目に恐怖の色があった。

歌が終わり、向かいのボックスで拍手が起こった。

石和のボックスの左側にいた四人組がのっそりと立ちあがった。全員が鮫島と郭のほうをスポットライトごしに注視している。

店内の空気がはりつめた。厨房の入口には、明るい色のスーツを着た若い男がふたりいて、凍りついたように鮫島たちのほうをうかがっていた。

「マスター。マスターよ」

濁《だ》み声《ごえ》が通路の向こう側から聞こえた。

「はい」

シルクシャツの男が立ちあがった。濁み声は羽太があげたのだった。

「貸し切りっていったろうが、帰ってもらえ」

立った四人はすべて、石和の組員だった。それぞれ、石和、高河、羽太のボディガードたちだ。

店の中が静まりかえった。シルクシャツの男は鮫島と郭を見おろし、目をしばつかせた。あせったように唇をなめる。

「帰ってもらえって。帰らねえなら、俺のほうからいってやろうか」

そのとき、次のカラオケのイントロダクションが始まった。ホステスの女たちと、右はしのテーブルのふたりの男が手を叩いた。

マイクが石和の隣りにいた銀髪の男の手に渡った。

銀髪の男がうたいだす前に、羽太が立っている四人に、

「おい」

と顎を動かした。四人は肩をゆすりながら通路を渡った。

銀髪の男の歌が始まった。かすれたような低い声の中国語だった。

通路を渡った四人が、鮫島たちのテーブルに近づいた。鮫島はうつむき、煙草に火をつけた。郭のおかげで、厄介《やっかい》なことになりそうだった。

郭がゆっくりと立ち、声をかけた。

「葉《イエー》」

歌が止まった。右はしのテーブルにいたふたりがさっと立ち、抱きかかえるように銀髪

の男をかばった。

四人が郭につかみかかりそうになった。

「やめとけ」

鮫島は顔をあげ、いった。

「なに――」

いいかけたひとりがすぐに鮫島に気づいた。うっと息を詰まらせる。四人はその場で石と化したように動かなくなった。

石和の横にいるのは、葉威にちがいなかった。郭はどこからか、今夜、葉威がこの店を訪れることを嗅ぎつけたのだ。石和組の組長と幹部、まして生命を狙われている葉威をガードするこの男たちが丸腰でいるはずがない。

鮫島に気づいて動けなくなったのはそのせいだった。身体検査をされれば、その場で銃刀法《じゅうとうほう》違反の現行犯逮捕されるのが目に見えている。

「何だ、この野郎!」

羽太が怒号をあげ、立ちあがった。まぶしげに顔の上に手をあげ、怒鳴った。

「消せ! ライト!」

「………」

カラオケとスポットライトが同時に切られた。

郭が中国語で語りかけた。強い調子だった。歩きだした。

おおいかぶさったボディガードをおしのけ、葉威が立ちあがった。顔がひきつっている。

四人がじりじりと郭のほうに向きをかえた。羽太が、何をやっているんだといわんばかりに、四人をにらみつけている。

「動くなよ。もってるんだろう」

鮫島は低い声でその四人にいった。鮫島の顔はまだカラオケテレビの陰になっていて、羽太には見えない。

「何やってんだ！　てめえらっ」

ついに羽太が叫んだ。

それにはかまわず郭はどんどん葉威のいるテーブルに歩みよっていった。

葉威のテーブルには、石和や羽太、高河がいる。無謀な行動だった。郭を台湾の刑事と知らない羽太が何かをしかけるかもしれなかった。

鮫島は立ちあがった。羽太が手をだせば、郭が応酬せずにいるとは思えない。そうなれば、修羅場《しゅらば》になる。

羽太は郭をにらみつけていたが、鮫島に目を移した。とたんに、

「てめえ――」

といって絶句した。

郭が中央のテーブルの前で立ち止まった。郭の顔を知っているらしい、葉と右はしのテーブルにいたふたりの台湾人は、顔をこわばらせている。

郭はゆっくりと、羽太と石和のほうを向いた。

「私、何もしない、ただ話するだけ。台湾の偉い親分、葉威さんに」

「何だ、お前」

石和が口を開いた。ひどく不愉快そうな喋り方だった。

郭は一礼した。皮肉のこもった動作だった。

「台湾のお巡りさん。あっち、日本のお巡りさん」

左手で鮫島のほうをさした。ガタッという音をたて、葉のボディガードが立ちあがった。ふたりいるうちの若いほうだった。

郭がさっと首を回し、その男とにらみあった。郭は低い声で何事かをいった。

葉が、その男の肩に手をかけた。男は不承不承《ふしょうぶしょう》、腰をおろした。

「あなた、失礼。私、日本の友だちといっしょ」

葉が日本語を喋った。郭は頷いた。

「日本語？　オッケイ。私とお前、同じ友だちいる。もう会った？　まだ会ってない、だろう。会ったらお前、ここにいない」

葉は無表情だった。

「お前がいちばんよく知ってる。毒猿《ドウユアン》、狙った獲物、逃さない。そう教えたのお前だから」

「帰ってもらえ」

石和が吐きだした。石和の目はじっと鮫島に注がれていた。

「すぐに帰るさ」

鮫島はいった。

「おたく、新宿署だっけ」

石和はいった。

「そうだ。この面、覚えておいていいぞ。防犯の鮫島だ」

「ただ、酒を飲んで楽しくやってるだけなのに、なんで嫌がらせする、鮫島さんよ」

「嫌がらせのつもりはなかった。この人が昔馴染《なじ》みに会いたいっていうんでな」

石和の目が凄《すご》みをおびた。

「それが嫌がらせっていうんじゃねえのか、世の中じゃ」

「そうか?」

鮫島はいって手すりをまたいだ。そこで硬直している四人の石和組の組員のかたわらに立った。

「嫌がらせってのは、たとえばここで、この兄さんたちに職《ばん》質かけて、すっぱだかにすることじゃないか。それでもって、何をもってるか拝見させてもらう」

「この野郎」

羽太が唸った。

「まあまあ、羽太さん」

高河が初めて口を開いた。高河のほうは明らかに緊張していた。高河は、武闘派を標榜する石和組の中では、珍しいインテリタイプだった。この高河と行方不明になっている安井が、兄弟分だったことを鮫島は思いだした。

郭が口を開いた。日本語だった。

「葉、私、サンコーホテルに泊まっている。このすぐ近く。助けてほしくなったら、くるがいい。毒猿から、お前助けられるの、私しかいない。お前、全部、白状する、私助ける」

「何をいってやがるんだ、こいつは」

石和は鮫島を見た。鮫島は見かえし、静かにいった。

「さあな、当人どうしにしか通用しない会話だろう」

「ナメんなよ、小僧」

石和が吠えた。さすがに迫力のある怒号だった。

鮫島は石和の顔を見つめた。厄介だが、ひけないところまできていた。

「石和の組長、俺の渾名《あだな》を知ってるか。俺は決してナメないんだ。食いつくだけで」

石和はすっと息を吸いこんだ。顔色が青白くなった。それに気づいた高河の血相がかわった。立ちあがり、泡をくったように叫んだ。

「もういいだろう。帰ってくれ。鮫の旦那よ」

石和が臨界点に達して、自ら鮫島に手をだすのではないかと危ぶんだのだ。

鮫島は郭を見た。郭は鮫島に頷いてみせた。そして、手をのばすと葉の前にあった料理をつかんだ。カシューナッツと野菜、肉の炒め物だった。それを口に運び、今度はその手を葉の上着で拭いた。その間、じっと葉の目をのぞきこんでいた。

「おいしいね、とっても」

郭はいった。葉は体をのけぞらせたまま、ぴくりとも動かなかった。

「再見《ツァイジエン》」

葉の顔をのぞきこみ、ささやいた。

郭はゆっくりと扉に歩みよった。鮫島もそれを追った。背中を汗が流れている。

鮫島がうしろ手で扉を閉めた瞬間、店内で激しくガラスの砕ける音がした。誰かがテーブルをひっくりかえしたのだった。

再び階段を使って、下に降りた。

外にでて、雑踏《ざっとう》を歩きだし、鮫島は大きく息を吐きだした。

前を歩いていた郭がふりかえり、にやりと笑った。

「緊張しました?」

「無茶をしますね。あれ以上やったら、本当に殺されます」

「台湾なら、葉は私を放っておかない。でも、ここは日本。それに葉は台湾に帰れない」

「なぜです?」

「毒猿」

「必ず、葉を殺すと?」

「必ず殺します。毒猿はぜったいに葉を逃さない。どんなことをしても」

鮫島は首をふった。郭は、毒猿にまるで惚れこんでいるようにすら見える。

「そういえば――」

鮫島はいった。

「『ネリョチャギ』というのは、どんな技ですか」

郭は不思議そうに鮫島を見た。

「なぜ?」

「管内で男がひとり、四日前に殺されました。頭を割られて」

郭の目が鋭くなった。

「どんな風に?」

鮫島は首をふった。

「私が担当しているのではないですから、それは。ただ、鈍器で――わかりますか、鈍器というのが」

「石のようなもの。尖ってない」

「そう。丸みのある鈍器で、頭を割られていました。正面からです」

「私に見せてください、死体を」

郭は真剣な口調になった。

「残念ですが、今はまだそれはできません」

「そうですか……。『ネリョチャギ』というのは、正面から相手の上に、こうして――」

郭は不意に立ち止まり、左腕を手前にひきつけ、右腕をややつきだすようにして、右足をさっとかかげた。右膝を胸につくほど鋭くひきあげ、ついで右足のすねが額につくまで、まっすぐ高くあげた。

そして、そこからやや斜めの角度をつけながらも、踵をふりおろす。

爪先は優に鮫島の額の高さをこえていた。

何人かの酔っぱらいが驚いたように立ち止まって見つめた。

「これが『ネリョチャギ』です。『脳天踵落とし』と、日本語ではいいます。頭やここの骨を折る」

郭は鎖骨《さこつ》をさした。

鮫島はあ然として見つめていた。とてつもない荒技だ、という気がした。もし長身の男がそんな技をくりだしたら、よけることなどとてもできそうにない。頭をかばっても、肩を打たれる。

「破壊力は？　一撃で人を殺せるほどですか？」

郭はじっと鮫島を見た。

「技を使う者によってちがいます。一発で人を殺すの、簡単ではない。ですが、毒猿なら、できます。実際に台湾でも殺した。最初に死体見たとき、皆、石で殴り殺したと思った。手にもってこう、ふりおろして」

両手を頭の上にあげ、ふりおろすジェスチャーを郭はしてみせた。

「だが、ちがった。毒猿は、踵で脳天を叩き割った。恐ろしい技。知らない者、やられるまで何が起きるかわからない」

そして厳しい顔つきでいった。

「もしその殺しが、毒猿なら、これから、もっともっと人が死にます。葉が死ぬまで。毒猿、たぶん、自分が死ぬこと恐れていない。葉が死ねば、満足」

鮫島は寒けを覚えた。

18

参宮橋《さんぐうばし》にあるそのマンションは、奈美が住んでいた新大久保のマンションとは比べものにならないほど豪華だった。レンガ色の外壁に、ガラスの扉がはまり、オートロック機構がついている。

エントランスにある集合インタホンで各室を呼びだして内部で操作してもらうか、キィをもっていなければ、内側にある自動扉をくぐってエレベータ・ホールにいきつけない造りだ。

午後九時に、奈美と楊は、マンションの入口に立っていた。奈美はワンピースを着ている。楊は、スーツ姿だった。

ふたりはさっきまで、芝《しば》にあるビジネスホテルにいた。

きのうの朝早くに、新宿御苑をでてから、ビジネスホテルにずっと泊まっていたのだ。

奈美にはもう、これから起きることがわかっていた。きのうの朝、楊が、奈美のマンシ

ヨンをでるときに、

「お前は、今までに見たことがないものを見る。気分が悪くなる」

といったのは本当だった。

きのう奈美はいくども吐いた。御苑で起こったことは二度と忘れられないだろう、と思った。

楊が姿を消してから、人声が奈美の隠れるポンプ小屋の先を通過していった。そして数分としないうちに、今まで聞いたことのないような人の叫び声がした。一度きりだったが、それは尾をひくように長くつづき、そして止《や》むと静かになった。

三十分ほど待って、奈美はもう我慢できなくなった。楊が殺されてしまった、と思った。逃げようと、ポンプ小屋の階段をあがりかけたとき、楊が戻ってきた。

楊は男の体を肩にかついでいた。初め見たとき、それが誰だか、奈美にはわからなかった。

鼻が砕け、人相のかわってしまった安井だった。両腕が、肘のところで奇妙な角度でねじまがり、口には拳より少し小さいくらいの石が詰めこまれていた。それを入れるために折ったのか、前歯がなくなって、血と涎《よだれ》が顎を伝っていた。

楊は荷物を投げ出すように、奈美の目前で安井の体を放りだした。

安井は、苦痛の呻きをあげた。唯一、表情を感じさせる眼には涙が浮かび、恐怖と懇願《こんがん》の色が溢《あふ》れていた。

奈美は立ちすくんでいた。

安井は地面の上で身をよじった。だが折られた両腕はまるで使えず、まるで羽をもがれた虫のように苦悶《くもん》に満ちた動きだった。

楊はまったくの無表情だった。北京語で奈美にいった。

「この男に俺にかわって質問をしてくれ。答えれば助けてやる。嘘をついたり、答えなかったら、殺す、というんだ。うんと苦しいやり方で」

奈美は口をおさえ、頷いた。安井の目が自分を見上げていた。命乞いをしているのがわかった。

奈美は吐きけをこらえ、いった。

「質問に答えてくれれば、助けます。さもないとあなたは死にます」

安井は懸命に首を動かした。楊がその肩をつかみ、上半身を起こした。その荒っぽい動作に、安井は再び悲鳴をあげた。

「これから口の中の石をとってやる。大きな声をだしたら、すぐに殺す」

楊がいい、奈美は震える声で通訳した。

安井は頷いた。楊がその口に指をさしこみ、石をひっぱりだした。折れた歯に石があたり、安井は目を閉じて必死に叫びをこらえていた。

「――こ、殺さないでくれ、頼む、こいつにいってくれ、殺さないでくれって――」

せきを切ったように、粘《ねば》つく舌を動かしはじめた安井の口を、楊の掌がおおった。安井は静かになった。

掌を外し、楊がいった。

「葉《イエー》という、中国人を知らないか、訊くんだ。台湾の男で年は六十五歳、イシワグミの頭領の友人だ」

奈美は頷いた。安井の目が激しく楊と奈美を見比べた。汗と血と涎で、安井の顔はまだらのようになっている。

「葉という台湾人を知りませんか。石和組の親分の友だちで。年をとってる人です」

「し、知らねえ。本当だ。石和は……同じ系列だがよ、その台湾人のことは知らない。嘘じゃない、本当だ。こいつは、俺の手下を三人殺したんだ。あっという間だった。頼む、こいつに俺を殺させねえでくれ。本当のこと、話すから――」

奈美は楊に安井の言葉を伝えた。一瞬、楊の顔に失望の色が浮かぶのを、奈美は見たような気がした。

「では訊け。イシワグミの頭領はどこに住んでる?」

「四谷だか、どっか、あっちのほうのマンションだ。詳しくは知らねえ……」

「イシワグミの事務所はどこにある?」

「新宿だ。本部と宿舎のふたつがある。こ、この手帳に住所が書いてある」

折れた右腕を上着にさしこもうとして、安井は呻いた。

奈美が通訳すると、楊は手帳をとりあげた。

「イシワグミの幹部で、住んでいるところを知っている人間はいるか」

「知ってるよ。知ってる。高河って、奴がいる。石和のナンバースリーだ。そいつは、今、女房のとこおんでて、参宮橋の女のマンションにいる」

「詳しく説明できるか」

安井はした。いくどか、飲んだ帰りに送っていったことのある女だった。新宿のクラブのホステスで、今は仕事をしていない、という。

「そのタカカワは、毎日、女のところに帰ってくるのか」

「よほどのことがない限り……。わからねえが、たぶん。若い奴も、今はそのマンションに迎えにいってるはずだ」

楊はじっと安井を見ていた。そして奈美に目を移した。

「本当のことをいっていると思うか」

奈美は頷いた。

「思うわ。死ぬほど怖がっているから」

楊は頷き、安井の口からとりだした石を拾いあげた。安井の目が丸くなり、今にも大声をだしそうに口が開いた。だが、声よりも早く、楊は石を安井の喉におしこんだ。安井が戻しそうな声をあげた。だがその声は、絞めつけられるような低い呻きだった。

楊は再び、安井の体を軽々とかつぎあげた。安井が両足を激しく動かした。まるで子供がいやいやをしているような姿だった。

「もう少し待っていろ」

安井を肩にかついだまま、楊は奈美にいって、木立ちの間の道のほうに降りていった。

安井が、ひーっ、ひーっという、石と喉の間から洩れる、息とも声ともつかない、高いが決して大きくはない叫びをたてた。足をばたつかせている。

そのひーっ、ひーっ、が、やがて聞こえなくなった。

奈美はしゃがみこみ繁みの中で吐いた。安井がどうなるかは考えないことにした。

何か、信じられないような悪夢を見た気分だった。濃い緑に包まれて、開園前の静かな公園にいるのが、まるで現実感をともなわない。頭の中のスクリーンにうつしだされている映画をながめているようだ。

しばらくすると、楊が戻ってきた。黒のスウェットスーツを脱ぎ、両腕にかかえ、下着ひとつになっている。その体が水で濡れていることに奈美は気づいた。

「終わった」

奈美は楊を見あげた。楊は空を見ていた。新宿の高層ビル群に朝焼けがかかっている。

「たぶん、今日、雨が降る。池の水位は下がらない。沈めた連中は、しばらく見つからない」

「沈めた？」

「重しに、側溝《そっこう》の鉄蓋《てつぶた》を使った。ロープで三人を縛り、鉄板を抱かせて」

そして奈美を見つめた。奈美は再び吐きそうになった。

「ここで別れよう。ただし警察にはいってもらいたくない」

楊がいった。奈美が畳んでおいたシャツを着け、スーツのスラックスをはきながらだった。

奈美はうつむき、首をふった。

「あなたといっしょにいる」

「恐くないのか」

「恐い。でも離れるのは、もっと恐い」

「あの男は死んだ。もうお前と俺を結びつける人間は誰もいない」

奈美はそれでも首をふった。

「いる」

楊は無言だった。奈美は楊を見た。

楊はネクタイを結んでいるところだった。

まるでこれから出勤しようというサラリーマンのように、慣れ、落ちついた、手つきだった。

「連れていってくれる？」

楊は結び目を絞り、奈美を見おろした。目に、なぜだという問いがあるように、奈美には思えた。しかし楊は何もいわなかった。

スウェットスーツを手に、切り株のところへ歩いていった。切り株を動かし、下の穴から、雑のうをひっぱりだすと、中にしまった。足首に留めていたナイフは、外されてアタッシェケースの上にあった。

雑のうの口を元通り縛り、ビニール袋におしこむと、切り株の下の穴に落とした。土をかぶせ、その上に切り株をずらした。

戻ってくるとナイフをアタッシェケースにしまった。

そして奈美を見た。

「では、いこう」

奈美は集合インタホンの「八〇二」のボタンに手をのばした。

ピーッという音がして、小さな穴のたくさんあいたステンレス板の向こうから、

「はい」

という、女の声が聞こえた。

「『クラブ・アデリィ』の者です。高河さんに頼まれて、

「お届けものにあがりました」

奈美はいっきに喋った。

「そう」

そっけなく、女の声が応えた。ガタン、という音がして、奥のエレベータ・ホールとを
つなぐ自動扉が開いた。

楊がスーツの上衣からハンカチをだして、「八〇二」のボタンの表面をさっと拭いた。

そして奈美の体を自動扉の内側におしやった。

ふたりがくぐりぬけ、しばらくすると、扉がするすると閉まった。

楊がハンカチを巻いた手で、エレベータのボタンを押した。一階で止まっていたエレベ
ータの扉が開き、ふたりは中に乗りこんだ。

八階にあがると、奈美が先に降りた。楊が自分のアタッシェケースを奈美にさしだした。

奈美はそれを受けとり、廊下を歩きだした。楊がポケットからゴム手袋をとりだし、はめ
た。

奈美が八〇二号室の扉の前に立つと、楊がノブの反対側に立った。のぞき窓の小さな穴
からは死角になるように、壁にぴったりと背中をあてる。

奈美は、インタホンを押した。

「はい」

返事があって、のぞき窓の穴の向こうに人の立つ気配があった。

ロックを解く、がちゃりという音がして、ドアが開かれた。

次の瞬間、楊の左手がノブをつかみ、思いきり引いた。

内側から、黒の薄いワンピースを着けた髪の長い女がノブにひっぱられるようにとびだしてきた。楊の右手がさっとのび、目をみひらいている女の頰をがっしりとワシづかみにした。声がだせないよう、口の中で左右の頰の内側がくっつくほど強く指をくいこませている。

楊はまっすぐ右腕をのばしたまま、女を奥へと押した。女は押されるまま後退《あとずさ》りした。女の顔をつかみ、靴も脱がず、カーペットのしかれた室内にあがりこんだ。奈美は中に入り、扉を閉めた。ロックするとき、指先がふるえた。

楊は右腕で女の顔をつかんだままリビングに入ると、左右を見回した。まるで楊の肩と女の顔が、機械のマジックハンドのような一本の棒でつながっているような光景だった。

リビングは、首都高速《しゅとこうそく》道路を窓から見おろす部屋で、板ばりの床に黒い皮の応接セットと大型テレビがおかれていた。大理石のテーブルにビールの小壜とグラスがおかれ、テレビには、字幕の洋画がうつっている。

ビールのわきに灰皿があって、口紅のついたセーラムライトがくすぶっていた。

女はひとりだった。

楊の右手がぐいと女の顎をおしあげた。白い喉がむきだしになる。

楊が左の掌を水平にひいた。第二関節のところで指を折りまげ、ひらべったい拳をつくっている。

「やめて」

奈美は小さく叫んだ。

「その人は殺さないで！」

楊が奈美をふりかえった。表情はまったくかわらなかった。

拳がさがり、女の鳩尾《みずおち》を突いた。女の喉から、動物のような声がでて、膝が崩れた。

楊は女を床に横たえた。女は気を失ったわけではなかったが、苦痛に声もだせず、目もあけられない状態のようだった。

楊はあたりを見回し、奈美に首で合図をした。奈美はアタッシェケースをさしだした。

アタッシェケースからとりだしたロープとガムテープで、楊は女の両腕と両足を縛り、目と口にガムテープを貼りつけた。

リビングの奥にふたつの部屋があった。ひとつにはキングサイズのベッドがあり、もうひとつにはキッチンテーブルがある。

楊は女をかかえあげると、ベッドの中に入れ、上から毛布をかけた。

奈美はそれを見て、ソファにそっと腰をおろした。テレビからは英語の会話のやりとりが聞こえてくる。テレビの上にビデオテープの空ケースがのっていた。

楊はリビングに戻ってくると、あたりを見た。奈美は膝の上できつく両手を握りしめていた。

楊が壁ぎわにおかれたサイドボードに歩みよった。コードレス留守番電話がのっていた。ボタンを押し、留守番電話を、在宅から不在に切りかえた。

あらかじめ録音された女の声が聞こえ、つづいてピーッという信号音が鳴った。

それから楊は、サイドボードの中身を調べにかかった。

楊が一度、アタッシェケースから薬をだして飲むのを、奈美は見た。カプセルと錠剤の量が、前より増えつつあった。痛みがやってくると、楊の顔が土気色《つちけいろ》になるので、すぐにわかる。

きのうの昼も、楊は一度、痛みの発作をおこした。そのときは氷で冷やすだけで、痛み止めを飲もうとしなかった。

薬が残り少なくなっているのだった。きのうのように安全な場所にいるときは、なるべく薬を飲まずに耐えたい、と楊はいった。

薬の効きめが弱くなり、痛み止めに飲む量が増えて、予定よりも多くを使ってしまっているのだ。

だが薬には、痛み止めだけではなく、化膿をおさえるものもあって、それだけは飲んでおかないと、腹膜炎《ふくまくえん》をひきおこしかねないのだった。そしてそちらの錠剤は、あと数錠しか残っていなかった。

電話が二度ほど鳴り、留守番電話が作動すると、何も告げずに切れた。

楊がサイドボードで見つけた書類のいくつかを、奈美は楊のために読んでやった。中には、奈美にもよくわからない権利証のようなものがあったが、楊はそれほどこだわってはいないようだった。

午前零時をすぎると、奈美はソファでうとうとした。昨夜はまるで眠れなかった。ベッドに入ってすぐ、楊が体を求めてきた。が、応じる気持ちにはなれなかった。

楊は何もいわず、手をひっこめた。そして夜明け前、今度は奈美のほうから求めた。それまで一睡もできなかったのだ。楊が応えた。しかし終わったあと楊が再び眠りについたのに比べ、奈美は眠ることができなかった。

楊もきれぎれに目を覚ましていたらしいことはわかっている。ときおり楊のほうを見ると、無言で目をみひらき、天井や壁をみつめていることがあった。

しかし奈美は、何を考えているか楊に訊くことができなかった。その考えの内容を知るのが恐ろしかったのだ。

この参宮橋のマンションにくる前に、手順を打ちあわせたとき、楊はいった。
――これがお前といっしょにやる仕事の最後だ。タカカワから、葉の居どころを聞いたら、あとは俺ひとりでできる
そのとき初めて、奈美は葉のことを楊に訊ねた。
――その人は、何をしたの
楊は無表情な目を奈美に向け、短くいった。
――裏切った
――その人を殺せば終わるの
楊の目が遠くを見つめ、小さく頷いた。
――台湾に帰るの
――きたときと同じルートが使えるなら
――どんな？
――いってもはじまらない。ただ、長い時間、船に乗って、遠まわりをしてきたんだ。船酔いが苦しかった。足の裏を焼かれるほうがまだましだ
――飛行機できたのじゃなかったのね
楊はあいまいな笑みを浮かべ、それ以上は何もいわなかった。
午前三時過ぎに、三度目の電話が鳴った。奈美はそれで目を覚ました。応答テープが流

れると、電話は切れた。

それから二十分ほどしてから、一階のエントランスとつながったインタホンがピーッという音をたてた。

楊が無言で、下の自動扉を開くスイッチを操作した。インタホンからは、何もいってこなかった。

マンションの玄関とリビングの間には、細長い廊下があった。バスルームとトイレがその途中にある。

奈美は立ちあがり、その廊下に向かった。楊は、廊下とリビングをつなぐ壁にぴったりと背中をおしつけて、立った。キッチンで見つけたエプロンを首からさげ、右手にナイフを握っていた。

奈美は玄関の三和土《たたき》に立ち、のぞき穴に目をおしつけた。エレベータが上昇してくる、ヒューン、という音が聞こえ、この階で止まった。

足音がして、奈美の視界の中に、緑色のダブルのスーツを着た男がひとり立った。ネクタイをゆるめ、両手をポケットにいれている。髪をオールバックにして、目つきが鋭い。

男がポケットからだした手でドアのインタホンを押した。

奈美はふた呼吸ほどおいて、ドアのロックを解いた。

ドアを開けると、男が驚いたように目をひらいた。

「なんだよ」

酒の匂いがした。目の下が赤らんでいる。

「ゆかりさんのお友だちです。ゆかりさん、具合が悪くなっちゃって、呼ばれました」

「なにい」

男は舌打ちして、ドアを閉じ、玄関にあがった。乱暴に靴を脱ぎすてる。

「だから電話にでなかったのか、馬鹿たれが……」

奈美のさしだしたスリッパをつっかけ、パタパタと廊下を進んだ。奈美は見送り、ドアに鍵をかけた。

「おい、ゆかり」

男はいいながら、リビングに踏みこんだ。向きをかえようとした、その瞬間、楊がすっと動いて、手にしたナイフを男の下腹部へつき立てた。

男の目が丸くなり、ひゅっという息を吸いこむ音が口から洩れた。

男の手が楊の右腕にかかった。楊は左手で男の頬をつかんだ。

「声だす、お前の腹、裂く」

楊がささやいた。男の顎が、がくがくと動いた。楊は男の下腹部にナイフをつきたてたまま、男の体をソファに押していった。

男はすとんとソファに腰をおとした。楊が膝と膝をつきあわせるように向かいにすわった。男の目はじっと自分の腹に刺さったナイフを見つめている。

瞬きをした。それほど痛くないようにも見える。ナイフは、一五センチは、男の腹の中に入っていた。

だがそのまま楊と向かいあってすわっているうちに、男の呼吸が荒くなりはじめた。目尻から涙がこぼれ、鼻水をすするような息にかわった。

楊の右腕にかかった男の手が小刻みに震えていた。

楊が奈美に頷いてみせた。男のシャツとスラックスがまっ赤に染まり、板張りの床に、血溜まりができはじめた。

「い、一度しか訊きません。このままなら、病院にいって、命、助けてもらえますから。でも、答えなかったり、大きな声だしたら、お、お腹を切り裂きます」

男は楊につかまれた顎を動かした。

楊は左手を外した。男は、ハッ、ハッ、ハッと、まるで息のあがったランナーのように短く浅い呼吸をくりかえした。ときおり、嗚咽《おえつ》のような高い音がそれにまじった。

「葉、どこにいますか」

奈美はいった。男はさっと首を回し、奈美を見た。口が大きく開きはじめる。楊の左手がおおい、右手に力が加わった。

楊の左の掌の下から男の呻きが洩れでた。

男はがくがくと首を動かした。楊は左手を外した。

「お、組長《おやじ》のもってるマンションだ。よ、四谷の若葉町《わかばちょう》にある。ボディガードもいっしよだよ。ふ、ふた部屋、もってるんだ……」

奈美は早口でそれを通訳していった。

「建物の名前と部屋の番号を」

楊はいった。奈美は通訳した。

「若葉グランドハイム、一〇二一と一〇二二だ……」

「ボディガードの数は？」

「よ、葉会長のがふたり、うちのがふたり……」

「銃をもっているか」

「も、もってる……」

いってから男は、すがるような目で、奈美を見た。奈美は自分が貧血をおこしはじめているのを感じた。頭のうしろあたりがすーっと冷たくなる。立っていられなくなって、床にしゃがんだ。

遠くから、男のいう声が聞こえた。

「こ、この男がそうなのか？　こいつがそうなのか？」

泣きじゃくるような声だった。奈美が答えられずにいると、男は楊のほうを向いた。

「あ、あんたが、毒猿か？」

「ドクザル？」

楊がくりかえした。

「そうだよ、さっき、台湾からきた刑事《デカ》に会ったぜ。あんたを追っかけているっていった……、カ、カク、とかいってた」

「カク……」

奈美は失神しまいと必死になりながら、ふたりのやりとりを見ていた。

男はつらそうにいった。

「助けてくれ。助けてくれよ」

男はつらそうにいった。瞬きするたびに、涙がこぼれた。赤らんでいた顔は、今はまったく血の気がなかった。

「助けてくれ、毒猿さん……」

「ドクザル、ちがう。ドゥユアン、、、」

楊はゆっくりと聞かすように発音してみせた。そしてすっと、刃を男の腹から抜いた。

男が息を詰まらせ、両手を腹におしあてた。

楊は男の目をのぞきこみ、もう一度、ゆっくりといった。

「ド・ゥ・ユ・ア・ン」

「ド・ドゥユアン」

魅せられたように男は、楊の言葉をくりかえした。

男の喉もとにナイフが走った。そして、その先の光景を見ることなく、奈美は気を失った。

19

マンションの入口には代々木《よよぎ》署の制服巡査が立っていた。鮫島は桃井とともにパトカーを降り、歩みよった。

エレベータで八階まであがった。現場検証中であることを示す、強いフラッシュの瞬きが、目ざす部屋の開かれた扉から見えた。

鮫島と桃井は、上衣から手袋をだしてはめた。

中に入ると、警視庁捜査一課の班長、橋内《はしうち》と代々木署刑事課課長の堀《ほり》の姿が見えた。板ばりのリビングルームで、荒木と話している。

堀がふりかえり、鮫島と桃井の姿に気づいて、おや、という顔をした。

「どうしたの、新宿さんが」

橋内も会話をやめ、鮫島を見つめた。

「俺がきてもらったんだ。丸被はたぶん、新宿管内にいる外国人なんでね」

荒木がぼそっといった。

「丸害は石和の幹部なんでしょう」

桃井がいった。驚いたように荒木の顔を見ていた堀が頷いた。

「ええ。高河光明《みつあき》、三十九歳です」

「死因は？」

「喉をすっぱり。死亡推定時刻の少し前に、腹を刺されています。こっちも放っておけば出血多量でいくほどの深さでした」

「つまり腹を刺されてしばらくしてから、喉を切られた」

「抗争というよりは怨恨《えんこん》の線じゃないかと思うんです。ほしは、男と女のふたり組です」

桃井の言葉に堀がいった。橋内は、喋りすぎる堀をとがめるように見た。

「いいんだ。ほしに関する情報を最初にもってきたのは鮫島警部なんだ」

荒木がいった。

鮫島は荒木を見た。堀と橋内はあっけにとられたような顔をしている。

荒木が、鮫島と桃井を、リビングの隅に誘った。リビングの中は、捜査員と鑑識課員が忙しく動きまわっている。

三人になると、荒木は桃井を向いた。

「聞いてるのか」

「くる車の中で少し聞きました。台湾のプロが動いていると」

桃井が低い声でいった。

「あんたまでくるとは思わなかったよ」

「この現場だけは見ておいてもらおうと思ったんです。別に課長を巻きこむつもりはありません」

鮫島はいった。

荒木は頷き、目を閉じた。がっかりしているようだ、と鮫島は思った。

荒木は目を開いた。

「丸害に会ったことがあるか」

「きのう会いましたよ。郭に呼びだされて、歌舞伎町の深夜レストランで」

鮫島がいうと、荒木の顔はこわばった。

「何だと――」

鮫島は、くる途中、パトカーの中で桃井にも聞かせた昨夜のいきさつを話した。

「じゃあ、そのあと高河はここに帰ってきて、殺られたわけだな」

「ほしは先まわりしていたんですか」

鮫島は訊ねた。

「そうだ。昨夜九時ごろ、この部屋の借り主である、飯島《いいじま》ゆかりが元つとめていたクラブの名前をかたった女が下にやってきた。高河からの届けものがあるといって。ゆかりは上にあげて、ドアを開けた。男がいきなりとびこんできて、ゆかりを縛りあげ、ベッドに押しこんだ。男の顔はよく見ていない。スーツを着た、背の高い男だったそうだ。女のほうが外国語、中国語か韓国語で、男に話しかけるのを一度だけ聞いている。

それからずっとベッドの中にいて、朝、高河の迎えの若い衆がきて、ようやく助けだされた。高河はリビングで、さっき聞いたように、腹を刺されたあと、喉をかっさばかれて死んでいた。そして――」

荒木は、大理石のテーブルをさした。「D」という表示のプラスチック板がおかれている。

「『D』の位置に――、堀くん」

堀があきらめたように、証拠品を集めた箱の中から、ビニール袋をひとつとりあげ、もってきた。

「これですか」

袋は透明で、中のものが見えた。木彫りの小さな三猿だった。見ザル、聞カザル、言ワザルが、横につながっている。

荒木は頷き、鋭い目で鮫島を見た。堀は橋内のほうに戻っていった。

「どう思う？　最悪だろう」

それには答えず、鮫島はいった。

「郭にすぐ連絡してこれを見てもらうべきです」

「駄目だ。そんなことをしたら、俺もあんたも危なくなる。あくまでも、タレコミで入ったことにしたい」

荒木は首をふった。

「ほしは高河を拷問したのだと思います。すぐにでも次の殺しの通報が入ってきますよ」

鮫島は険しい口調でいった。

「わかってる。捜四には、気心の知れた奴がいるから、石和の本部はもう張らしてある」

「それですむわけはないでしょう。葉が石和の本部なんかにいると思いますか」

「声が大きい、こっちへきてくれ」

荒木はあせったようにふたりを廊下までひっぱりだした。

廊下の指紋、足跡を採取している鑑識員に、

「こっちはもう、すんだのか」

と声をかけ、頷くのを見て、ショートホープをとりだした。

「とにかく、高河が殺られたことは石和にも伝わっている。今ごろ、葉は空港に向かっているかもしれん」

「どうするつもりなんです？」

「本庁のほうは、俺に任せてくれんか。捜一も捜四も、俺のほうで何とかする。あんた紹介のタレコミで入った線にして、石和と台湾がモメて、台湾人のプロが動いた、というようにもってきたいんだ」

「毒猿はどうするんです?」

「そいつをあんたに頼みたい。当面、捜一は怨恨、捜四は組織がらみで動く。今、葉を殺されたら元も子もない。ほしは女連れだ。その女が、ほしの通訳を兼ねているんだろう。それを捜してもらいたいのさ」

「石和側が捜査員に話したら?」

「そうなればこっちのものだ。葉の身柄は、国際捜査課でふんだくって、洗いざらい石和との取引を吐かしてやる。石和がそうすると思うか」

「思いませんね」

桃井が咳《せき》ばらいをした。

荒木は桃井を見た。桃井が口を開いた。

「警視がおっしゃったように、石和はたぶん、この殺しについてはシラを切るでしょう。しかし、ほしに対しても知らん顔をするとは思えない」

荒木はとまどったような表情になった。

「石和の組長は、武闘派で知られています。自分のところの幹部を殺られて知らん顔をしているとと、お思いですか」

桃井はいった。

「つまり、石和のほうでもほしを捜すというのか」

「石和は、誰が殺ったかわかっている。葉は、その毒猿という男の特徴や癖なども知っているでしょう。警察が見当ちがいのところで足踏みをしている間に、街をシラミ潰しにすることができる」

「だがほしは一流のプロだ。簡単には、石和にもつかまらんだろう」

「問題はそこです。血の気の多い、若い衆が、台湾からきた殺し屋を捜しまわっている。新宿に台湾人がどれくらいいるとお思いです？　しかも石和の若い連中には、台湾人と本土からきた中国人の見わけすらつく奴もいないでしょう」

荒木の表情がかすかに青ざめた。桃井はつづけた。

「私ははっきりいって、石和の組員が何人殺されようが、台湾のボスが殺されようが知ったことではない。しかし、新宿の街にいる、何の関係もない中国人や台湾人が、ただ中国語を喋る、というだけで石和組のチンピラに小突きまわされたり、最悪の場合、命まで奪われるようなことにはなってほしくない」

「――わかった。石和の本部には、責任をもって圧力をかける」

「あなた自身が？」

桃井は念をおした。荒木はごくりと喉を鳴らし、頷いた。

「俺がいく」

鮫島はいった。

「では、石和のほうは任せます。私は郭の協力を得て、ほしを追います。石和には、羽太という、血の気の多い右腕がいます。奴に注意して下さい。くれぐれも油断をしないように」

「羽太だな、わかった」

荒木は深く息を吸いこみ、頷いた。

鮫島は桃井を見た。桃井は小さく頷いた。

「では、我々はいきます。荒木警視、ひとつだけ忠告があります」

「何だ？」

「仮に捜一を怨恨の線で動かしたとしても、石和の本部を張るときには、あなたも、あなたにつきあわす捜査員も、防弾チョッキと拳銃を忘れないことです。最悪の事態は、これから起きると思ったほうがいい」

「毒猿が、石和の本部を襲うというのか」

「高河から得た情報で、今ごろ、葉を仕とめていれば別ですが、失敗すれば、何がはじまるかわからない」

荒木は白茶《しらちゃ》けた顔になった。

「いざとなったら、機動隊の出動を要請する」

「大切なのは、葉の情報ではなく、人間の命です」

鮫島はいって、桃井とその場を離れた。


パトカーに乗りこんだ鮫島は、サンコーホテルへ向かうよう、運転手の警官にいった。

「毒猿は、葉の居場所をつきとめたと思うかね」

桃井が走りだしたパトカーの窓から、外の景色をながめながら、ものうげな声で訊ねた。

「たぶん」

「では、葉を殺せば、これはおさまるのか」

「石和のほうが仕返しにでない限りは」

「郭のほうはどうだ」

「葉が殺されても、白業自得《じごうじとく》と思うくらいでしょう。郭の頭の中には毒猿しかいない、そんな気がします」

「それはそれで、厄介だな」

桃井は、郭と毒猿に関する鮫島の報告が遅れたことを、ひとこともとがめなかった。またいっときにせよ、鮫島が荒木に情報を提供していたことに対しても、何ら非難めいた言葉は口にしなかった。それだけに、鮫島は、桃井に対し、心苦しい気持ちだった。くる途中、そのことを桃井に詫《わ》びると、桃井はいった。

「君は荒木警視に協力したい、と思う気持ちより、郭に対して感じた友情のほうが大きかったのではないかね」

その通りだった。郭に対して感じたものがあったからこそ、鮫島はあえて荒木の走狗《そうく》となるような形を受け入れたのだった。が、それを桃井が理解してくれるとは思っていなかった。

パトカーが新宿三光町《さんこうちょう》に近づくまで、鮫島と桃井は、しばらく会話をかわさなかった。

サンコーホテルが見えてくると、鮫島はいった。

「私は課長に御迷惑ばかりをおかけしています」

パトカーが止まると、桃井がいった。

「やりたいようにやればいい。私が課長の新宿署防犯に、君がいるあいだは」

ドアを開け、

「ありがとうございます」

鮫島はいった。桃井は小さく頷いた。

「あとで課によりたまえ。高河の兄弟分だった安井が失跡していることから考えて、キャバレーの店長殺しも無関係じゃないかもしれん。資料をとりよせておく。それと、君自身が荒木警視にいったことだ、拳銃をもっていったほうがいい」

鮫島が敬礼すると、パトカーは走りさった。


サンコーホテルに入っていくと、ロビーに郭がいた。ソノアにかけ英字新聞と日本語の新聞の両方を広げている。

鮫島の顔を見ていった。

「何、ありました？」

「きのう会った、石和の幹部が殺されました。あのあと自宅に帰ったところを待ち伏せされたんです。現場に三猿の彫り物がありました」

郭は瞬きした。表情はかわらなかった。ただ小さく、

「毒猿《ドゥユアン》」

とつぶやいて、つづけた。

「狩りがはじまったんですね」

「ひょっとしたら、もっと前に始まっていたかもしれません。つきあってもらえますか、あなたのいっていた劉の写真をもって」

郭は頷き、立ちあがった。

「待っていてください」

エレベータに乗り、階上にいくと、上着を着て戻ってきた。

「写真はこの中にあります」

鮫島はまず、安井興業の事務所に向かった。郭には下で待っていてもらう。

安井興業の事務所には、電話番らしい、ふたりの若い男がいるだけだった。安井の行方はあいかわらず、わかっていなかった。

「ここには、いなくなった、ヤンというボーイの顔を知っている人間はいないのか」

ふたりは首をふった。

「『ローズの泉』につとめていたホステスの住所録をだしてもらおうか」

「社長がもっていっています」

ひとりがいった。ひと目で暴走族あがりとわかる、二十になるやならずの男だった。

「いなくなったときにか」

「はあ」

ぶっきらぼうに若い男は答えた。

「安井はホステスをあたっていたのか、ヤンの居どころを知ろうとして」

「知んないす」

「亜木はしゃぶ食ってた。安井のところから回したタネじゃないのか」

若い男の顔に動揺があった。が、本当に安井の居どころについてはわからないようだった。鮫島は訊ねた。

「安井の車、何だ」

「ベンツっす」

「色とナンバーは？」

「色は白で、ナンバーはちょっとわかりません」

「とぼけんな。お前ら車回してたんだろう、ナンバー覚えないでどうする」

男は目をふせた。

「練馬《ねりま》三三、『ね』の六五××、す」

鮫島はメモをした。

「連絡入ったら、必ず知らせろ」

男は頷いた。まだ、同系列の石和組の幹部が殺されたニュースは入っていないらしい。

鮫島は外にでると、郭に待たせた詫びをいい、新宿署へ歩いた。

新宿署の玄関をくぐると、郭は、さすがに顔をほころばした。国はちがっても、警察署の雰囲気は似ているのかもしれない。

「書類をとってきます。ここで待っていてください」

入口のソファに郭をすわらせ、鮫島は防犯課に向かった。郭は珍しげにあたりを見回し、微笑んで頷いた。

「どうぞ。待ってます、から」

桃井はすでに書類をとりよせてくれていた。その中に、「ローズの泉」につとめていたホステスらの住所もある。事情聴取をうけたときにとったものだ。

鮫島は桃井に礼をいった。老眼鏡をかけ、課長席にすわった桃井は、ふだん通りの、もの静かな「マンジュウ」だった。老眼鏡をかけ、新聞をめくり、そっけなく頷いただけだ。

書類を手に、鮫島は拳銃の保管庫に移動した。ニューナンブ三十八口径の警部用モデルを、ホルスターで腰に留めた。

保管庫から防犯課に戻ると、安井の車のナンバーを、桃井に知らせた。

「手配をお願いできますか。ひょっとしたらどこかでレッカーされているかもしれない」

桃井は頷いた。

「ひっぱってりゃ、コンピュータですぐにわかるだろう」

「よろしくお願いします」

鮫島はいって、今度は覆面パトカーを借りる手つづきをするために、別の課に足を運んだ。幸いに空きがあり、今日一日、ハッチバックタイプの覆面パトカーを借りだすことができた。

車庫から車を玄関に回し、鮫島は郭を迎えにいった。

「お待たせしました」

郭は首をふって立ちあがった。

「静かですね。もっといっぱい、人がいると思っていた」

「検挙者が?」

「はい」

鮫島は笑った。

「新宿署のツアーを楽しみたいのなら、週末の夜中がいちばんです。ただしガイドがではらっている可能性はありますが」

車に乗りこんだ。

「それは?」

「もちだしは規則違反の、書類です」

郭は眉を吊りあげたが何もいわなかった。

鮫島は書類を広げた。事情聴取をした「ローズの泉」のホステスたちの住所一覧があった。

大久保、高円寺《こうえんじ》、高田馬場《たかだのばば》、中野といったあたりが大半だ。

鮫島は車を発進させた。大久保に向かいながら、「ローズの泉」の店長殺しの概要を説明した。そして、被害者がしゃぶ中で、その上の経営者であるやくざが失跡《しっせき》していること、今朝死体が発見された高河とそのやくざが兄弟分であったことなどをつけ加えた。

郭は無言で聞いていた。

「したがって、店長殺しの被疑者である、楊というボーイが、毒猿である可能性は高いと思います。ただわからないのは、楊がもし毒猿ならば、なぜキャバレーのボーイになど就職したかということです。あなたのように、新宿の台湾社会に入りこんで葉を捜そうとしなかった理由がわからない」

「葉です」

郭はいった。

「私は葉に見つかることを恐れていない。しかし毒猿は、簡単に日本の台湾社会に近づけば、自分のことが葉に伝わってしまう、と思った。そうなれば、葉はすぐに逃げます。せっかく密入国までして、葉を殺しに日本にきた意味がなくなってしまう」

「密入国だと思いますか」

「もちろんです。パスポートはもっているでしょうが偽造です。毒猿は、葉が日本の暴力団に逃げこんだことを知っています。戦うための道具をもって、飛行機には乗れませんから」

「つまり、銃を?」

「銃だけならば、日本でも手に入ります」

郭はフロントグラスを見すえながら、静かにいった。

「ほかに何があるんです？」

「さあ。しかし『水鬼仔』では、人を殺し、建物や乗物を破壊する、いろいろな方法を訓練されますから」

鮫島は首をふった。もし郭の懸念《けねん》が正しければ、荒木は機動隊ではなく自衛隊の出動を要請すべきだ。

「密入国はどうやって？」

「船でしょう。漁船に見せかけた小さな船を使います。台湾、大陸本土、日本、このみっつを結ぶ、密輸のルートがあります。覚醒剤と拳銃を運びます。それを商売にしている日本人、台湾や本土の人間と同じようにいます。巡視船をさけて、遠まわりして動きます。海が荒れているときを選んで」

「金は？」

「毒猿は金には困っていません。何百万、何千万元と稼いでいる。それを円に替えるのも簡単。この国でも台湾でも、金さえあれば、たいていのことできる、ちがいますか」

日本の海岸のどこかに上陸し、車を雇って、東京まで移動したのだろうか――鮫島は思った。

「台北で殺された女性に毒猿は惚れていたのですか」

「わかりません。毒猿が劉なら、劉は、女に対しまじめ。遊びで女を買ったりするの好きでない。それと劉は、薬も嫌い。麻薬や覚醒剤、ぜったいに手をださなかった。だから、自分の恋人、麻薬射たれて殺されたこと忘れない」

鮫島は頷いた。覆面パトカーは、大久保通りを大久保二丁目にさしかかっていた。この付近に、田口清美という名の「ローズの泉」のホステスが住んでいる。

見当をつけ、一方通行を左に折れた。少し走ると、右手にコンビニエンスストアがあり、その上のマンションだった。賃貸専用のワンルームマンションだ。

車を止め、郭もいっしょに降りた。階段で四階まであがった。部屋には表札も何もでていない。

インタホンを押した。応答はなかった。しばらく待ち、いくどか押したがでる者はいない。

両隣りをあたってみた。左隣りの部屋は留守だった。右隣りの部屋にいたのは、ジーンズのショートパンツをはいた十七くらいの娘だった。髪の半分ちかくにメッシュがはいっていて、それを見た鮫島は晶を思いだした。

「隣り？　知んない。つきあいないし。ここんとこ、いないかもしんない」

鮫島は礼をいって、家賃の支払い先を訊ねた。賃貸ならば、部屋のオーナーがすべてばらばらなのか、賃貸専門の不動産会社なのかを知りたかったからだ。

マンションは、百人町《ひやくにんちよう》にある不動産会社の経営で、入居者はすべてそこに家賃を払っているらしかった。

鮫島は重ねて礼をいい、そのマンションをあとにした。

車に乗りこむと、郭がいった。

「あなたのやりかたは、とても優しい。日本の警察官、皆、そうですか」

「悪いことをしていない人間には、警官は皆、優しい。ちがいますか」

「でも、今の娘、髪の毛、染めていた。ひょっとしたら、覚醒剤、射っているかもしれない。若いのにひとり暮らし、服装が派手。怪しくないですか」

鮫島は微笑んだ。確かにそうかもしれない。いや、おそらく日本でも刑事の大半は、髪を染めた若い娘を見れば、郭と同じように疑いのまなざしを向けるだろう。

鮫島もかつてはそうだった。かわったのは、晶のおかげだ。髪を染めていようと、人とちがう服装をしていようと、犯罪者とは限らない——そんなあたりまえの理屈を教えてくれたのは晶だ。警官の社会では、それは、あたりまえの理屈ではない。

郭は、晶を見たら何と思うだろう。それも今の晶ではなく、鮫島が初めて会ったときの晶を。

車を高田馬場に向けた。単なる訊きこみなら、電話で住所を確認してからでかけるのだが、あるいは毒猿が行動をともにしている女は、「ローズの泉」にいたホステスかもしれないのだ。だから直接訪ねる方法をとっている。

高田馬場に住んでいるのは、北野真澄《きたのますみ》という名のホステスだった。

明治通り、戸塚《とつか》警察署の斜め向かいの道を入った、高田馬場二丁目だ。そこも、さっきと同じワンルーム仕様のマンションだった。ただしエレベータはある。

六階にあがり、部屋のチャイムを押した。しばらく返事がなかった。鮫島は背後に立つ郭をふりかえり、首をふってみせると、もう一度チャイムを押した。

「はーい」

面倒くさそうな返事が聞こえ、チェーンロックをかけたまま、ドアが開かれた。髪をもしゃもしゃにカールさせた若い女が顔をのぞかせた。ノーブラのタンクトップにショートパンツだった。

「誰?」

「新宿署の者です」

鮫島は手帳を提示した。

「またあ」

女は舌打ちした。

「うっとうしいなあ、もう」

「お手間はかけません。すぐに終わりますから」

「ちょっと待ってよ」

乱暴にドアが閉じられた。が、ロックの解ける気配はなく、間があった。鮫島はさらにチャイムを押そうか迷い、ドアに耳をあてた。

カチャカチャと壜《びん》の触れあうような音が聞こえた。どうやら片づけものをしているらしい。

鮫島はとっさに建物の反対側を思いうかべた。もし内部に毒猿がいて、刑事の出現に逃げようとするなら、ベランダづたいに隣室に向かうしかない。

そのとき、ドアが開いた。

「はい」

面倒くさそうにいう。鮫島は玄関の三和土を見た。パンプスやサンダルにまじって、男物のスニーカーがあった。

女はガムを嚙んでいた。右手をタンクトップの前にさしこみ、胸のあたりに触れている。

「お客さん?」

鮫島はスニーカーを目でさし、いった。

「友だちよ。関係ないじゃん」

「そうだね」

いって鮫島は、女の歯並びを見つめた。シンナー中毒の歯をしていた。

「北野、真澄、さんだね」

「そう」

「何度も訊かれているだろうけど、その後、ボーイの楊さんから何か連絡あった？」

「ないよ。ほとんど口きいたことなかったから」

「そう。顔は覚えてる？」

「まあね」

「写真、見てくれるかな」

郭が上衣から写真をとりだした。鮫島は受けとり、女の前にさしだした。

「この左端の人だけど――」

「わかんない」

ガムを嚙みながらふてくされたように女はいった。目は一瞬だけしか写真に向けていない。

「ちゃんと見てよ」

「わかんないよ。終わり？」

鮫島は黙った。女は今にもドアを閉めそうにノブに片手をかけ、いらだちを丸だしにした貧乏ゆすりをしている。

「シンナーやりすぎると、目も悪くなるか」

鮫島は静かにいった。女の目がひらかれた。

「何いってんだよ」

「お前さん、今、シンナー食ってたろう。匂うぞ」

女がドアを閉めようとした。それを左手で押しかえし、鮫島はいった。

「昼間っからいい身分だな。シンナー食らって。シンナーに飽きたらどうするんだ？　しゃぶか？　え？」

ばたばたという足音がした。部屋の奥からだった。ガラッというサッシの窓を開く音がする。

鮫島は女をつきとばし、中に駆けあがった。女があわてたように叫んだ。

「ちょっと！」

散らかり放題のワンルームの中央にベッドがあり、上半身裸のジーンズをはいた若い男がベランダに立っていた。髪がまっ赤で、胸に金の鎖《くさり》を巻いている。

「何すんだよ！」

女の声を背中で聞きながら、鮫島はベランダに突進した。

男はベランダの手すりに片足をかけたところだった。顔をあげ、鮫島に気づくと、まっ青になった。

「落ちると死ぬぞ」

鮫島はいった。

男はもう一度、ベランダから下をのぞき、鮫島に顔を戻した。陽に焼けていたが、それがいかにも不自然だった。サーファーを気どってはいるが、海ではなく陽焼けサロンで焼き、脱色剤で髪を赤くするようなタイプだ。

男はゆっくりと足をベランダにおろした。ふてくされたような顔になった。

「何だよ、勝手にあがりこんでよ!」

かん高い声でいった。

鮫島は室内を見渡した。片づけられているので、ドリンク剤の壜や清涼飲料水などの缶は見あたらない。

「放せよ! 馬鹿野郎!」

女の声にふりかえった。郭が右手一本で、女の腕をつかみ、あがってきたところだった。そしてベッドにつきとばすと、無言でキッチンにおかれた黒いゴミ袋に歩みよった。

縛ってあるその口を片手でほどき、足で横にした。ドリンク剤の褐色の壜が数本ころげでて、開いた口からこぼれた液が、強い揮発臭《きはっしゅう》を漂わせた。

「てめえ、訴えてやっからな。違法捜査だって」

女が郭をにらみつけ、口走った。

「きいた風な口きくなよ、ねえさん」

鮫島はいった。

「訴えたきゃ訴えてもいいが、この場で新宿署ひっぱってって、この部屋、ガサかけようか。アンパン以外にも何かでてくるだろう？」

サイドボードの上に、手巻き用の煙草巻き器があった。

「何だ、これは、え？」

男は目をふせた。

鮫島は男をにらみつけた。こういうときは、男のほうが早く落ちる。

「アンパンに葉っぱ。ほかに何がある？　スピードか？　金魚もあるんじゃないのか」

「知らないっすよ、ここ、俺の部屋じゃないもん」

男は子供のように口を尖らせた。女がきっと男をにらんだ。

「じゃあ、何で逃げた」

男は黙り、ごくりとツバを飲んだ。

鮫島は女に向き直った。さすがに女も静かになって、親指の爪を嚙んでいた。

「今、どこに勤めてる？」

「関係あんの？」

女は上目づかいに鮫島を見た。

「あるよ」

「新宿の『シャルム』」

「なに？」

「『シャルム』。歌舞伎町二丁目」

「キャバレーか」

「クラブ」

「出世したな。誰かに店、紹介してもらったのか」

女はぷいと横を向いた。

「どうなんだ」

「安井さん」

「ほう。安井にはいつ会った？」

「あの翌日と、その次の日」

「最後に会ったのは何時ごろだ」

「夕方。四時くらい」

失跡する十二時間ほど前だ。

「なんでそんなに安井は親切にしてくれたんだ？」

女は無言だった。

「ヤンのこと、何か教えたのか」

女は深呼吸した。再び爪を噛みながら鮫島を見あげた。

「ひっぱんの？」

「あんた次第だな」

「見逃してくれる？」

「ヤンの何を安井に教えた？」

「ヤンはさ、店長のバッグ、もってったんだよ。中に安井さんの貸した大事なもんが入ってたんだって。だから――」

「だから？」

「約束してよ。見逃すって」

「今日はひきあげてもいい。だがまたくる。そのときまた、あれがあったら、ガサ入れだ」

女は頷いた。

「奈美のこと教えてやったんだよ」

「奈美？」

「店の子だよ。田口っての。あいつさ、中国語喋れんだよ。残留孤児か何かで。だからヤンとつるんでたのじゃないかって」

「写真を見ろ」

鮫島はもう一度、女に写真を見せた。

「どうだ？」

女はしばらく黙っていた。そして吐きだすようにいった。

「こいつだよ」

20

生まれてから六十五年、後悔など一度もしたことがなかった男が、今、後悔をしていた。

そして、後悔してはじめて、後悔とは連鎖していくものだと知った。

最初の後悔はもちろん、毒猿《ドウユアン》の件所を白銀文《パイインウエン》、あの覚醒剤で半分いかれた若造《わかぞう》に教えたことだ。しかし教えなければ、あの場で自分は殺されていたろうし、白銀文がきちんと毒猿を殺していれば、今、自分はここにはいなかったろう。

次にくる後悔は、白銀団《パイイントアン》を消す仕事を毒猿にやらせたことだ。身代金を払った時点で、奴らのことなど忘れてしまえばよかったのだ。しょせん、放っておいても、いずれは警官隊に犬のように撃ち殺されてしまう運命の奴らだった。

しかし、生き残った誰かが、刑務所の中で、自分を誘拐し、身代金をふんだくった話を吹聴《ふいちょう》するかもしれなかった。いや、それだけではない。自分が、この葉威《イエーウエイ》が、震えて命乞いをした様子すら、房の仲間に語って聞かせたかもしれなかった。

由緒《ゆいしょ》ある天地会《ティアンディフィ》の流れをくみ、四海幇《スーハイパン》の大幹部であり、今ではいくつもの一流企業の顧問をつとめる自分が、この葉威が、目かくしをされて見えない相手に命乞いをしたなど、ぜったいに人に知られてはならなかった。

そして何より今、後悔しているのは、台北の、あの梨華《リーホア》のマンションにいったとき、ボディガードの数を減らしたことだった。まさか、まさかこの葉威を誘拐しようなどという、愚《おろ》かで無謀《むぼう》な流氓《リューマン》のグループがいるとは思いもよらなかったのだ。白銀団などという若造たちの名など、これまで一度も聞いたことはなかった。

白銀文は、かわいい梨華を殺し、葉威に十五年もつかえてきた運転手、侯《ホウ》を殺した。やはり許すべきではなかったのだ。

しかし、なぜか今、自分は日本にいる。たったふたりのボディガードを連れただけで日本にいる。

こんな愚かしい騒ぎは、早く終わりにせねばならない。毒猿は優秀な男だったが、愛人を殺されて逆上してしまったのだ。自分に歯向かうなどとは、正気の沙汰ではない。毒猿は死にたがっている、と、葉威が感じたのは、もうだいぶ前のことだった。自殺するという意味ではない。自分の命を長らえることにあまり興味をもっていないのだ。人を殺しすぎて、自分の生命にすら鈍感になってしまったのかもしれない。

白銀団の処分を命じたとき、葉威は、毒猿が病気であることを知った。虫垂炎はたいした病気ではないが、放っておけば命にかかわる。なのに奴は、手術する時間も惜しんで仕事にとりかかった。たぶん今でも、毒猿の腹の中には、膿《う》んだ虫垂が残っているはずだ。奴は、自分を殺すまでは、それを切りとることを考えないだろう。

毒猿が一度仕事をはじめたら、何者もそれを止めることができないのを、葉威は知っていた。毒猿が死ぬか、標的が死ぬか、だ。

今までの毒猿の仕事がそれを証明している。たとえ、何週間、何カ月かかろうと、毒猿はしんぼう強く仕事をやりとげた。

毒猿は不治《ふち》の病《やま》いのようなものだった。どうしても処分しなければならない人間の名をささやけば、そいつにとりつき、病状による時間の長短はあっても、必ずその命を奪った。

その不治の病いが、自分にとりついている。

葉威は心底、怯えていた。しかし、後悔とちがって、恐怖ならいくども味わったことがある。そのたびになんとか生きのびるのに成功してきた。

だから今度もうまく生きのびる。生きのびて台湾に帰り、再び権力の座につくのだ。アメリカに逃げ、日本に逃げたのは、すべて生きのびるためだった。

台湾の手下たちには、一刻も早く毒猿を見つけだし殺すように命じてある。そのために一千万元の賞金を毒猿の首にかけた。

しかしそれで不安が消えるわけではない。

たとえば、きのうの、あの郭《グオ》だ。郭は、毒猿をつけまわしている、台北市警察局の刑事だった。「赤袋」（賄賂《わいろ》）を受けとらない馬鹿者だ。昨夜、郭が、自分に対しふるまった無礼のことは、葉威は気にしていない。台湾に帰れば、あんな刑事など、すぐにでも身のほどを思い知らせてやる。奴ごときが、自分に指一本触れられるはずがないことを、わからせてやれる。

ただ問題は、郭が、毒猿は日本にいる、と思っていることだ。

毒猿のことを、もっともよく知っているのは自分だ。だから日本に逃げたときも、毒猿は自分を追って日本までくるかもしれない、と思ってはいた。

そのため、石和には、身もとのはっきりしない台湾人には注意するよう、頼んできた。石和はそれを約束した。新宿で、葉威の名を口にするような台湾人がいたら、すぐに若い者をつかって調べさせる、と。

きのうまで、そんな人間はいない、といわれてきた。

郭の出現は、葉威にとって、悪い知らせだった。郭が現われたことで、毒猿が日本にやってきている可能性を葉威は考えねばならなくなった。

もしそうならば、石和の自分に対する警備は甘すぎる。

毒猿から命を守るのに一番たいせつなのは、居どころをわからなくすることだ。だが毒猿は、自分と石和の関係を知っている。

石和組の人間をひとりずつあたっていけば、最後には自分にいきつくことを知っている。総じて、日本のヤクザは、頭がよく、組織もしっかりしているが、戦闘を甘く見る傾向がある。

組織がしっかりしているだけに、自分たちに手向かう者などいない、と思いこんでいるのだ。ましてそれが、組織でなく個人となればなおさらだ。

毒猿の恐ろしさを、日本のヤクザはひとりも知らない。いや、想像もつかないのだ。奴がいかに容赦《ようしゃ》なく、能率的に、標的に近づいていくかがわからないのだ。しかも毒猿は、必要となれば、いくらでも待つことができる。

毒猿を仕とめた、という知らせがくるまで、葉威は台湾に帰るつもりはなかった。たとえ何年かかってもだ。

この騒ぎが終わるのは、自分か毒猿が死ぬときだ。

毒猿が台湾で殺されればいい、と葉威は願っていた。毒猿がもし日本にきていたら、今の葉威が知るヤクザたちでは、とても毒猿を殺すことはできないだろう。

石和の右腕、羽太など、完全に毒猿をなめている。羽太が自分を臆病者《おくびょうもの》だと、かげで笑っていることは知っていた。

たったひとりに何を怯えているのだ――そう思っているのは、顔を見ればわかる。

一度、毒猿の襲撃をうければ思い知るだろう。そして幸運に生きのびたなら、もっと真剣に毒猿を殺すことを考えるはずだ。

あるいはそのほうがよいかもしれない。

何かが起きて、そのことで自分が傷つくことさえなければ——石和の人間が何人かでも死ねば——石和は本気になって毒猿を殺そうと考えるようになるのではないか。

毒猿がもし、日本にいるのなら。

早く、誰かを殺すがいい。自分以外の誰かを。


昨夜はひさしぶりの外出をした。しかしすっかりそれを郭がぶち壊した。郭には、日本の刑事もいっしょだった。ひどく若く、とるに足らない小僧に見えたが。

気分のすぐれない葉威は、今日はいち日、ベッドにいるつもりだった。連れ帰った娘は、さほど醜《みにく》くはなかったが、昨夜のできごとのせいで、どうしても気分が昂《たか》まらず、結局夜明け前に帰してしまった。十九歳の日本人で、あの店の次にいったクラブの娘だった。台湾人は駄目だ。このマンションのことを毒猿に喋らないとも限らない。

葉威のいる部屋は、石和のもちもので、石和が愛人のために手にいれたものだ。十九歳の娘は、その愛人にやらせているクラブのホステスだった。

石和の自宅は、マンションのすぐそばにある。歩いても通える距離だ。なのに昨夜は、石和もこのマンションに泊まった。

葉威と石和のそれぞれがいるふた部屋は、外から見ると、まったく別の隣りあった部屋のようだ。玄関も分かれていて、ベランダもちがう。

ここを買った石和は、ふたつをつなぐ改装工事を施していた。それぞれの三ＬＤＫの、奥の部屋どうしが、一見、クローゼットに見える扉でつながっているのだ。

警察や対立組織の襲撃を受けたときのための用心だ、と石和は説明した。ふだんは、葉威が使っている三ＬＤＫは空部屋になっているという。

窓も目貼りが入っていて、外から中はのぞけない。その一番奥の寝室で、葉威はやすんでいた。

手前のふた部屋に、台湾から呼びよせたボディガード、黄《ホアン》と李《リ》がいる。黄は白鶴拳の師範で、李は射撃がうまい。そしてふたりとも、葉のためなら、いつでも命を投げだす覚悟をしている。

隣りの三ＬＤＫには今、石和と、愛人の女がいるはずだった。石和はこのマンションには、ボディガードをふたりしか入れてない。ふたりは、石和の寝室とはドア二枚をへだてた、玄関の通路に面した部屋で寝ている。愛人との行為を手下に聞かせたくないのだろうと、葉威は思った。

午前十一時過ぎだった。寝室のドアをノックして、李が顔をのぞかせた。

「イシワが話がある、と電話をしてきました。隣りの部屋と通じる、こちら側のクローゼットのドアの鍵を開けてほしいそうです」

葉威はベッドから起きあがり、頷いた。

「開けてやれ。それから茶だ」

「はい」

隠し扉のあるクローゼットは、李が寝ている部屋にあった。

葉威は床に降りると、パジャマの上にガウンを着た。少し寒けがする。食欲がなく、熱い茶が飲みたかった。

洗面所に入って用を足し、顔を洗ってリビングに戻ると、石和がソファに腰かけていた。入れ墨《いずみ》をのぞかせた浴衣《ゆかた》姿で、うしろに携帯電話をもったスーツ姿の手下を立たせている。

ひどく不機嫌な表情を浮かべていた。

「おはようございます」

いって、葉威は向かいに腰をおろした。戦前の教育を受けた葉威は、読み書きも含め、日本語には不自由しない。

李が熱い茶の入ったポットをキッチンから運んできた。ランニングシャツにズボンをはき、背骨の少し横に拳銃をさしている。石和に用意してもらった、四十五口径の軍用コルトだ。

「お茶、どうです」

葉威は笑顔をつくって、李がポットから茶を注いだ茶碗をとりあげた。

石和は首をふった。

「葉さん、ひどく悪い知らせだ。あんたも知っとる高河、俺のところの。きのういっしょだった、あいつが殺された」

葉威は無言で石和を見つめた。

「殺ったのは、男と女のふたり組だ。中国語を喋って、ナイフで奴の喉を裂いてった」

葉威は手もとの茶碗を見おろした。

「高河は殺られる前に拷問されたらしい。ひどくぬるくなってしまったような気がした。

このことを喋ったかもしれん。警察もうるさくなる。悪いが、あんた、ここにおらんほうがいい」

「どこへ？」

石和は煙草をくわえた。背後のボディガードがライターの炎をさしだした。

「わからん。空港か、それともどっか西のほうか。とにかくもう少しすると、羽太が若いのを連れて下にくる。飛行場か駅までか、そこまでは奴らに送らせる」

葉威はやりとりを無言で聞いていた李と黄に通訳して聞かせた。

「この野郎は頭領を放りだす気なんですか」

無表情に李はいった。

「かもしれん。警察を恐がっているんだろう」

葉威は答えた。黄が訊ねた。

「猿はあったんですか。タカカワの死体のところに。ひょっとしたら、関係のない奴に、タカカワは殺されたのかもしれない」

葉威は石和に向きなおった。

「高河さんの近くに、猿のおき物はありましたか」

「あったそうだ。死体を見つけたのは、うちの若い衆だ」

葉威はそれをふたりのボディガードに聞かせた。ふたりは無言で頷いた。

「石和さんは、私がどこへいけばいいと思います？　大阪？　京都？　それとも台湾に帰る？」

「台湾がいいかもしれん。うちの者には、気をつけておくようにといってあるが、それ以上に、警察がうるさいだろう。きのうの新宿署のデコスケも、あんたのいう毒猿のことを知ってるだろうからな」

葉威は頷き、思いついて訊ねた。

「いっしょにいた女というのは、誰です？」

「その野郎の女じゃないのか。台湾人だろう」

葉威は首をふった。

「奴の愛人は死にました」

「じゃ、わからねえな」

石和はソファにふんぞりかえり、煙草の煙を吹きあげた。

「失礼な野郎だ。殺しましょう、あとで」

李がつぶやいた。

「待っていろ」

葉威はいって、石和を向いた。

「その女のことですが、石和さんは、毒猿をどうするつもりです？」

「羽太のやつはカリカリきている。だが俺は当面、じたばたするなといってある。デコスケどもの思うつぼだからな。だからといって、放っておくわけにはいかんだろう」

「では女を捜して下さい。猿は、日本語を喋れない。女は猿の通訳のはずです。高河さんのことを知ったのも、女がいたからでしょう」

「――そうだな。高河は新しい女の部屋で殺られたんだ。女房《ぼした》と別れて、まだひと月かそこらしかたってない」

石和は考えこむような表情になった。

「私も考えてみます」

葉威はいって、黄と李を見た。

「でかける仕度をしろ」

ふたりは頷き、荷物をまとめるために働きはじめた。

葉威も洋服を着がえるために寝室に入った。着がえてリビングに戻ると、石和がいった。

「今、下に羽太がついたと電話があった。下を調べさせているところだ。警察もまだここまではきていない。下が大丈夫となったら降りてくれ。悪いが俺はここで見送らせてもらう。今朝はいっしょにいなかったことにしよう」

葉威は頷き、内心の気持ちをおさえて笑みを浮かべた。

「石和さん。たいへんお世話になりました。私、この御恩は忘れないよ。いつか、これが終わったら、また台湾きて下さい。すばらしいプレゼント、します」

石和は立ちあがった。

「あんまり役にたてなくって悪かった。とにかく、電車か飛行機に乗るまでは、羽太の奴にはあんたにへばりつくようにいっといた」

葉威と石和は握手した。石和の右手は、左手と同じように小指の先がない。

石和は手下を顎で動かした。

「下までお送りしろ」

「はい」

石和の手下が早足で玄関に向かった。あとを黄と李、葉威がつづく。石和はもうひとりのボディガードとともに葉のうしろに立った。

石和の手下が玄関ののぞき穴をのぞき、ドアを開いた。

葉威は緊張を覚えながら、開いたドアから廊下を見た。

ドアが三〇センチほど開いたところで止まった。石和の手下がドアの下方を見た。二〇センチ四方の小さなダンボール箱がドアの開く方向におかれていた。包装紙をかけられている。

手下はなにげなくかがみこみ、その箱をひろいあげた。

バン！　という破裂音がして黄色い閃光《せんこう》が走り、手下の両手首から先と顔がふきとんだ。声もなく手下が倒れこんだ。

「襲撃だ！」

葉威のすぐ前にいた李が叫んだ。葉威はくるりと向きをかえ、目を丸くして手下の死体を見ていた石和と鉢あわせしそうになった。

「逃げろ！　逃げなさい！　石和さん！」

葉威は怒鳴って、つっ立っていた石和のもうひとりのボディガードをつきとばし、部屋の内側に走った。

ふりかえると、石和がまだつっ立っていた。

「石和さん！　猿だ！　猿がきてるんだよ！」

べったりと血のりのついたドアを黄が閉めようと、ノブにとりついた。だが死体の足が邪魔で閉められない。李が拳銃を手に、黄に加勢しようとしたとき、ドアのすきまから何かが投げこまれた。

葉威は石和の肩をつかんだ。

目もくらむような光と、耳がつんざけるような轟音で、室内が満たされた。黄が両手を耳にあて目をつぶる苦悶の表情が、葉威の目に焼きついた。

それ以上は何も考えず、葉威は石和をひっぱった。

ドアが大きく開かれ、黒っぽい人の影がとびこんできた。葉威は石和をひっぱって、リビングとの境めのドアに達していた。目の前を赤や青、紫の光点がとびかっている。

李が発砲した。だがそれは断末魔のけいれんによる発砲だった。

黒のスウェットを着てフードをすっぽりかぶった男が冷静に殺戮《さつりく》を開始していた。両手に握っているのは、葉威も知る、毒猿の愛用の銃、ウージーサブマシンガンだった。ミシンのように素早く穴を、黄、そして李、もうひとりの石和のボディガードの体に穿《うが》っていく。

狭い玄関の廊下を、血煙が霧のように満たした。

葉威は石和の腕を離し、リビングとの境めのドアを閉めた。音はまったく聞こえない。

初めて石和の顔を見た。恐怖にひきつり、血の気がない。

リビングのドアをつき破り、斜めに銃弾が飛来した。

石和がぎゃっと叫んだ。聴覚が戻ってきたのだ。石和の左肩を銃弾がえぐっていったのだった。

葉威と石和は先を争って、リビングをよこぎった。ふたりとも口にださなくともいく先はわかっていた。

李の使っていた部屋にとびこみ、ドアを叩きつけるように閉めた。再び銃弾がドアをつき破る。ふたりは転げるように床にはいつくばった。

「な、な、な、何なんだ……」

石和が手をのばし、ドアのロックをかけた。葉威はひと足先にクローゼッーに達していた。ドアを開け、石和を手招きした。

石和は両手と膝をつかってクローゼットに突進してきた。まるで追われる熊だった。

クローゼットの扉を閉め、内側のドアを開いた。ふたりは抱きあうようにドアをすりぬけると、石和の愛人の部屋にもつれこんだ。

「閉めろ、閉めろ、閉めろ、閉めろ」

石和が馬鹿のようにくりかえしながら、葉威とふたりで隠しドアを閉めた。ドアはステイール製で頑丈な作りだ。二枚のドアが、ふた部屋を隔てる壁のちょうど中間でぴったり重なるようにつくられている。

その部屋には、目を丸くした石和の愛人がいた。

「どうしたの！　殴りこみ？」

石和は荒い呼吸を吐きながら、電話の受話器をつかんだ。長い桁数《けたすう》の番号を押し、でた相手に怒鳴った。

「ばかやろう！　何してる！　上にいるんだ、上に！　早くあがってこい！　殺されちまう」

そして電話を切り、蒼白になって、クローゼットの中のスティールドアを見つめた。

はっとしたように愛人をふりかえった。

「玄関、鍵かかってるか」

「うん。百十番する？」

「待ってろ、待ってろ」

少し落ちつきをとり戻したのか、石和は唇をかみながらいった。

「向こうだ、向こう、いこう」

葉威と石和はリビングに移動した。途中、マンションの廊下を大勢が走る、だだっという足音が聞こえた。

「羽太がきやがった。やっと羽太がきやがった……」

つぶやいて、石和はリビングのソファにどっかりと腰をおろした。

ガンガン、という音が、クローゼットの隠し扉から聞こえ、葉威は全身が凍りついた。

猿が見つけたのだ。

「逃げましょう」

はっと顔をあげた石和にいって、玄関をさした。石和の顔は白かった。浴衣がぐっしょりと肩の出血を吸っている。

石和ががくがくと頷き、愛人と三人で玄関に向かった。

爆発音とともに、マンション全体が揺れたような気がした。スティールの隠し扉が吹きとび、白いほこりがもうもうとたちこめた。

そこからまたあの黒い影がとびだしてきた。今度は、はっきり、毒猿とわかった。肩から腰にかけ斜めに灰色のショルダーバッグをさげ、手には、一瞬のうちに三人のボディガードを撃ち殺したウージーをかかげている。

もう駄目だ、殺される——葉威が観念したときだった。

「この野郎!」

怒号とともに、羽太を先頭に十数人の男たちが玄関からリビングになだれこんできた。全員が拳銃を手にしている。葉威が、石和との取引で供給した、黒星拳銃だった。

爆竹《ばくちく》を鳴らすような弾幕がはられた。毒猿は葉威と一瞬、目を見あわせ、次の瞬間、サッシのガラスを破ってベランダに躍りでた。

そしてベランダの手すりにとび移るが早いか、文字通り猿のような素早さで隣室のベランダめがけて伝っていった。

「追えーっ、殺せえっ」

石和が絶叫した。だがベランダに殺到した、羽太ら石和組の手下たちは、そこで毒猿の姿を見失った。

21

桃井からの無線指示を受けた鮫島は、郭とともに新宿区若葉町のマンションへ向かった。そこには、四谷署と警視庁捜査一課、四課による、合同捜査班が集結していた。

マンションのロビーには、荒木の姿もあった。別れてから、まだほんの数時間とたっていない。

郭の姿を見つけた荒木は、現場検証中の部屋への入室を拒んだ。三人は、パトカーや鑑識車が集合した、マンションの地下駐車場に降りた。

「悪く思わないでくれ。今、あんたが首をつっこむと捜査員が混乱しちまうんでな」

初対面の挨拶をすますと、荒木は郭にいった。郭は無表情だった。

「あんたが提供してくれた情報には感謝している。だが正直いって、その殺し屋がここまでやるとは、思わなかった――」

「そんなことはもうどうでもいいことです。被害状況は？　葉は死んだのですか」

鮫島はいった。

「いや、死者四名、重傷一名だが、葉はその中に入っていない。死者のうち二名は、葉のボディガードと思われる台湾人だがな」

「葉は今どこにいるんです」

鮫島は訊ねた。荒木は首をふった。

「不明だ。石和の若頭の羽太といっしょに逃げたようだ。石和は肩を撃たれて入院した」

「どんな襲撃だったか、教えてください」

郭が口を開いた。荒木は一瞬迷い、鮫島の鋭い視線を受けて、話しはじめた。

「なにしろ生き残って、ここにいたのが石和ひとりだけなのだから、はっきりしていないのだが……。葉と石和は、このマンションの十階にある、一〇二二号室にいた。表にでようとドアを開けたら、小包みが廊下においてあったそうだ。石和の部下がそれを拾い、爆発した。即死だよ。そのあと、鑑識の話じゃ、『音響閃光手榴弾』というらしいが、そういうものが室内に投げこまれた。ものすごい音と光で一瞬、皆、ひるんでしまう――そういう爆発物らしい。男が直後に室内にとびこんできて軽機関銃を乱射した。それで、葉のボディガードふたりと、石和のもうひとりの部下が死んだ。一〇二二は、隣りの一〇二一と隠し扉でつながっていて、石和と葉は隠し扉のおかげで危ういところを殺されずにすんだ。隠し扉に気づいた男は、今度は別の爆発物、たぶんプラスチック爆弾だ、というんだが、そいつで隠し扉をふきとばした。一〇二一に逃げこんでいた石和と葉があわやというときに、下にいた羽太ら石和の者がなだれこんできて、男はベランダから逃げた。信じられるか、自分の体でガラスをつき破って、ベランダの手すりを走り、外壁についている雨どいを伝って下に降りたというんだ。まるで忍者だ」

「使った軽機関銃の種類は？」

郭が訊ねた。

「そいつはわからん。ただ現場にあった薬莢《やっきょう》でいちばん多かったのは九ミリ口径の拳銃弾だ」

「ウージーです。毒猿は白銀団を殺すときも、ウージーを使った。ウージーは九ミリのピストルの弾を使うのです」

郭は鮫島に向きなおり、いった。荒木は息を吐いて煙草をくわえた。白いポロシャツの上に防弾チョッキを着け、腰に拳銃をさしている。

「石和の傷は？」

「死ぬほどのものではないらしい。奴は、警察がくる前に、葉と羽太を逃がした。葉を俺たちに渡したくないんだ。羽太は葉にひっついていったにちがいない」

「襲撃した男に怪我は？」

「雨どいで血痕が見つかっている。石和の部下に撃たれたものか、ガラスの破片で切ったものかはまだわからん」

「石和の部下はアげました？」

「何人かは、銃刀法の現行犯でパクった。石和は病院に護衛の警官を立たせろ、とわめいていたらしい」

鮫島は頷いた。羽太がいない、というのが厄介だった。仲間を殺られ、親分に怪我を負わされて、羽太は逆上している。今度は、石和組が毒猿を血まつりにあげようと動きだすにちがいなかった。

「羽太を手配しましたか」

荒木は息を吸い、首をふった。

「この件じゃ奴は被疑者じゃない。あとの会議で俺は、石和をしめあげるよう捜四を説得してみるつもりだ。捜四は混乱しているよ。石和がどこかと戦争をしていたという情報はまるでなかったからな」

鮫島は郭を見た。

「郭さん、次に奴は何をします？」

郭は厳しい表情で考えこんでいた。

「毒猿がすること、ふたつです。地下にもぐって、怪我をなおす。葉がでてくるまで、石和組を叩く」

「奴はまだ戦争をつづけるっていうのか」

荒木は深刻な顔になった。郭は顔をあげ、いった。

「毒猿、一度狙った標的、ぜったいに逃さない。必ず殺します」

「えらいことだ」

荒木は呻いた。鮫島はいった。

「毒猿がいっしょにいた女がわかりました。田口清美といって、歌舞伎町のキャバレーのホステスをしていた者です」

「なんだって？」

「なんでそんな女が――」

荒木はあっけにとられたような表情になった。

「毒猿は、ヤンという偽名でそのキャバレーに二週間、つとめていました。毒猿の最初の日本での殺しはそこの店長です」

鮫島は、「ローズの泉」での殺しのいきさつを説明した。そして高河と兄弟分であった、同系列暴力団幹部の安井が行方不明になっていることも語った。

「毒猿は、亜木――安井――高河というラインで、このマンションにたどりついたのだと思います。つまり、安井もどこかで消されていると考えたほうがいいでしょう。田口清美のマンションにガサ入れをかけてください。言葉の不自由な毒猿は、清美を通訳につかったのです」

「その女はなぜ中国語が？」

「残留孤児二世である可能性があります」

荒木は唇をかんだ。

「なんと……」

「清美が毒猿と行動をともにしているのが、脅迫されてのことなのか、自発的なのかは、わかりません。しかしここの襲撃が毒猿ひとりによるものなら、清美が今はひとりでいることも考えられます。清美を保護すれば、毒猿の動きを封じることが可能かもしれません。それから――」

鮫島は郭を見た。郭は無言で写真をとりだした。

「面割《めんわ》りをしました。この写真の男が毒猿です」

写真を受けとると、荒木の言葉づかいがかわった。

「お借りできますか」

「どうぞ。ひとつ、お願いしていいですか」

郭はいった。

「何です？」

「もし毒猿、本名は劉鎮生といいます、劉を追いつめたら、説得するとき、中国語喋る人必要です。私を選んでください。私、劉のことを知っている。この国にいる誰よりも」

真剣な顔だった。それを見つめ、荒木は写真に目をおとした。

「わかりました。できるだけ、やってみます」

「わかった。てめえら、デコスケが何といおうと、組長《おやじ》のそばを離れるんじゃないぞ」

羽太がいって、携帯電話のスイッチを切った。かたわらの若い男に手渡す。

22

葉威は、とびたっていく旅客機を窓から見つめていた。羽田空港のすぐそばに建つホテルのスイートルームだった。

羽太は葉威の向かいにどっかりと腰をおろした。部屋はふた間つづきで、隣りの部屋にふたり、こちらの部屋にひとり、ボディガードがいる。ただし、三人とも羽太の手下だった。葉威の部下はふたりとも死んでしまった。

葉威は窓から目を戻すと、ルームサービスでとりよせた中国茶をすすった。

羽太は怒り狂っていた。相棒だった高河を殺され、頭領の石和を傷つけられたのだから無理もなかった。葉威はだから不安だった。

それらの原因がすべて葉威にある、と羽太が思ったら、葉威を殺すかもしれないからだ。

唯一、幸運だったのは、石和が生きのびたことだった。もし石和があのとき死んでいたら、羽太はまちがいなく、自分を殺したろう。石和が助かったのは、葉威がリビングまでひっぱっていったからだ。もちろんそれは、とっさの葉威の判断だった。

「組長《おやじ》から伝言です。葉さんにありがとうと伝えてもらいたい、と。葉さんのおかげで命拾いしたと」

羽太はくやしげに、くいしばった歯の間から言葉をおしだした。

「とんでもない。あたりまえのことをしただけです。石和さん、若い人ふたり、なくした。申しわけない」

「三人です。高河もいる」

羽太の目はまっ赤だった。

「高河は、俺とは性格ちがいましたが、いい奴でした。ふたりで、修業《しゅぎょう》、つみました、から……」

「くやしいでしょう。私もくやしい」

葉威はいった。

「組長は俺に、葉さんを台湾まで送れ、といいました。葉さんに万一のことがあったらたいへんだから」

羽太は両膝の上で拳を握っていった。それが小刻みにふるえるのを、葉威は不気味な思いで見つめた。口では羽太にあわせたが、葉威は、部下が死ぬことなど少しも苦痛ではなかった。とりかえのきく者は、しょせん消耗品なのだ。

「警察、たいへんですか」

「それほどでも、ないようです。とにかく組《うち》は今のところ、被害者ですから」

きっと羽太は葉威を見た。葉威は体をのりだし、羽太の手をつかんだ。

「羽太さん、私、明日の飛行機で台湾帰ろうと思った。でも、やめたよ。あなた仇うちたくないか。高河さんや若い人の、仇うちたくないか」

羽太の顔に驚きが浮かんだ。

「そりゃうちたいですよ。でも警察はうるさいし……」

「新宿、みんな、目を光らせているか」

「ええ。うちの者は皆、目を血走らせて、毒猿を捜しています。警察より先に見つけたら、必ずぶっ殺します」

「警察の見はり、たくさんか」

羽太は唇をなめた。

「本部には、機動隊が貼りついているそうです。デコスケが俺とあんたを捜しにもきてます。けど、宿舎のほうは、まだ甘いんで、人間を動かせます」

「宿舎?」

「万一のときのために、若い者を寝泊まりさせるための部屋を借りてあるんです。本当に布団ばっかりしかないようなところで。そこは、さっきの電話じゃ、私服が三〜四人ていどなんで……。本部のほうは近くにくる奴は、出前もちまでチェックしているようです」

「ではそこの人動かしなさい。毒猿をつかまえる方法ある。警察も知らない」

葉威はいった。羽太は眉をひそめ、葉威を見た。

「そんな方法が本当にあるんですか」

葉威は頷いた。

「私、ずっと考えていたよ。もし毒猿が日本にいるなら、つかまえる方法ないか、と。ひとつあった。でも、いるかいないかわからなかったから、石和さんにそれいわなかった。いないのに、若い人働くのかわいそうだから」

「何です。どうやるんです」

羽太はすごみのこもった声をだした。

「今、話す。でも、あなたその前に、人を捜さなければいけない」

「誰を」

「毒猿はきっとひとりではないね。毒猿、日本の言葉、喋れないから。石和さん、いっていた。高河さん殺した犯人、男と女。女はきっと日本語と中国語の話せる、毒猿のガイドよ」

「ガイド？」

「毒猿、日本にきてから、どうやって高河さんのマンション見つけたか。女が高河さんのマンション知ってたか。それとも、高河さんのマンション知る誰かを知ってたか」

羽太の顔が真剣になった。

「そういや、その女は、『アデリィ』からきたと、ゆかりにいったそうです。ゆかりってのは、殺された高河の女ですが。ゆかりは実際に『アデリィ』につとめていたんです」

「どこでそれ知ったか」

「『アデリィ』にいた女ですかね」

「かもしれない。それとも高河さん拷問したように、高河さんのこと知ってる誰かを拷問したか」

「うちの者じゃないですよ。うちの者はほかに誰も殺されてない」

「毒猿、新宿のことは知っている。石和組が新宿の組だというの知っている。あなたたちの仲間のほかで、高河さんのマンションのこと知っている新宿の人いないか。やくざの」

羽太は携帯電話を手にとった。

「高河の運転手に訊いてみます」

葉威はそれを制した。

「まだ。だいじなこと、薬屋さん。薬屋さんを見はらせる」

「薬屋？」

「毒猿、病気。虫垂炎だけどひどく悪いね。ひょっとしたら、その女、薬を買いにくるかもしれない」

「しかし薬屋なんて何百軒とありますよ」

「毒猿、病院にいけない。強い薬が必要なのに、お医者さんのだす紙をもっていない。あなたどうする」

「処方箋《しょほうせん》なしで強い薬を売ってくれる薬局、葉さんはそれをいいたいんですね」

「そう。たくさんあるか？　そういうところ」

「いや、新宿でもそれならそう何軒もないはずです」

「だったらそこを見はらせなさい。女の人が虫垂炎の薬、買いにくる、それが毒猿のガイド。女をつかまえる。毒猿のいどころを知っている」

「女か。そうだ、女だ」

羽太は低い声でくりかえした。

煙草の箱をとりだし、開いた。空だった。厚い扉の向こうから、女の叫び声と銃声がかすかに聞こえている。

23

通路のソファには奈美以外、人の姿はなかった。

奈美は立ちあがり、通路を歩きだした。売店は、入口を入って左側の角にあった。そこでさっき、コーヒーを買った。

コマ劇場に近い映画館だった。B級のアクション映画の二本立てをやっている狭い館内には、全部あわせても二十人くらいしか客は入っていない。眠ったりいちゃついたりせずに映画を見ている客は、そのうちの半分もいないだろう。

煙草を買うつもりで売店の前に立った。閉まっていた。奈美は腕時計をのぞいた。午後七時四十分だった。

最終回の上映がつい二十分ほど前に始まったところだった。

映画館をまちがえたのではないか、おそろしい疑問がふと頭をもたげた。そんなはずはなかった。楊は、はっきりとここの名を口にしたのだ。客が少ないといった、楊の言葉もあたっている。このあたりに映画館は多いが、二本立てのB級洋画を上映しているのはここしかない。

——今日ですべてが終わる

楊はそういった。

——お前は俺のことを忘れろ。いきたければ、明日なら、警察にいってもいい。タカワがいっていた、郭《グオ》という台湾人の刑事に会え。俺のことを話すがいい。ただし、お前のしたことは全部、俺におどされたからやったことなんだ。そういうのを忘れるな。それと、警察にいくまでは、ぜったいに自分のアパートには帰るな

——いや。待ってる。待ってるから、終わったらきて

奈美は首をふった。楊は信じられない、というように、奈美を見つめた。

奈美は自分の気持ちがわからなかった。楊と自分をつなぎとめようとしているのが自分の何なのかわからなかった。

ただ、楊はちがっていた。自分が今まで好きになった男たちと、まるで似ていなかった。楊と離れていると、不安でたまらなくなった。

警察は、楊を捜しているのだろうか。楊を捜しているなら、自分のことも捜しているか

もしれない。

自分もつかまるのだろうか。二度も人殺しの手伝いをしてしまったのだ。楊が死刑になったら、自分も死刑になるだろうか。

楊との待ちあわせ場所はふたつあった。この映画館で会えなかったら、新宿御苑で。

初め楊は、待ちあわせ場所に新宿御苑をあげた。

——あそこだけはいや。ほかの場所にして

奈美はいった。死体がまだあの池に沈んでいることは忘れられない。

そこで楊は、ここをいったのだ。

——いちばん手前の左はしの席にいろ。夜までに映画館にいけなかったときは、御苑にいく。台湾閣だ

——いつ

——明日の朝、九時から十時のあいだに。そのときいけなければ、翌日の朝の同じ時間だ

楊が殺される可能性については、考えないようにしていた。この映画館に入って、上映しているのがアクション物だと知ったとき、奈美は目を閉じて眠るようにした。人が撃たれたり、切られたりするシーンを、とても見ることはできなかった。見れば吐きけと恐怖がよみがえってくる。

うとうととしている間に、二度ばかり痴漢が、奈美の膝や胸をさわった。そのたびに目を覚まし、奈美はバッグで痴漢の顔や手を殴った。恐かったが、席を離れて楊とすれちがいになるのは、もっと恐かった。痴漢を殴るとき、涙がでた。

痴漢は殴られるとゴキブリのようにこそこそと、逃げていった。

楊は今、どこにいるのだろうか。撃たれるか刺されて、どこかの暗がりで動けずにいるのではないだろうか。

楊だってわずかな日本語は話せる。タクシーを止めて、歌舞伎町までやってくることぐらいはできるはずだ。

もし歩けて、もし話せるなら。

歩けないほど、話せないほど怪我をしているのかもしれない。一日中、ずっとここにいたから知らなかっただけで、ひょっとしたらもう楊は病院にいるかもしれない。

考えてはいけない。考えてはいけない。

楊は別れぎわ、現金で三十万円を奈美に渡した。

――アパートに帰れない間、これでホテルに泊まっている

――お金ならもってる。なくなったら借りられる人もいるわ

――誰にも連絡するんじゃない。俺がいい、というまでは、家族でも駄目だ

そのときだけ、楊は厳しい目をした。

――わかった

――お前のためだ。タカカワの仲間は俺を捜している。お前のことも捜しているかもしれない

夜明け前、参宮橋のマンションをでたあと、ふたりは歩いて終夜営業のファミリーレストランに入った。すぐ近くにあったのだ。

そしてそこで別れた。

もう、十二時間以上がたっている。

楊が無事戻ってきたらどうするのか、奈美に考えはなかった。あまりに多くのことが起こりすぎ、今は楊の言葉にしたがうほかは、自分で何をすべきか思いつかない。

とにかく最終回が終わるまではここにいるのだ。終わるまで待って、それでもし楊がこなければ外にでて、新聞を買おう。そしてそれに何ものっていなかったら、どこかホテルに入り、テレビのニュースを見ればいい。何かがわかるかもしれない。楊に関する、何かが。

十時少し前、奈美は映画館をでた。入るときは明るかった新宿の街に夜が訪れていた。

新宿にはあいかわらず、人が溢れていた。奈美は肩をすぼめるように歩き、コマ劇場の並びにある終夜営業のスタンドで新聞を買った。

それをショッピングバッグにつっこみ、早足で歩いた。日についた喫茶店にとびこむと、奥の席にすわって、新聞を広げた。夕刊だった。

「真昼の住宅街、恐怖の銃撃戦」

社会面を開いたとたん、その見出しがとびこんだ。

「暴力団組長の愛人宅、爆弾に軽機関銃をもった男が襲う」

小見出しがつづいている。奈美は息をのみ、それをくいいるように見つめた。ウエイトレスが注文をとりにきたのすら、気づかなかった。

いくどもくりかえし読んでようやく、犯人が逃走した、という内容が頭に入ってきた。

楊は生きている。殺されてはいなかった。

奈美は大きく息を吐いた。ふくれ面のウエイトレスに気づき、コーヒーを頼んだ。

死傷者の中に、「葉」という名を捜した。

なかった。中国名、台湾のパスポートをもった人間はふたりいた。黄と李だ。ふたりはたまたま、襲われた石和組組長を訪ねていて、被害にあったらしい、と新聞には書かれている。

「葉」というのは、どちらかの偽名だったのか、とも思った。だが年齢がちがった。新聞の記事によると、ふたりとも三十代だ。確か「葉」は、年ふりだったはずだ。

すると、まだ終わってはいないのだ。終わっていなかったから、楊は映画館に現われなかったのだ。

奈美は運ばれてきたコーヒーに手をのばした。指先がふるえている。

とにかく、楊は生きている。

映画館にこなかったのは、「葉」を殺せなかったからだ。

奈美は、はっと目をみひらいた。こなかったのではなく、これなかったとしたら。

いけない、考えてはいけない。

だがどうしても頭に浮かんでくる、楊の姿があった。ベッドにすわり、片手を腹にあてて痛みをたえている楊だ。

虫垂炎《ちゅうすいえん》といっていた。虫垂炎がほっておけば腹膜炎《ふくまくえん》という、生命にかかわる病気をひきおこすことは知っている。

中学二年のとき、学校のトイレで昏倒した女生徒がいた。生理痛と虫垂炎の痛みを区別できず、前夜からのものが悪化して、危うく腹膜炎をひきおこすところだったのだ。半日遅れたら、死ぬところだったと、まことしやかな噂が流れた。

薬が切れている。

化膿どめと痛みどめだ。どちらも楊が台湾からもってきたものだった。怪我をしていなくとも薬が切れていれば、楊は動けなくなる。

楊がもっていた薬は、保《も》ってあと二回分だった。痛みの発作は一日に一度くらいのわりあいで襲ってきていた。間隔がじょじょに短くなっているようなことも、楊はいっていた。楊は、目的を果たすまでは何とか薬を保たせようとしていた。かんじんなときに発作《ほっさ》がきて、抑える薬がなかったら、まちがいなく殺されてしまうからだ。

別れぎわ、ファミリーレストランで楊が薬を飲むのを、奈美はなにげなく見ていた。

――痛いの

――いや、今は大丈夫だ

確かに発作がきているようすはなかった。

あれは、最後の目的を果たす前に、その途中で痛くならないように用心のため飲んでいたのだ。

とすれば、薬はあのあと一回分しか残っていない。今日中に、それを使いきってしまうのはまちがいない。

薬がない。薬がない。

あの薬がかなり強いものだということは、奈美にもわかった。ひとつは痛み止めだ。頭痛や生理痛の薬とは、わけがちがう。そこらの薬局で買う、というわけにはいかないだろう。

楊は、切れた薬を補充できずにいる。

薬を届けなければならない。そうしなければ、楊の目的は終わらない。

でもどうやって手に入れよう。

医者の処方箋がなければ、ふつうの薬局は、そんな強い薬を売ってくれない。それは楊ではなく、奈美が買いにいっても同じだろう。

明日の朝、新宿御苑には薬をもっていかなければならない。

奈美は腕時計を見た。じき十一時になる。薬局はわりに遅くまで営業しているが、薬を手に入れる方法が思い浮かばなかった。

どうしよう。どうすればいいのだ。

香月さんだ。

奈美は思いついた。香月さんは以前、上の子に喘息《ぜんそく》のけがあるといって、困っていた。喘息の薬は、強い成分が入っていて、なくなると病院でもらわなければならない。しかしその時間がないとき、同じような薬を薬局で買っていた。

——本当は処方箋がないと売ってもらえない薬なんだけどね。そこは売ってくれるんだっていっていたのを覚えている。

奈美は喫茶店の店内を見回した。入口の横にピンク電話があった。

奈美は立ちあがった。

「いらっしゃいませ」

店のドアが開いて、十五、六にしか見えない男の子がふたり入ってきた。

「お、電話しよう。俺、アイス頼んどいて」

ひとりがいって、奈美の目前で電話にとりついた。硬貨を入れボタンを押すと、カウンターに片肘をついて話し始める。

「おう、俺。なに、ああ、やっぱあった？　そうなんだよ。ちょううるせえだろ、あいつ……。そうそう……」

奈美は立ちすくみ、唇をかんだ。男の子が奈美に気づいてふりあおいだが、すぐに前を向いた。

「ん？　何でもねえよ。だからよ、あの件はよ、ばっくれちゃったほうがいいって」

奈美は深く息を吸い、席に戻った。電話の男の子を見つめる。男の子は尻をつきだすようにしてカウンターにもたれかかり、片足を貧乏ゆすりさせている。途中で煙草をとりだし、ウエイトレスに、

「すいません、灰皿ください」

といって火をつけた。

待てなかった。公衆電話なら外にもある。奈美は伝票をつかんで立ちあがった。

楊との約束を破ることになる。駅の方角に向かって歩きながら、奈美は思った。だが、薬局の場所を訊く一度だけだ。香月さんにはくわしいことは話さない。

二台の公衆電話を見つけ、そのどちらもが使用中だった。三台目は壊れていた。

駅のすぐ近くまでいってようやく空いている電話ボックスを見つけた。上着を肩にひっかけ、ネクタイをゆるめた男が、同じようにボックスを目ざしているように見えた。奈美は小走りになって、男よりひと足早く、ボックスに入り、扉を閉めた。

男の舌打ちを聞きながら、バッグから電話帳をだした。もし香月さんがどこか別のところにもう勤めはじめていたら、この時間はつかまらない。

テレホンカードをさしこみ、香月さんのマンションの番号を押した。

いて。いて。香月さん。

四回ほど鳴らしたところで受話器があがった。

「はい」

ちょっと面倒くさそうに、年配の女の声がいった。

「もしもし、香月さん、ですか。奈美ですけど」

間があった。

「もしもし？」

「奈美ちゃん！　どっからかけてんの？」

「今、外」

「あんたさあ……あんたさあ」

そのせっぱつまった口調に、奈美はすべてを理解した。やはり警察は自分を捜しているのだ。

「香月さん、お願い。薬局、教えて」

「薬局!?」

香月さんの声が一オクターブ、高くなった。咳きこむような口調でいう。

「あんた、怪我してんの?」

「ううん。お友だちが病気なんです。それでお医者さんいかないでも薬売ってくれる薬局捜して」

「あんた、それ……。大丈夫なの」

「何が」

「何がって――」

香月さんは絶句した。

ドン、と電話ボックスの扉が蹴られた。

「早くしろ」

男が外でわめいた。

奈美はふりかえった。

「早くしろよ」

怒った目をして、男がくりかえした。通行人が見ていた。

お巡りさんがきたらたいへんだ、と思った、奈美は背中を向けた。

「お願い、香月さん。急ぐの。あの、チビちゃんの薬買ってた薬局、教えて」

「いいけど。……あんた、悪いこといわないからさ。一回、警察いったほうがいいよ。今いかないと、あんたまで悪く思われるよ。あいつら、あたしたちみたいの目の仇にしてっから……」

「うん。いく。いくからさ」

今度は、バン、という激しい音がした。掌で扉を叩いたのだ。

「あのさ、薬局は、あそこよ。お店の、お店って、『ローズの泉』だけどさ、あの先をまっすぐいってつきあたった左側のところ。ハゲの親爺と若い先生とふたりいてさ、ハゲのほうなら大丈夫」

「ありがとう」

「奈美ちゃん、もしあれだったら、あたしそこまで迎えにいってやろうか。ひとりで警察いくの、いやだったら」

奈美は涙がでそうになった。何てやさしい人なのだろう。

「ううん、大丈夫。悪いこと何もないから。また電話するから」

「奈美ちゃん――」

っていた。

奈美は受話器をおろした。ふりむくと、男が片手をポケットにつっこんで仁王立ちにな
「——の野郎、いつまで電話してやがんだ。てめえひとりのもんじゃねえんだぞ……」

扉を開けると、奈美はくってかかった。

「うるさい！」

奈美は叫んだ。

「酔っぱらい！　あっちいけ！」

男の目が丸くなった。信号を待っていた通行人から笑いがもれた。

奈美はそしてふりかえりもせず、横断歩道を走った。

24

葉威は新宿に戻っていた。遮光《しゃこう》シールを二重にべったりと貼ったメルセデスの後部席にいた。

メルセデスは、一カ所にとどまることなく、常に歌舞伎町を中心とした新宿の街をぐるぐると動きつづけている。

後部席の隣りには羽太がいた。羽太はさっきから携帯電話であちこちと連絡をとりつづけている。助手席と運転席のあいだには自動車電話があって、それは誰も手を触れることを許されていなかった。入ってくる連絡のみのために、空けられているのだ。

日本のやくざの機動力には、驚かされる——葉威は思った。特に、組織の横のつながりを使った情報収集力は、警察や軍隊を上回るものがあるかもしれない。

午後から、今までのあいだに、羽太のもとには、まるで洪水のように情報が流れこんでいた。

その情報の一番は、頭領、石和の容態と、警察の動きだった。警察がどのように石和組を監視しているか、羽太は詳細に把握《はあく》していた。刑事が、羽太と自分を捜していることも、もうわかっている。メルセデスの運転手は、石和組の本部と宿舎には、ぜったいに近づくなと命じられていた。

二番めは、葉威が示唆した、毒猿のガイドについてだった。高河の運転手は今、石和の病院に詰めているひとりだったが、羽太はその男から何人かの高河の友人の名を訊きだし、宿舎にいる若い者に、しらみつぶしに電話をかけさせた。その中に、高河の兄弟分の安井という男がいて、何日か前から行方がわからなくなっていることがわかった。

羽太はただちに、安井のすぐ上とすぐ下にいた人間に連絡をとった。安井の組は覚醒剤を扱っていて、そのルートをかけ渡してやったのが、高河だということがわかった。安井の扱っていた覚醒剤は、もとをただせば、葉威の組織が輸出している品だった。

羽太は安井興業の人間から、キャバレー「ローズの泉」で殺人が起きたことを知らされた。殺された店長の亜木は、その日、無理をいって安井から覚醒剤を分けてもらっていた。亜木がもっていった覚醒剤の量は、数回分あった。安井が亜木の死体を発見したとき、その覚醒剤と摂取用の注射器を入れた、亜木のバッグが消えていた。

安井はあわてた。覚醒剤の薬包に自分の指紋がついていたのだ。亜木を殺した犯人は、二週間前、「ローズの泉」に入店した外国人のボーイだと思われた。警察に先まわりをして、亜木のバッグだけをとり戻そうと安井は動き、そして行方不明になったのだ。

警察には流れていない情報だったが、安井は、ボーイと親しかったらしい「ローズの泉」のホステスに呼びだされていた。安井興業はそのホステスの行方をひそかに追っていたが、行方をつかめていなかった。

羽太はすぐに部下に命じ、そのホステスの住所を調べさせた。

夜になって、奈美という、ホステスの住所がわかった。石和組の人間ふたりが、ようすを見るために、新大久保の奈美のマンションに向かった。

警察がガサ入れをかけている最中だった。

羽太からそれを説明された葉威は満足した。すべてがぴったりとつながったことになる。

「みごとです。さすがに石和組さんだけのことはある。これで、毒猿のガイドが誰だったかはわかりました」

葉威はいった。羽太はぶぜんとした表情だった。葉威の指示がなければ、ここまでの情報を入手できなかっただろうことに、気づいているのだ。

(あたり前だ、愚か者め。お前の頭の中には、頭領と仲間の仇をとることしかつまっていない。意地と見栄《みえ》のほかには何もない。お前はただの血に飢えた流氓とかわらん頭しかないのだ)

心の中で葉威は羽太を嘲《あざけ》っていた。が、そんなことはおくびにもださず、いった。

「警察の調査に、私たちは追いついた。今度は追いこす番ですよ」

「どうやって?」

「まず、奈美という女の顔を見分けられる人間を捜さなくてはなりません。高河さんの恋人は見ているでしょうが、彼女は駄目です。警察がおさえています。毒猿をつかまえたときのために」

「待ってください」

羽太は再び、電話を何カ所かにかけた。そして、葉威が望んだ人間の名前を手に入れた。

電話を切ると、運転手にいった。

「歌舞伎町二丁目の『シャルム』ってクラブだ。安井の身内には話をつけた」

25

奈美がついたとき、薬局は、半分ほどシャッターをおろしかけていた。シャッターを操作しているのは、香月さんがいっていた、白衣を着た、頭のはげた男だった。

「すいません!」

奈美が走って店内にとびこむと、男は驚いたように老眼鏡ごしに奈美を見た。白衣はところどころがよごれ、手にはシャッターをひきだすのに使った長い棒をもっている。

「はい。いらっしゃい」

「あの——」

奈美は店内を見回した。店の外で売っていたティッシュやトイレットペーパーの箱を中にとりこんだので、ひどく狭く感じる。紙と薬、それに洗剤の混じった匂いがした。

男は体を横にして、積みあげられた商品の内側にごそごそと入った。

「何をさしあげましょうか」

年のわりに妙に舌足らずな喋り方だった。老眼鏡で目がひどく大きく見える。

「あの、友だちが明日から旅行いくんですけど、虫垂炎、になっちゃったらしくて……」

奈美は考えていた嘘をいった。

「お医者さん、いったの？」

「昔。そのときもなんか、薬で……」

「散らしちゃったのか」

意味がわからなかったが、奈美は頷いた。

「ほっとくとよくないね。切ったほうがいいよ」

「帰ったら切ると思うんです。でも今度の旅行は、どうしてもいきたいらしくて……。もうお医者さんいってる時間ないし」

「まあ、医者にいったら切れ、といわれるだろうなあ」

「お願いします」

男はふーんと鼻から息を吐いた。

「かなり痛いんだって？　あんたじゃないよね」

奈美をじろじろ見た。

「はい。もちろん、わたしじゃないです」

「そうねえ。鎮痛剤と、抗生物質かな……」

「お願いします」

「ちょっと待ってて。処方箋ないと駄目なんだけどさ――」

男はいって、ガラス窓で仕切られた、奥の小部屋に入った。

よかった、と奈美は思った。これで、楊に薬を届けてやれる。楊は、きっと喜ぶだろう。

明日はきっと、新宿御苑に楊はくる。

待つあいだ店の中を見回した。コンドームの特売をやっていた。精力剤のチラシが、ハエ取り紙のように天井からぶらさがっている。

「調剤室」とガラスに書かれた奥を見た。男は、電話をかけているところだった。電話機のかたわらにメモでもあるのか、しきりにのぞきこむしぐさをしている。

電話が終わった。

男はひきだしのようになった棚を開けたり閉めたりして、薬を捜しだした。

奈美は不安になった。捜している薬が、売り切れなんてことがあったらどうしようか。

そんなのは駄目だ。ぜったいに。

男はずいぶん長いあいだ、ガタガタとあちこちをかきまわしているように見えた。

ようやく、めざすものがあったのか、奈美のほうを見やった。見えない手もとが動いている。

そして「調剤室」から上半身をのぞかせた。左手に白い紙袋があった。

「三日ぶんくらいでいいかな」

「あの、できればもう少し」

「五日ぶんくらい？」

奈美は頷いた。

男は再び「調剤室」に入った。奈美は息を吸い、待った。とにかく、薬を手に入れることができたのだ。

男が現われると、奈美に袋を開けて中味の薬の説明をはじめた。赤い錠剤は一回二錠、白いカプセルは一錠、あまり痛むようなら二錠。でもそんなに痛んだときは、病院にいったほうがいい、危ないからね。

奈美は頷き、財布をとりだした。男が口にしたのは、決して安い金額ではなかった。が、奈美は何もいわずに払った。足もとを見られているのか、実際にそんなに高い薬なのか、奈美にはわからなかった。

「はい、ありがとう」

男は釣りをレジからだして、奈美をじっと見た。不安になるほどじっと見つめた。

奈美は財布に釣りをしまい、バッグに袋をおしこんだ。落とさないようにしっかり奥に入れる。

薬局をでた。

どちらの道にいこうか、左右を見た。とにかく今夜は、ホテルを捜さなければならない。どちらの道も両側に、やくざのような男たちが立っていたが、奈美は気にしなかった。このあたりはポン引きも多いのだ。

結局、「ローズの泉」の前を通るのがいやで、反対の方角に足を踏みだした。「ローズの泉」はシャッターがおり、そのシャッターには貼り紙がされている。

どこというあてはないが、歌舞伎町二丁目から職安通りにかけては、ホテルがたくさんある。ほとんどがラブホテルだったが、女ひとりなら泊めてくれるかもしれない。

新宿を離れたい気持ちもあった。だが、この時間はタクシーがひろいづらいし、人の大勢いる駅にいくのは恐かった。警官が自分を捜しているらしいことが、香月さんとのやりとりでわかったからだ。

下を向き、足早に進んだ。誰かがあとをついてきているような気もするが、ふりかえるのは恐くてできなかった。

今はただ、どこかのホテルの部屋に入り、鍵をかけてじっとしていたい。テレビのニュースも見たい。

水槽《すいそう》やバケツで泳がせた魚を客が買い、好みの方法で調理してもらう、というので一躍、有名になった活魚料理店の横を入った。

ガラスばりで、割烹《かっぽう》料理屋というよりは、ディスコのように見える建物だ。営業はもう終わっているのか、人けがない。

「――ちょっとすいません」

声に奈美は立ち止まらなかった。ナンパだと思ったのだ。

「ケイコさん」

ふりかえった。見知らぬ男が立っていた。紺のスーツを着け、よく磨《みが》いた黒の靴をはいている。そういえば、さっき薬局の近くにいたやくざだ。立ちすくんだ。

男の向こうに、こちらに横腹を向けるようにして白いメルセデスが止まっていた。その窓がするするとあがっていく。中に、白っぽい女の顔が見えた。誰とはわからなかった。

「あ、人ちがいだった。ごめんよ」

男はいった。メルセデスを見たとき、一瞬、心臓が止まるような恐怖を味わっていたが、人ちがい、といわれて、奈美は膝がふるえるほど、はっとした。

再び歩きだした。ホテル街だった。どこに入ろうか、考えた。あたりは暗い。

不意にたくさんの人間が背後から自分にとびかかってきた。両腕をつかまれ、口をふさがれ、髪をひっぱられた。

「声たてんな、殺すぞ」

耳もとでいわれた。そして、ひきずられるように、すぐうしろまで迫っていた車に押しこまれた。靴がぬげ、バッグがひきむしられた。頭をひどく車の屋根にぶつけ、奈美は一瞬、気が遠くなった。

「よし、だせっ」

誰かがいった。車の後部席に、うつぶせでうしろ手におさえこまれ、顔を押しつけられている。

何がなんだかわからぬまに、ビリッという音がして、目と口にガムテープを貼りつけられた。うしろの手を、固い針金のようなもので縛りつけられる。

「ようし」

男の声がいった。

「床にころがしとけ」

シートから床につきおとされ、胸を打った奈美は息を詰まらせた。頭の痛みと両方で、涙がでた。

「電話かせ」

「何してる、早くかせ」

「番号、わかりますか」

「紺のベンツだろ」

「はい」

「わかってるよ、馬鹿。黙ってろ」

「すいません」

ボタンを押す、信号音が聞こえた。しばらく間があって、最初の男の声がいった。

「さらいました。はい。大丈夫っす。そこんとこは」

間があった。

「はい。本部長は？……はい。うかがいます」

電話を戻す、カシャッという音がした。

「おい、ゆっくり走れ。わかってんだろ」

「はい」

「本部長んとこ、いくんすか」

「ああ。この女、連れてこいって」

誰かが笑った。

「笑ってんじゃねえ、馬鹿野郎！」

怒号が響き、車内は静かになった。

26

自動車電話が鳴ったとき、葉威の乗ったメルセデスは、ドブぞいの細い道を走っていた。新宿の街からさほど離れていない。

受けた羽太は、警察の方は大丈夫か、と念をおし、

「例の運送屋のところだ」

といって電話を切った。

羽太は葉威を見た。

「つかまえましたよ」

「まちがいないですか」

「前のキャバレーにいた女に車の中から首実検《くびじっけん》させました。本人です」

葉威は頷いた。

「その女はどうしました」

「首実検させたのですか？　店から連れだしたんで、ふたりつけています。二時までやってるクラブですから、閉店まではいっしょにいるようにいってあります。銭も渡してあります。まったく、とんでもねえタマですよ。首実検に、五十万も要求しやがった」

羽太は舌打ちした。

「これからどこ、いきます？」

「もう、すぐそこです。ここいらは北新宿《きたしんじゅく》で、いちおううちのしまなんですが、この先に、銭でパンクして、うちが押えた運送屋の建物があるんです。横がずっとこの川で、半地下になってる部屋があります。ヤキいれるときに便利なんで売らないでとってあるんです。マンジュウ運びだすときも、その地下室に車のケツつっこんで入れられるんでねえ」

「これは川なのですか」

ドブだと思っていた葉威はいった。

「ええ。神田川《かんだがわ》っていうんです。こんなんですが、夏、大雨がふるとけっこう溢れたりするんです」

川か、と葉威は思った。若いとき、運河ぞいにある倉庫にアジトをもっていた。そこには窓がひとつしかなく、道路より低い護岸の部分にあった。当時はまだ四海幇はなかった。

葉威は何人かの仲間とそこを借り、そのころ、大陸からひきあげてきたばかりの国民党《こくみんとう》政府の下請けの仕事をやっていた。光復《グアンフー》（終戦）から五年くらいあとだ。国民党政府は、政権の基盤をゆるぎないものにしようと、本省人《ほんしょうじん》(台湾人)のインテリ、大学教授や思想家たち、共産主義者や民主主義者を徹底的に排除した。葉威の仕事は、国民政府軍の秘密警察から受けとったリストの人間を銃でおどして誘拐し、拷問にかけることだった。

誘拐した人間は皆、戦前の台湾で生まれ、高い教育を受けて、日本の植民地支配下では独立運動を展開していた者たちだった。医者や政治家、学者たちだ。

蒋介石《しょうかいせき》とその軍隊が、台湾に敗走してなだれこんだとき、その連中は国民党による支配を拒んで、本省人の思想的リーダーとなっていた。

拷問は、二昼夜ぶっ通しでおこなわれることもあった。仲間の運動家たちの名を吐かせるためだった。

吐いた者もいるし、吐かなかった者もいる。どちらにせよ、拷問が終わると、葉威は頭に銃弾を撃ちこみ、麻袋に包んで窓から運河に放りこんだ。

水は死体を遠くへ運び、淡水河《ダンシユイホー》まで流していくこともあった。あのころの国民党政府軍の大半は、中国大陸を食いつめた農家の二男坊や三男坊で、字も満足に読めないような連中ばかりだった。台湾にくるまで電気や水道も知らなかった者すらいた。そんな連中が、台湾にくれば、大陸よりはるかに豊かに見えたろうし、植民地教育とはいえ、日本の大学に留学までしたインテリたちをこころよく思うわけがなかった。

葉威はといえば、本省人だったが、あの光復後のどさくさを生き抜くために、外省人《がいしょうじん》

（戦後、中国大陸から移ってきた中国人）のふりをすることが少なからずあった。

そのころの台湾のようすは、日本にはほとんど伝えられていない。

メルセデスはやがて、金網のフェンスで囲まれ、入口に鎖をはった敷地の前で止まった。鎖の向こうは、コンクリートをしいた駐車場になっていて、隅に三階建ての建物がある。明かりはついていないが、ヘッドライトの反射で、駐車場の最奥部が坂のように傾斜して、建物の地下部分へと入りこんでいるのがわかった。

助手席に乗っていた男が降りて、鎖を留めていた南京錠《ナンキンじょう》を外し、メルセデスは駐車場に進入した。ところどころコンクリートが割れ、すきまから雑草が丈をのばしている。

降りた男は小走りに建物に駆けよった。コンクリートの傾斜を降り、つきあたりにあるシャッターを押しあげる。

メルセデスはシャッターの内側にすべりこんだ。

コンクリートがむきだしのがらんとした部屋だった。端のほうに、使われなくなった机や椅子、古い電話機などが積みあげられている。詰めもののはみだしたソファと、ひびの入ったガラステーブルがわざとらしく、かたわらに並べられていた。

メルセデスのヘッドライトが消えないうちに、男が部屋のどこかにあったブレーカーを操作した。天井からさがる三つの電灯が点《とも》った。コンクリートの床には、オイルのような黒い染みが点々とあった。

男が後部席のドアを外から開け、葉威は床に降りたった。羽太も降りてくる。携帯電話を手にしていた。

「谷《たに》の車がきたら、シャッターおろせ。こん中で電話は通じたっけな」

携帯電話をふってみせた。

「大丈夫っす」

男はいった。

「よし、お前、もってろ。それから椅子いっこだしとけ。女、すわらせるから」

「はい」

運転手と男は、きびきびと動き始めた。葉威は煙草をくわえた。

「どうぞ」

羽太が火をさしだした。

「女は、毒猿を殺すまでは、生かしておきなさい。うまくいかなかったとき、使えるかもしれない」

葉威はいった。妙に心が浮きたっていた。回想したあの時代を思いだす。拷問にはよく、オイルバーナーをつかった。なければナイフで足の指を一本ずつ切り落としたものだ。

「はい」

「声は大丈夫ね。大きな声」

た。

「シャッターおろせば大丈夫です。裏は川ですし。意外と聞こえないものですよ」

ヘッドライトが地下室にさしこんだ。白いメルセデスが駐車場に入ってきたところだった。

羽太がいった。

「女降ろしたら、谷の車、上にあげて、見はりおいとけ」

「はい」

白いメルセデスが傾斜を下り、地下室に入ってきた。中に四人の男たちが乗っている。止まると、後部席から、顔にガムテープを貼った女をひきずりだした。

「その椅子にすわらせなさい」

葉威はいった。女の顔はテープでおおわれてよく見えない。

女をパイプ椅子にすわらせ、男たちが囲んだ。

白いメルセデスには運転手ひとりが残って、バックで傾斜をあがっていった。メルセデスが地上にでると、シャッターがおろされた。

葉威は地下室に残ったメンバーを見渡した。

羽太と、こちらの車にいたふたり、それに女の拉致《らち》を指揮した、谷という羽太の部下、谷の手下のふたり。自分をのぞいて六人の男がいる。

羽太が葉威の顔をうかがった。葉威は頷いた。

「テープ、はがせ」

羽太が命じ、女の顔のテープがむしりとられた。むしりとられたあとも、女は目を開けようとしなかった。

面長の、色の白い女だった。どことい って特徴のない顔だちをしている。額にアザができていて、目を閉じたまま、小さくしゃくりあげ、泣いていた。

男のひとりが口を開き、歩みよった。右手をひいて、女の顔を殴ろうとしている。葉威は片手をあげ、それを制した。

誰もひと言も口をきかなかった。地下室に、女の小さな嗚咽《おえつ》だけが響いている。

葉威は煙草を吸いながら、泣いている女を見つめた。

やがて、女がゆっくりと目を開いた。葉威は、ほう、と思った。暗いが切れ長の美しい瞳だった。男たちを見回し、体をふるわせた。順ぐりに男たちを見ていった目が、葉威で止まった。

「恐くはない」

葉威は北京語でいった。

女は答えなかった。ふるえているだけだ。

「私たちは、君を助けたかったんだ。君の知っている男は、殺人鬼なのだよ」

なおも北京語でいった。

「あの男がどこにいるか、知っているかね」

女は無言で首をふった。

やはり、北京語を理解できるのだ——葉威は思った。

「君は、中国人かね？」

「……に、日本人です……」

女がふるえる声でいった。怯えきっていた。当然だった。

「私を帰して下さい」

「すぐに帰すとも。では、日本語で、話しましょう」

葉威は後半を日本語でいった。女がわずかに目をみひらいた。

「中国語、話せるの、なぜですか」

「ち、中国で育ったんです」

「いくつまで？」

「十三、です」

「お父さん、お母さん、中国人？」

「ち、父は。母は、中国、で育った、日本人でした……」

「なるほど」

葉威は頷いた。そういう人間がいると聞いたことがある。日本が戦争に負けたとき、多くの日本人が中国大陸に住んでいた。自分たちの土地だと思いこんでいたのだ。そして毛《もう》沢東《たくとう》の軍隊に追われ、逃げ帰る途中、多くの赤ん坊がおきざりにされた。この女の母親もそのひとりなのだ。

「じゃあ、北京語、話せるね。毒猿《ドゥユアン》とも、話せる」

「毒猿？」

「そう。毒の猿と書きますよ。おそろしい、おそろしい殺し屋。何十人と人を殺している」

女は黙った。

「あなたも、その場にいた。高河さん、殺されたとき、そこにいた」

女は下を向いた。染みのついた床を見つめている。

これはあんがい手がかかるかもしれない、と葉威は思った。こういう女は意外に強情だ。

「でも、あなたを怒る気持ちない。悪いのは、皆、あの男よ。教えて。あの男、どこにいます？」

「知りません」

ぼんやりとした声で、うつむいたまま女がいった。

「嘘よくない。あなた、薬、買いにいったじゃないか。あれは、毒猿の薬」

女は唇を噛んだ。顔に血の気がない。

「私は、乱暴するの、好きじゃない。だから、教えて。あなたが喋れば、私たち何もしない」

女は無言だった。

葉威は息を吐いた。

「本当の名前、何といいますか」

「清娜《チンナ》」

「日本人なのに？　清娜、ですか」

女は頷いた。目に思いつめた光があった。

まさか、と葉威は思った。この女は、毒猿に惚れている。この強情な目つきは、惚れている男をかばおうとしている女の目だ。

葉威はぐっと顎に力をこめた。

「あなた、喋らないと、私、この人たちに任せる。あなた、つらいよ。とてもつらいよ」

女の表情に変化はなかった。

「これが最後。人殺しかばって、自分が傷つく。とても愚かだよ。さっ、いいなさい。どこにいる？」

女はまるで聞こえなかったかのように、葉威の言葉を無視した。人形のように、顔から表情がぬけおちている。

葉威の腹にいらだちがこみあげた。羽太を見て、顎をひいた。

羽太が頷いた。数歩踏みだし、拳で女の顔をたてつづけに殴りつけた。

切れた唇と鼻から血がとび散った。女は呻いたが、言葉はひとこともらさなかった。

「てめえ。死ぬよりつらい思いさせてやるからな」

血まみれになった女の顔をのぞきこみ、羽太が低い声でいった。女はふるえながら、目を強くつむっている。

羽太が、女の椅子を強く蹴った。女は小さく悲鳴をあげ、倒れて、顔を床に打ちつけ、うっと息を詰まらせた。

「脱がせろ」

羽太は部下に命じた。

27

鮫島と郭は、病院の駐車場にとめた車の中にいた。新宿五丁目にある救急病院だった。じき、午前零時になろうとしている。強い風がときおりふきつけ、車をゆらすことすらある。

ふたりは病院の三階にある個室病棟を見あげていた。石和竹蔵が収容されている部屋がそこにあった。

石和は面会謝絶だった。入院直後、捜査一課の短い事情聴取に応じただけだ。病院と病室の周辺部には数名の警察官が配備されているが、それをうわまわる数の石和組組員が詰めていた。中には、医師の制止を無視して病室内に立ち入る者もおり、配備された警官と病院側の人間を巻きこんでの小競りあいも生じていた。

羽太は病院にも姿を現わしていなかった。葉と行動をともにしているのはまちがいないと思われた。

ふたりが乗っている車は、例によって新宿署の覆面パトカーだった。無線機がついており、そのスピーカーからは、夕方を過ぎるころからひっきりなしに、喧嘩や暴行の百十番通報の報告が流れだしていた。

まず五時ごろ、西新宿七丁目で公衆電話を使っていた中国人留学生の若者が、とつぜんやくざらしいグループにとり囲まれ、詰問《きつもん》されたあげく殴られ、顔面に重傷を負った。またその少しあと、西新宿のホテルにつとめる中国人コックが女友だちと買い物中、やはりやくざとおぼしいグループにとり囲まれ、殴られたり、小突かれたりした。

夜になると、新宿歌舞伎町周辺で、同様の事件が頻発《ひんぱつ》しはじめた。被害者のほとんどが、母国語を喋りながら街を歩いていた、中国人や韓国人などのアジア系外国人だった。

無線機が信号音をたてた。

『警視庁より各移動、新宿管内、傷害事件の通報。西新宿七丁目、ダイコウパークビル、近い局どうぞ』

『新宿七、西武新宿駅前』

『警視庁了解、ほかにありませんか』

『警視三一〇、現場付近』

『警視庁了解。新宿七、警視三一〇、現場へ。現場は西新宿七丁目××番地、ダイコウパークビル。この裏手従業員用駐車場にて、男の人が血を流して倒れているとの通報、同パークビル従業員、サクライという男性より入電。至急現場で調査願いたい』

『新宿七、了解』

『警視三二〇、現場急行中』

『警視三二〇、現場急行中、警視庁了解しました。なお、通報によると、丸害らしき男性を発見後、丸B風の男数名が歌舞伎町方面に逃走するを視認のこと。警視三二〇、新宿七は現場到着後、各乗務員と協力。事件性の有無《うむ》を最優先、調査一報されたい。警視庁から新宿？』

『新宿です、どうぞ』

『本件、百十番受付番号は一二八六。指令二十三時五十三分、担当キウチです。なお、至急、専務幹部、および待機車輌派遣を願いたい』

『新宿了解。担当ハマダ。待機車輌　号、および専務幹部は新宿十八にてPSからすでに出向ずみです』

『警視庁了解。なお、新宿管内の事案、詳細判明するまで、通話統制を実施します。各局、了解ください』

鮫島は煙草を灰皿におしこみ、エンジンを始動させた。

「狩りが始まっています」

郭は無言だった。

ふたりはずっと、羽太か葉、あるいはそれを狙った毒猿が、病院に現われるのを待ちうけていたのだった。

「街に戻りましょう」

郭は頷いた。

鮫島は靖国通りに向け、覆面パトカーを走らせていった。たった今、傷害事件の通報があった西新宿には、石和組の本部事務所がある。鮫島はまず、車首をそこに向けた。

石和組本部は、西新宿七丁目にあった。付近に機動隊の装甲バスが止まっているので、すぐにそうと知れる。機動隊員は、防弾チョッキにヘルメット、ジュラルミン楯《たて》という完全武装で警戒にあたっていた。周辺道路では、検問もおこなわれている。

鮫島は車を止め、そのようすを郭と車中から眺めた。

「これでも奴は襲いますか」

本部の建物にはこうこうと灯りがついていた。郭が答えた。

「もしあの中に、葉がいるなら」

鮫島は首をふった。

「いないでしょう。羽太がでてこないのが、何よりの証明だ」

そして車の向きをかえ、歌舞伎町に走らせた。

病院にいく前、ふたりは、まだ会っていなかった「ローズの泉」のホステスをあたった。

その間に田口清美の自宅アパートの捜索令状が執行され、清美の写真は捜査陣の手に入っていた。田口清美と劉鎮生は、緊急手配をうけている。

会えたホステスたち全員が、田口清美とは、安井興業の事務所で最後に会っていらい、顔をあわせていない、といった。

「歩きませんか」

鮫島は、西武新宿駅の近くに車を止め、いった。街を闇雲《やみくも》に歩いたところで、毒猿が見つかるとは思っていない。が、渋滞《じゅうたい》の激しい歌舞伎町に車を進ませても意味がない。

今夜中に何かがまた起きる、という予感が鮫島にはあった。毒猿は手負いだが、郭のいったように、潜る手段をこうじていないのなら、すぐにでも石和組・葉に対する攻撃を再開するかもしれない。

ふたりは車を降り、徒歩で歌舞伎町に入った。

歩きはじめてすぐ、街全体にぴりぴりとするような緊張がはりつめていることが、鮫島にはわかった。

新宿には、そういう晩が、年にいくどかある。それは、やくざや警官といった特殊な人間でなくとも、いくどか新宿を訪れたことのある者ならすぐに気がつく、ふだんとはちがう「匂い」のようなものだった。

表面上は、街はいつもとかわりがないように見える。だが、水面下の部分で何か大きな異変があれば、それはすぐに街の空気に振動のように伝わってくるのだ。

ポン引きの数がいつもより少ない。街をいくやくざたちの足どりが、やけに早い。ふだんなら遅くまで開いているポルノショップが、数時間も早く店終《みせじま》いをしている。

街の「殺気」のようなものが、カタギにも無視できないほどふくらみ、そのはりつめかたの度あいによっては、針を一本つきたてただけで大きく破裂するような緊迫感を感じさせるのだ。

ほかの街にはおそらくこんなことはないだろう、と鮫島は思った。水面下の緊張が、これほど直接、街ぜんたいの空気に影響を与えることはないはずだ。これこそが、新宿の、新宿たるゆえんである。

街に散っている多くのやくざたちが、警官や刑事の姿に気づくと、すばやく行動した。ふだんなら顔をあわせ、

「御苦労さまです」

と声をかけるところなのに、今夜はちがった。すれちがわないよう、顔をあわせないように、向こうから道をかえる。

かといって、隠れるわけではない。何ごとかが起きたときに備え、神経をはりつめているることが容易にわかる。

新宿に縄張りをもつ、すべての組が、「何か」に備え、アンテナを広げていた。

郭が片手で煙草をとりだし、火をつけた。

「今夜、やくざ多いね。いつも多いけど、もっと多い」

風林会館の前にふたりはさしかかっていた。鮫島は頷いた。

いつもなら四〜五名単位で移動しているやくざたちの中に、今夜は、二人ひと組の小単位が目についた。しかもそのほとんどが携帯電話を手にしている。

「猟犬《りょうけん》でしょう。皆、追っかけているんです。我々と同じ人間を」

「この連中に、毒猿はつかまえられない。もし毒猿を本当に見つけたら、殺される」

郭が低い声でいった。

風林会館の喫茶室から、七〜八人のやくざの集団がでてきた。そして三組に分かれて、街に散っていった。

「妙だな」

鮫島はいった。そして目の前を通りすぎようとした、そのうちの二人組の片われの肩をおさえた。

「よう」

肩をおさえられたやくざは怪訝《けげん》そうに鮫島をにらみ、次の瞬間、あっという顔になった。その男も携帯電話を手にしている。

安井興業の事務所にいた男だった。

「やけに商売熱心じゃないか、今夜は」

鮫島は、男が手首に吊るした電話を見て、いった。

「安井から連絡あったか、その後」

男は固い表情で首をふった。

「ない、ですよ。何すか」

「何すかじゃないよ。はりきってる理由は何だ」

「別に、はりきってなんか――」

鮫島は男の肩をつかんだ。

「石和から応援頼まれたのか」

「関係ないすよ」

「じゃあ何で散ってる？　誰か捜してるんだろう」

「刑事さん、勘弁してくださいよ」

もうひとりが声をだした。

「黙ってろ」

鮫島はいって、その男をにらんだ。男は口を閉じた。

「話しちまえ。どっから命令がおりてきたんだ」

「知らないす」

「上か。石和とお前のところ、同じ系列だものな」

男は目を伏せた。これ以上喋ると危《やば》いと踏んだようだ。

「ひっぱんなら、ひっぱったっていいすよ。何の容疑でひっぱんすか」

男はいった。鮫島は頬をひきしめ、男の肩を放した。厳しい緘口令《かんこうれい》がしかれている。

「いいんすか」

鮫島は頷いた。男は舌打ちし、離れていった。

見送っている鮫島に郭がいった。

「何か、変、ですか」

「あいつらは石和の身内じゃありません。安井のところの人間です」

鮫島はいった。

安井の組と石和組は、確かに頂上に同じ広城暴力団を頂いている。だが、高河や石和の襲撃犯を捜すだけのために、安井の側の組員が、かりだされているとすれば、それは奇妙だった。

「連中は、安井が消されたことに気づいています。石和から何らかの形で情報が流れたとしか思えない」

「石和から？」

鮫島は腕時計をのぞいた。

「キャバレーの店長殺し、高河殺し、石和の組長愛人宅襲撃、このみっつに関係がある、という事実は、まだどこのマスコミにも流れていないはずです。まして安井の件については、警察でも気づいているのは一部の人間だけです。その警察側から情報が流れていない限り、安井の組の人間が動くのは、石和からの情報提供があったからだと考えるべきです」

「なぜ」

「高河と安井をつないだ人間がいるのでしょう。毒猿のしわざとして」

鮫島は郭を見た。郭は低い声でいった。

「葉、か」

「そう思います。羽太と葉はモグっていますが、連絡は決して絶やしていないでしょう。葉は石和をつかって毒猿に反撃しようとしているのじゃないでしょうか」

「ありえないことでは、ないです」

「ということは――」

鮫島はいって、付近の雑居ビルの看板に目を走らせた。

「どうしました？」

「石和の連中は、田口清美のことも気づいています。石和から安井の組にもたらされた情報がフィードバックされたとき、安井が、ヤンつまり毒猿との関係を疑っていた女の情報が伝わっているわけです」

アパートから押収された田口清美の写真が、高河の愛人、ゆかりに見せられ、ゆかりはそれを確認した。ゆかりが昔つとめていたクラブの名をかたってマンションの扉を開けさせたのは、田口清美だった。

しかし、警察側が田口清美の名や犯人との関係を、ゆかりに教えているはずがなかった。ゆかりに話せば、当然、石和組にも伝わるからだ。

「石和組は田口清美を捜しています。となれば、昼間のあの女のことも、安井の関係から石和に入っていると思います」

「あの女――」

「トルエンをやっていた女です。北野真澄」

「そうか……。田口清美を捜すために、あの女が必要になる……」

「石和から接触があったかどうか。もう一度、会ったほうがいい」

鮫島はいった。真澄は確か、安井の紹介で、歌舞伎町二丁目の「シャルム」というクラブにつとめているといっていた。時間は遅いが、店によっては、まだつかまえられるかもしれない。

しばらく歩きまわり、少し離れた雑居ビルの集合看板に「シャルム」の名を見つけた。

六階となっている。

鮫島と郭はエレベータに乗りこんだ。午前一時を過ぎていた。

エレベータを降りると、「シャルム」がまだ営業中であることを、鮫島は知った。「シャルム」と書かれた木の扉の向こうから、カラオケのデュエットが聞こえてくる。

鮫島は扉をひいた。

「いらっしゃいませっ」

扉のすぐ内側にいた黒服の男が、鮫島と郭をふりかえって叫んだ。

男の肩ごしに店内が見えた。入口から細い通路がのび、奥でL字型に広がっている。Lの角の部分に、カラオケ用のステージとテレビがおかれていた。

Lの字のボックス席は六割ていどが埋まっていて、十数人の客と同数くらいのホステスがいる。

「ちょっと」

鮫島はいって、黒服の男を扉の外側に呼びだした。警察手帳を提示するまでもなく、男には鮫島の正体がわかったようだ。

「何ですか。うちはいちおう、レストランで営業届け、だしてますが……」

「それはいいんだ。おたくに本名・北野真澄って子がいるよな。最近入ったばかりの……」

「北野……」

男はわからない、という顔をした。

「安井興業の紹介で入った子だ」

「ああ。安井さんの――。はい、郁子《いくこ》ちゃんですよ」

鮫島は目で扉をさした。

「いるのか、今」

「ええ。さっきちょっとでてましたけど……。今、います」

いってから、男はしまった、という顔になった。

「でてた？」

「いや、何か、ちょっと買い物があったみたいで……」

早口になった。

「本当のことといってもらいたいな」

「いや本当です。買い物ですよ」

鮫島はじっと男の目を見つめた。やがて男はあきらめたように下を向いた。

「……お客さんに連れだされて……。断われない筋だったんで」

「どの筋だ」

「勘弁してください。うちも客商売なんで、ちょっとそれは……」

男は苦しげな顔になった。

「その客、今でもいるのか」

「いや――それは……」

「いるのか」

男は無言で頷いた。

鮫島は男をよけ、扉に手をかけた。

「ちょっと――」

「大丈夫だ。店の中じゃゴタはおこさない。どこの席にいる？」

「いちばん奥から、ひとつ手前の席です」

「待ってて下さい」

鮫島は郭にいいおいて、店内に入り、男のいった席を、通路の壁ごしにのぞいた。

ピンクのミニ・スーツを着けた北野真澄が二人の男にはさまれて手拍子を打っていた。前のテーブルにはブランデーのボトルがおかれている。

男ふたりは面白くもなさそうな顔つきで、ステージから顔をそむけていた。ひとりの顔に見覚えがあった。石和組の人間だった。

鮫島は三人に気づかれないうちに顔をひっこめた。

扉を開け、郭に頷いた。

「石和組です」

そして男にいった。

「あの三人をちょっと呼びだしてくれないか」

「勘弁してくださいよ」

男は怯えた顔になった。

「悪いな。だが閉店まで待っていられないし、こっちが中に入ると、おたくに迷惑がかかる」

男は途方にくれたように下を向いた。

「頼む」

鮫島はいった。

「でてくるまで俺のことはいわなくていい。ただお客さんだといってくれればいいんだ」

「はい」

恨《うら》めしそうにいって、男は店内に消えた。

扉が閉まると、カラオケの音楽が遠のいた。鮫島はまわりを見回した。

エレベータを降りて、正面と左右に、それぞれ一軒ずつ店があり、「シャルム」は左にあたる。中央と右の店は、閉店していた。

郭は鮫島から数歩さがったところで壁によりかかっていた。

「少し荒っぽくなるかもしれません」

鮫島は低い声でいった。郭は無言で頷き、ひっそり笑った。

扉が開いた。音楽が大きくなる。

やくざふたりが姿を現わした。先頭の男は、鮫島の知らない顔だった。ふたりとも三十代半ばくらいで、先頭はスーツ、後方はブルゾンにニットパンツを着ている。

ブルゾンを着ているのが、鮫島の知っている男で、しんがりに北野真澄がついていた。

鮫島に気づいたとたん、ブルゾンの男が目を広げ、真澄が、

「でか」

と、息を呑んだ。

先頭の男がくるりと踵《きびす》を返した。店の中に戻ろうとするその肩を、鮫島はおさえた。

「離せよ、この野郎」

男がふりはらった。

「逃げんなよ！」

鮫島はいって、その男を郭のほうにつきとばし、真澄の腕をつかんだ。

「やだ、ちょっとぅ」

ブルゾンが迷わず、鮫島にとびかかり、真澄の腕をひきはなそうとした。鮫島は手をひっこめ、その男の胸ぐらをつかんだ。

「何すんだ、この野郎っ」

視界の隅で、鮫島の背に手をのばそうとしたスーツを、郭がひき戻すのが見えた。

「何だ、てめえはっ」

郭の右手が男の頰をワシづかみにして壁に叩きつけた。呻き声があがった。

鮫島はブルゾンの背中を壁におしつけた。

「野郎っ」

ブルゾンの右手が懐ろにさしこまれた。鮫島は左手でその手首をおさえ、股間《こかん》を膝で蹴りあげた。ブルゾンは悲鳴をあげた。

鮫島は郭をふりかえった。郭は右手一本でスーツの男を料理していた。スーツの男は顔を壁に押しつけられながら、右手を背中に回した。匕首《あいくち》の白鞘《しらさや》が見えた。次の瞬間、郭の足が閃《ひらめ》き、スーツの男は足を払われてフロアに倒れこんだ。匕首が半分抜けかかった状態で、宙にとんだ。

郭の右足が男の喉を踏みつけた。げっという声をたてて、男は動かなくなった。

鮫島は自分の相手に目を戻し、ブルゾンの右手首をひさぬいた。拳銃の黒い銃把《じゅうは》がのぞいた。それをすばやくつかみだし、ブルゾンの顔に押しつけた。

「何だ、これは⁉」

郭が鮫島を見やり、

「黒星《ブラック・スター》」

といった。

「上等なもの、もってるな。何やってんだ、こんな代物もって」

ブルゾンはそっぽを向いた。

「知らねえな。連れてけや、早く」

「なめるなよ」

鮫島は再び膝蹴りをくらわせた。ブルゾンは呻いて体をふたつに折った。その前髪をつかみ、鮫島は頭を壁に叩きつけた。ブルゾンは目を閉じ、口を開けていた。

「お前が喋んないなら、あっちの兄さんに訊こうか、え？」

郭がスーツの男のネクタイをつかんでひきおこした。ふりはらおうとした瞬間、ネクタイをつかんだままの郭の右肘が男の顎に叩きこまれ、男は膝をついた。唇が切れ、血が流れた。

鮫島は立ちすくんでいる真澄を見た。

「何をやらされたんだ、こいつらに」

真澄は目をみひらき、激しく首をふった。

「知らないよ。関係ないよ、あたし」

「とぼけるんじゃない！」

鮫島は大声をだした。真澄は蒼白になった。

「こいつら、幹部殺されて頭に血がのぼせてるんだぞ。腹にこんなもの呑んで、のんきに酒食らってたわけじゃないだろう、え」

鮫島はブルゾンの頭をゆすった。ブルゾンは目を開き、横目で真澄を見た。

「し、知らねえよ。てめえ、喋ったら殺すからな」

真澄はあとじさった。

「気合い入ってるじゃないか、この野郎!」

鮫島はブルゾンの足を払った。ブルゾンもひざまずいた。

悲鳴があがった。スーツの男だった。郭がスーツの男の右足首の裏側、アキレス腱《けん》のあたりを強く踏みつけているのだった。踏みつけながら、男の胸ぐらをもちあげるようにしている。

「何してんのよ……」

真澄が小声でいって、口をおおった。

「痛てえ、痛てえ、痛て痛て……、い、い、い……」

「ちょっと、やめてよ、やめてったら」

真澄は郭にいった。スーツの男は言葉もでなくなって、高い悲鳴をあげている。

郭は表情ひとつかえず、男を痛めつけていた。男の目はいっぱいにみひらかれ、脂汗がべっとりと浮かんでいる。

郭がぱっと足を外し、手を離した。男は足首をかかえ、転げまわった。そのようすを見ていたブルゾンは青ざめた。

「何やったんだ、おい」

ブルゾンは唇をふるわせた。郭がゆっくりと歩みより、鮫島はブルゾンをゆずった。

郭は右手でブルゾンを立たせ、じっとその目をのぞきこんだ。

「喋るか？」

鮫島はスーツの男にうしろ手に手錠をかませた。

ブルゾンは郭の冷たい視線を受けとめきれずに目をそらした。

「早く、連れてってくれよ」

郭が鋭く首をひき、額を男の鼻に叩きつけた。悲鳴があがった。ブルゾンの男の両鼻孔から血が迸《ほとばし》った。

「喋るか」

郭はくりかえした。

「何なんだよ、こいつ」

ブルゾンは泣き声をあげた。郭の右手が男の右手首をつかまえ、高くもちあげた。

男が呻いた。万力《まんりき》のように指が手首にくいこんでいる。

鮫島は真澄に歩みよった。真澄は目をみひらき、ぼうぜんと郭を見つめていた。

「こいつらに何をさせられた？」

真澄は首をふった。

「いえないよ」

「いうんだ」

「いったら殺されちゃうじゃんかよ」

鮫島は、ブルゾンを絞めあげている郭を顎でさした。

「次はお前の番だぞ」

「勘弁してよ、そんなの勘弁してよ」

「じゃあ、いえ！　奴らにお前を殺すことなんかできっこない。見てみろ！　あれはおどしだってことがわかるだろう」

「許してよ……勘弁してよ」

真澄の目から涙が溢れた。

「虫のいいことをいうんじゃない。何をやった！」

「――教えただけだよ！　奈美を、あいつがそうだって教えただけだよ！」

叫んで真澄がしゃがみこんだ。

「何であたしがこんな目にあわなきゃいけないんだよう」

真澄は顔をおおった。

「どこで」

「そこのホテル街のとこ。車の中から、あれって教えただけだよ」

「それでどうしたんだ？」

「知らないよ。本当だよ」

真澄は身をよじった。

「ひとりだったのか、奈美は」

真澄は答えなかった。

「ひとりだったのか!?」

「そうだよ」

鮫島は、郭に手首を絞《し》められて呻いているブルゾンをふりかえった。

「さらったのか」

郭が力をこめた。

「そうだ」

甲高い悲鳴をあげ、ブルゾンは叫んだ。

店の扉が開いた。さっきの黒服だった。手に携帯電話をもっている。その電話が鳴っていた。

「すいませ――」

ようすを見て絶句した。

「こいつらの電話か」

鮫島はいった。

「は、はい……」

鮫島は受けとり、ブルゾンの顔につきつけた。

「でろ」

ブルゾンは顔をそむけた。郭が力をこめると、

「わ、か、っ、た……」

と呻いた。

鮫島は電話を男の左耳にあて、応答ボタンを押した。

「……はい、……いや、大久保だけど……」

ブルゾンは力のない声でいった。

「なんだって？　いつ、いつだ。わかった、わかったよ……」

ブルゾンは目をあげて、鮫島を見た。受話器をブルゾンの耳から離すと、ツー、ツー、
という音が聞こえた。

「なんだったんだ？」

鮫島は訊ねた。ブルゾンはあきらめたように目を伏せ、いった。

「ついさっき、うちの宿舎がカチコミくらった。三人が殺されたってよ。サツもいたって

のに……」

そして鮫島をにらみ、怒鳴った。

「てめえら、何してやがんだよ！　何であいつ、つかまえねえんだよお！」

鮫島は郭を見た。郭が厳しい表情で見返した。

「さらった女、どこ連れてったんだ」

鮫島は訊ねた。

28

男たちのやりとりを、奈美はどこか遠くで聞いていた。涙もいつか止まっていたし、苦痛も、もはやそれほど感じなかった。

まるで儀式のようだった。男たちは、ひとりずつ順番に奈美を犯し、欲望をとげたあとは必ずといっていいほど、奈美の体を殴り、蹴った。どの男も皆、同じだった。何人にされようと、ひとりにされているのとかわらなかった。ただ、次から次に、つづくだけだ。

ひとりだけ儀式に参加しない人間がいて、それがあの年よりの台湾人だった。台湾人は、椅子に腰かけ、奈美が男たちのオモチャにされ、汚され、傷つけられていくさまを、じっと見つめていた。

男たちが奈美にのしかかり、荒い息を吐き、性急に体を動かすあいだ、奈美は、もう何にも関心のなくなった目を、地下室のあちこちに向けていた。そしていくどか、年よりと目をあわせた。

ずっと見つめあっていることはできなかった。男たちが奈美の体をふりまわし、そのたびに人形のように奈美の首はぐらぐらとゆれたからだ。

永遠に終わらないとも思えた儀式は、突然に終了した。その場にいた男たち――年よりをのぞく全員――が、奈美を犯し終えたのだった。

最後の男が奈美の体を離れると、年よりが椅子から立ちあがった。その目を再び見て、奈美は、年よりがずっと待っていたことを知った。

奈美はこわれた人形のように、ソファに横たわっていた。顔と、そして下半身から血が流れていることはわかったが、それだけだった。血が流れたからどうだというのだ。

奈美の中で、心と体をつなぐ糸が、切れていた。

「いいですか」

年よりがいい、男たちのひとりから短刀を手渡されるのを、奈美はじっと見ていた。

年よりは短刀を鞘からぬき、奈美のかたわらにひざまずいた。

「喋りたくなるまでは、喋らなくていい」

年よりは北京語でいった。そして奈美の左足のふくらはぎを左手でそっともちあげた。

「これからお前の足の指を一本ずつ、切り落としてゆく」

冷たいコンクリートの床に左足の裏が触れた。次の瞬間、小指に熱い電流が流れた。

奈美は叫び声をあげた。遠のいていた苦痛が戻ってくると同時に、彼方《かなた》にとびさっていたとばかり思っていた心が体の中に帰ってきた。

喉が詰まり、叫びがでなくなると、奈美はすすり泣いた。暴れないように男たちが奈美の両腕と両足をおさえつけ、さらに目を閉じられないように瞼までおし広げられた。

奈美の目に、年よりが血に染まった小指を見せた。それをそっと、乳房と乳房の間においた。年よりは真剣な表情で奈美の顔をのぞきこんだ。

電話が遠くで鳴るのを聞いた。場ちがいな音だった。やくざのひとりがそれに応えたが、年よりはふりかえりもせず、じっと奈美の顔を見つめていた。

「――さん、葉さん」

電話をもったやくざが、年よりのうしろに立っていった。年よりは我にかえったように背後をふりかえった。

「なに」

奈美はすすり泣きながらそれを見つめていた。電話をさしだしたのは、奈美を最初に殴った男だった。犯したのもこの男からだ。

年よりは立ちあがった。右手に奈美の血で染まった短刀をもっていた。

「誰ですか」

「野郎です」

低い声でやくざがいった。

「誰？」

年よりはじれったそうにいった。

やくざの声は妙に低く、おし殺していて、恐怖の響きが混じっているようだった。

「自分で毒猿と名乗りました。どこでこの携帯電話の番号、調べやがったのか」

奈美は目をみひらいた。

29

葉威は、背中にナイフをつきたてられたような気持ちになった。なぜだ。なぜ、毒猿がここにかけてきたのだ。

葉威は女を見おろした。血まみれできたならしい。いじきたなく命乞いをしないのが不思議なくらいだ。葉威は借りた匕首を左手にもちかえ、電話機を耳にあてた。

「葉《イエー》だ」

北京語でいった。

「裏切り者を殺す」

声がいった。葉威の背中に汗がふきだした。まさしく毒猿の声だった。いくども電話で話し、そのつど、殺しを命じた。

携帯電話とわかっていても、ここに毒猿がかけてきたことが、自分の居場所を知られているような不安をかきたてた。

「お前はまちがっている」

葉威はゆっくりいった。

「まちがっていない。白銀文《パイインウエン》は命乞いをした。それでも奴はもちろん死んだが、お前には命乞いさえ許す気はない」

毒猿がいった。聞いている間に、葉威は、声の調子に気づいた。毒猿の声には苦痛をこらえている者独特の、妙に高い響きがあった。

「会おう。会って、お前のあやまちを正そう」

毒猿は笑った。

「いいとも。今夜、お前がふと眠りからさめたとき、俺が枕もとに立っている」

「そうではない。お前の友だちも、お前に会いたがっているのだ」

「友だち？」

「清娜《チンナ》という女性だ」

毒猿の沈黙を、葉威は楽しんだ。そうとも、どちらが主人かを思い知るがいい。

「――そんな女は知らない」

「そうか？」

いって、葉威は電話を女の口もとに近づけた。

「挨拶してやれ」

女は唇をふるわせ、電話と葉威を交互に見つめた。涙が目尻からとめどなくこぼれていた。葉威は、その頰に刃先をあてがい、少し力を加えた。血がふきだした。

「楊《ヤン》……」

女が泣きながらいった。葉威は満足し、電話機を耳に戻した。

「どうだ」

「――知らない」

耐えるような口調で、毒猿はいった。

「それならいい。ところでどうやってこの番号を知った?」

葉威はわざと話題をかえた。

「イシワの部下を、また何人か殺してやった。ひとりずつ腹を裂いたんだ。いろいろ叫んでいたが、俺は奴らの言葉がほとんどわからない。ひとりが紙に書いた。この電話番号だ。次に会うときは話す暇はないだろうから、教えてやる」

「すると、この女と話す暇もないな。皆で会って、あやまちを正す機会をもちたかったのだが――」

葉威はいい、今度は、女の口に匕首の刃をさしこんだ。

「毒猿はお前に会いたくないそうだ、清娜。お前など知らないといっている」

毒猿に聞こえるようにいった。電話の向こうは沈黙を守っていた。女の口から刃先をひきだすとき、切れた唇をより大きく裂いた。

　女がすすり泣いた。

「会えなくていいのか、清娜。そうか、そんな不実《ふじつ》な男のことは忘れてしまいたいか」

　葉威はやさしい声をだした。

　毒猿の沈黙は、暗闇のようだった。葉威は、毒猿がその暗闇の内側で、自分をなぶり殺しにしているのを感じた。

「お前にはじゃあ、注射をうってやろう、清娜」

　葉威はいった。

　暗闇が裂けた。ため息のような声だった。

「シンジュクギョエン。タイワンカクにこい、女を連れて」

　電話は切れた。

30

石和組の宿舎は、本部とは離れた、西新宿四丁目にあった。

あたりは新宿中央公園に近い住宅密集区で、現場に近づくにつれ、アパートや小規模マンションが建ち並ぶ角に、相当数の野次馬がつめかけ、加えて消防車の出動などが、道をふさいでいた。

鮫島と郭は、現場の少し手前で車をおりた。消防車の出動は、爆発物が使用されたことを意味している。

野次馬をかきわけて、交通整理の警官のかたわらをぬけた。郭を止めようとした巡査を、鮫島は制した。

「いいんだ。この人は俺の連れだ」

宿舎のあるマンション入口で、消防服の隊員と荒木が話していた。

荒木は髪が乱れ、頰にあざを作っていた。応急手当てを受けたのか、右の袖が裂かれて包帯が肘の周囲に巻かれている。

足もとのホースをまたぎ、鮫島と郭が歩みよっていくと、荒木がふりかえった。その目を見た瞬間、鮫島は、荒木が体験したものを悟った。

一年前、拳銃密造犯を単独で追っていた鮫島は、犯人に監禁され、かつて経験したことのない恐怖を味わった。その直後、鏡の中の自分の目に見たのと同じような、表情のない鈍い光が、荒木の向けた目の中にあった。

あのあと、鮫島がヒステリー症状におちいらなかったのは、晶が、自分を現実にひき戻してくれたからだった。鮫島を思いやった晶の怒りが、味わった恐怖を、忘れさせることはないにせよ、薄れさせる効果をもたらした。

荒木にそういう存在はあるのだろうか。荒木と話す前から、鮫島はそれを思った。

鮫島と荒木は、つかのま見つめあった。

「奴がきた」

やがて荒木がいった。

「俺が甘かった。捜四と相談して、ここをわざと手薄にしていた。奴がもし襲うとすればここしかない——そう思わせるつもりだった。だから本部には機動隊をおいたが、こちらには私服を配備しただけだった」

何も訊かないうちに奔流《ほんりゅう》のように言葉が、荒木の口から溢れだした。

「奴が、いつどうやって建物の中に入っていったかわからない。ここは普通のマンションで、入口は一カ所しかない。反対側は、別の社宅とくっついていて、壁と壁の間は三〇センチもないんだ。宿舎は、四階の端にある三ＤＫだ。奴が襲ったとき、電話番がふたりと、仮眠中の組員がひとりいただけだった。

全員が腹を刺されて死んだ。最後の奴を刺したときだと思う。悲鳴をあげた。いや、あげさせたんだ。俺は下に止めた車の中から、捜四の連中と監視していた。悲鳴を聞いて駆けつけた。ドアを開けようとしたら真中からドアが吹きとんだ。捜四の警部補がひとり死んだ。もうひとりも重傷だ。

ドアには鍵がかかってなくて、開けると爆発するように、爆弾がセットしてあった」

「奴は？」

「そのあと、倒れている俺たちをまたいで、でていった。俺は拳銃をもっていた。だが、手をのばすこともできなかった。わかるか。奴はまっ黒い服を着て、フードをすっぽりかぶっていたよ。倒れている俺の横に立って、見おろしていた。俺の傷が浅いんで、とどめを刺そうかどうしようか、考えていたんだろう……。もし、もし、俺が、石和の人間に見えたら……奴は俺を殺した。俺は動けなかった。金縛《かなしば》りにあったようで、指一本、動かせなかった。奴がかがみこんだとき、俺がしたのは、目をつぶることだった。そうしたら、奴は何をしたと思う？」

荒木は血のけのない唇をふるわせた。

「あれさ。あれだよ。木彫りの猿を、俺の手に握らせやがった。そうして、奴は立ち去っていったんだ。奴は、奴は、ふつうじゃない。とにかく、今まで見たどんな犯罪者ともちがう……」

郭が低い声でいった。

「――警官、死んだのですか」

急に年をとったような顔になっていた。小さく首をふった。そしてぐっと歯をくいしばり、そのすきまから、

「毒猿《ドゥユアン》」

と言葉をおしだした。

荒木が右手を動かそうとして呻き、左手を上着の内ポケットに苦労してさし入れた。

「あんたからお借りした写真だ……」

船の上で撮った、郭の写真だった。

「複写がすんだから、返そうと思っていた」

つぶやくようにいった。郭は受けとり、小さく頭をさげた。

荒木は喘ぐように息を吸い、いった。

「とにかく、だ。奴は暴走している。葉を殺すまでは、葉にいきつくまでは、殺して、殺

して、殺しまくるぞ……。あんな奴をくい止めようとしたら、これからも何人死ぬか、わからない」

「大丈夫」

郭が低い声でいうと、荒木は顔をあげた。

「なぜだ。なぜ、そう思うんだ」

「毒猿。葉。だんだん近づいています。もうすぐ、もうすぐ、ぶつかる」

そして郭は鮫島を見た。

「時間がありません」あの男がいった、田口清美の場所、早くいくべきです」

鮫島は荒木を見た。

「応援を要請できますか。田口清美が石和組に拉致されて、監禁されているという、確かな情報があります」

荒木はごくりとツバを飲んだ。

「あ、ああ。だが、時間がかかる。本庁も新宿署《おたく》も今夜は石和組本部の警備と非常配備で手いっぱいだ。ほかにも事件が連発しているし……。明日にならんと……」

鮫島は頷いた。事実だった。銃刀法違反と公務執行妨害で現行犯逮捕した、石和組のやくざふたりを連行するように、歌舞伎町交番に要請したところ、人員が向けられないので、三十分ほど待ってほしいといわれたのだ。

一日のうちにたてつづけに大小の事件が連続し、総員勤務態勢にもっていく時間的余裕が、署の命令系統になかったのだ。遅れをとり戻すのは、明日以降になるだろう
鮫島は結局、交番までふたりを連行しなければならなかった。

「わかりました。お大事に」

荒木は驚いたように目をみひらいた。

「おい、まさか、いくつもりじゃないだろうな。もう少し待てば何とかする。だから今、踏みこむのはやめておけ」

「時間がありません。田口清美の生命に危険があります」

「しかし、ひとりじゃ――」

「ひとりじゃ、ないです」

郭が静かにいった。荒木が郭を見やり、絶句した。

「――いかん。それはいかん。何かあったら越権行為になる」

鮫島は荒木を見つめた。

「失礼します」

荒木を残し、歩きだした。車を止めた場所に戻ると、郭がいった。

「連れていきます、ね？」

ドアに手をかけている。

鮫島は頷いた。

「ええ。あなたが情報提供者です。私はあなたの案内がなければ現場に着けなかった、報告書には、そう書きます」

郭は微笑んだ。

「あなたの背中、私、守ります」

ふたりは車に乗りこんだ。

31

神田川ぞいに建つその建物は、横に長い三階建てで、明かりはついてなかった。が、前を通りすぎるとき、コンクリートをしきつめた駐車場に白い車が一台止まっているのを鮫島は認めた。

「大内陸送《おおうちりくそう》」という看板が、建物にはまだ残っていた。「シャルム」で逮捕し、口を割らせたやくざの言葉通りだった。

鮫島は一度通りすぎたところで覆面パトカーを止めた。音をたてないように、郭とふたりで降りたつ。

空気の中に、湿った匂いがあった。神田川からたちのぼってくるその匂いをかぎ、鮫島は緊張感がこみあがるのを感じた。田口清美が監禁されているなら、そこには羽太や葉もいるはずだった。前に深夜レストランで会ったときとはちがい、今度は、進行中の重犯罪現場だ。しかも、羽太ら石和組のやくざが、毒猿の襲撃に備えて武装していることはまちがいない。

「ここで待っていてください。ようすを見てきます」

鮫島は郭にいって、きた道を戻った。あたりは住宅地で、迷路のように細い道がいりくんでいる。

フェンスをめぐらせた大内陸送の敷地前にさしかかった。白い車はメルセデスで、建物の一階部分に横づけするように止まっている。

フェンスの切れ目に鎖をはり渡し、内部に車が入れないようになっていた。

鮫島はフェンスの手前で立ち止まった。白のメルセデスに人が乗っているかどうかがわからない。もし乗っていれば、鎖をまたいで入ってくる者に気づかないはずがない。

しばらくフェンスの手前の隣家の塀ごしに、メルセデスを見つめていた。

あたりの家々もほとんどが明かりを消していた。二時を過ぎ、三時になろうとしている。無理もない。

鮫島は深呼吸した、車内に人がいるとすればそれは見はりだ。見はりに気づかれれば、抵抗・逃走する余裕を羽太らに与えることになる。

腰のホルスターに手をやり、ニューナンブの銃把《じゅうは》を確かめた。掌に汗が浮かんでいた。

メルセデスの車内がぼうっと明るくなった。男がひとり、運転席にいた。煙草に火をつけたようだ。運転席はこちら側だった。

鮫島は残してきた郭のほうをふりかえった。

郭の姿がなかった。はっとして、メルセデスに目を戻した。

いつのまにか、メルセデスの斜めうしろに影のようにうずくまる郭がいた。

どうやってあそこまでいったのだ。考え、あぜんとした。郭は、神田川の川べりか、川《かわ》床《どこ》を進んだにちがいない。片腕がつかえないのにどうしてそんなことができたのか、想像もつかなかった。

鮫島が気づいたことに郭も気づき、身ぶりをした。運転手の注意をひきつけろという意味だった。

鮫島は手をふって答え、塀のかげからでた。煙草の赤い火が車内で動いた。

鮫島はそしらぬふりで、はり渡した鎖に歩みよった。鎖をまたぎ、駐車場の構内に入った。

メルセデスのドアが開いた。男が片足をだし、

「お――」

いいかけた。郭がすばやくとびついて男を地面にころがした。鮫島がたどりつく前に、頭をコンクリートの地面に叩きつけ、失神させた。

その男に手錠をかけ、ネクタイでサルグツワをかませると、鮫島は小声で郭にいった。

「どうやってここまで上がったんです」

郭のスラックスが水を吸って色をかえていた。悪臭もする。郭は首をふった。

「私、もと『水鬼仔《ツイクイア》』」

男の身体検査をした。黒星拳銃をベルトにさしていた。郭がひきぬき、鮫島を見た。

「あとで返します。いいですか」

鮫島は決断し、頷いた。郭は拳銃の遊底をひき、第一弾を薬室に装填《そうてん》した。

男をうつぶせにころがし、メルセデスを回りこんだ。

メルセデスが横づけになって隠していたのは、建物の一階ではなく、地下にくだる傾斜だった。傾斜の終点には、シャッターが降りている。

鮫島は靴を脱いではだしになった。傾斜をそっとくだり、シャッターに近づいた。かすかな人声が聞こえた。シャッターの下のすきまから細く光が洩れている。鮫島はそれを確認すると、地上に戻った。シャッター以外に、外からは地下におりる入口はないようだ。

「あの中にいます。ほかの入口を捜しましょう」

郭は頷いて、建物の一階に近づいた。一階は、壁の半面がシャッターになっていて、残る半面に曇ったガラス窓がはめこまれている。ガラス窓は、ふつうのサッシのようだった。

鮫島は上着を脱いだ。上着の布を、サッシの錠に近い場所にあてがい、拳銃の銃身を叩きつけた。砕けたガラスが屋内の床に落ちる音がしたが、思ったほど大きくない。その音が向こうまで届くとは思えなかった。こちらの音が向こうに聞こえるということは、向こうの音もそれだけ外に聞こえるということだ。そんな場所に誘拐した人間を連れこむはずがない。

拳銃を腰に戻し、鮫島は、割れめから指を入れてサッシを解錠した。

窓を開け、建物の中に侵入した。内部はコンクリートがむきだしになっており、ガランとしていたが、むっとカビくさい匂いが鼻をついた。

ライターを点《とも》すと、奥のほうに、用途のわからない、木製のパネルのような台が積みあげられているのが見えた。

鮫島につづいて、郭も内部に入った。ふたりはすばやく内部を調べた。

建物の形をした、横長の一階部分は、三つの壁で仕切られており、一本の廊下でつながっていた。廊下の左端に、階段があった。

階段は、途中、踊り場で向きをかえていたが、その踊り場に、古くなったロッカーが積まれている。ロッカーは阻《はば》むように下への階段を半ばまでふさいでいた。

鮫島は手すりから身をのりだした。階段のつきあたり右側に、金網の入ったガラスがはまったスティールドアがあった。ガラスの向こうは明るい。

ドアノブには、錠のつまみがついていた。

鮫島と郭は顔を見あわせた。郭がささやいた。

「私が表、回ります。シャッター叩いて、奴らの注意、ひきます。あなた、そこのドアから入って下さい」

「表から入るのは危険な役です。この国の警官の私がやります」

鮫島は反論した。郭はにっこり笑って、首をふった。

「確かに。でも、私、左手がつかえない。このロッカーこえて下までいくの、私には無理」

鮫島は郭を見つめた。

「――わかりました」

「まず、あなたが下に降りる。あのドアのところにいったら、ゆっくり百、数えて。そしたら、ゴー」

鮫島は頷き、手すりの上に体をもちあげた。手すりにはほこりがつもっていて、すべりやすかった。それらをはらうと、汗で掌につき、まっ黒になった。

ロッカーをまたげば、音をたてるだろう。手すりをのりこえて、地下一階の踊り場に直接おりるほかなかった。

鮫島は手すりの上に体をひきあげた。斜めになった手すりは、コンクリートでできているのでそれでなくともすべりやすい。

両手で手すりをはさみ抱くようにして、左足を先におろした。爪先《つまさき》は、途中の階段まで届かなかった。右足を手すりにのせ、左足を追うようにしておろした。腰がてすりから落ち、爪先に固い感触がつたわった。

鮫島は、地下一階のドアの横に立った。上を見あげ、郭に頷いた。

郭が、腕時計と口を交互に指さした。カウントを開始しろ、という合図だった。鮫島は、声はださず口を動かして、一、二、と数えはじめた。

郭が身をひるがえし、階段をのぼっていった。

鮫島は階段の下から二段めにしゃがみ、拳銃をとりだした、汗とホコリで、全身が冷たくべたついている。

ドアノブのつまみは横になっていた。通常なら施錠《せじょう》されている。状況を考えれば、施錠されているのが自然だ。

カウントは五十をこえていた。

金網入りのガラスはもようが入っていて、内部をうかがうことはできない。だが、光のさしこみ具合からすると、ドアの前に大きな荷物などがおかれているようすはない。

カウントが八十をすぎた。鮫島は腰をうかし、耳を扉に近づけた。

——かかるかな
男の声が聞こえた。

——十分かそこらだ

答える別の男の声がいった。

——これは？

——野郎を殺したら、埋めちまうんだよ

会話が止まった。

——何だ？

——タカオじゃねえか

——見張りに飽きたから、やらせろってのか？　誰だい!?

かすかにシャッターをゆさぶる、ガシャガシャという音が聞こえた。

——野郎じゃねえだろうな

——馬鹿。御苑だ、御苑。ちょっと上げてみろ

鮫島は左手をスラックスにこすりつけ、ノブにのばした。シャッターをもちあげる、キュルキュル、という音が聞こえた。

鮫島はノブのつまみを縦にした。ドアをひいた。ガタンといっただけで開かない。ドーン、という銃声が内部から聞こえた。鮫島は歯をくいしばった。鍵はかかっていなかったのだ。つまみを横に戻し、ノブをひいた。ドアが開いた。

その瞬間、二発目の銃声がとどろいた。ぎゃあっという悲鳴があがった。

銃口を上に向け、頭《ず》を低くして、地下室の中につっこんだ。

目の前に、むきだしのコンクリートの空間が広がっていた。右手に五〇センチほど巻きあがったシャッターがある。

そのすぐそばで膝をかかえた男がころげまわっていた。

奥には、つみあげられた家具があり、その家具と壁のすきまに男がひとりいた。奥へ奥へと入りこもうとしている。手前に長椅子があり、白い体があった。

「警察だ！　抵抗するなっ」

鮫島は家具のかげの男に拳銃を向け、叫んだ。男が発砲した。

鮫島は床に伏せ、天井を狙って拳銃を撃った。郭の姿が見えなかった。

男は蒼白でパニックにおちいっていた。最初の発砲はシャッターの方角に向けてだったが、今度は鮫島に銃口を向けた。

「警察だといってるだろう！」

鮫島は怒鳴った。だが、男には鮫島の言葉がまったく聞こえていなかった。鮫島は二弾めをちゅうちょした。男と自分との間に長椅子があり、そこに血まみれの女の体があった。

鮫島の低い体勢からでは女にあててしまう可能性があった。

男が乱射をはじめた。鮫島は死を覚悟した。地下室の内部での銃声は、壁や床、天井に反響し、耳を聾《ろう》する轟音になる。

不意に郭がとびだしてきた。シャッターのすきまからだった。

鮫島と男のあいだにわって入ると、膝をつき、二発つづけて発砲した。

男は半回転して、積みあげられた机に体をうちつけ、尻もちをついた。

鮫島はしばらく動けなかった。銃を撃たれるのははじめてではなかったが、何発も発砲されたのは初めてだ。男は倒れるまでに四発か五発は発砲したろう。

だが銃弾は鮫島の体のどこにも命中してはいなかった。

生ツバをいくども喉に送りこみ、鮫島は体をおこした。

郭が膝をついたまま、鮫島をふりあおいだ。

「助かりました」

郭は無言で頷いた。そして立てていた右膝を床につき、前のめりになった。拳銃を握った右手で体を支えた。

「郭さん！」

郭は無言だった。ワイシャツの右胸から腹のあたりがまっ赤だった。

「たいへんだ、救急車をよびます！」

郭は拳銃を離し、右手をのばした。鮫島はそれをつかんだ。郭が唇を動かした。呼吸がもれるような喋り方だった。

「ド、ド、ウ、ユ……」

「郭さん、郭さん」

郭は舌で唇を湿らせた。

「つか、つかまえて……」

そして鮫島の手をふりほどくと、上着の中に手をさし入れた。鮫島は郭が倒れないように、肩を支えた。

呻き声が聞こえた。郭に膝を撃たれたやくざだった。

郭の手が写真をとりだした。郭の顔は急速に血のけを失いつつあった。写真を鮫島の手に押しつけ、胸に押しつけた。

「しっかり気をもて、郭さん！」

郭の目が鮫島を見た。右手を鮫島の首にかけ、信じられないほどの力でひきよせた。

「毒《ドウ》・猿《ユアン》――。つかまえる。あなた……」

鮫島は深く息を吸いこんだ。

「あなた」

郭はくりかえした。約束を望んでいるのだった。

「わかりました」

郭は首のつけねと顎をぐっとふくらませた。そして唸り声をあげた。くやしげな声だった。唸り声がやむと、はあっと静かに息を吐いた。

「郭さん？」

背後からの呻きはつづいていた。しかし、郭は動かなかった。

地上のメルセデスの自動車電話をつかい、鮫島は警官と救急車を要請した。

地下室に戻ると、壁にもたれさせかけた郭の姿が目に入った。うつむくように顔を倒している。鮫島は鼻の奥が熱くなるのを感じた。目をそむけ、長椅子の女に歩みよった。

女は全裸で、左足と顔にひどい怪我を負っていた。くりかえし暴行をうけた痕跡《こんせき》もあった。生きているのだが、顔はうつろで、表情というものがなかった。

鮫島はよこたわっていた女の体をそっと起こし、上着を脱いで、かけてやった。

「新宿署の者です。田口清美さんですね」

女の目は、郭のほうをじっと向いていた。

「田口さんですね」

反応を期待せず、鮫島はいった。女がひどいショック状態にあることはわかっていた。

鮫島自身すら、言葉を口にするのがつらいのだ。

女の唇が動いた。

「戴《ダイ》、清《チン》、娜《ナ》、です」

鮫島は女を見つめた。女の視線は動かなかった。

「戴、清娜、です」

女はくりかえした。

鮫島は郭から渡された写真をとりだし、見せた。女の顔の前に掲げたのだ。

女の目が動いた。劉鎮生の顔で止まった。凝視した。

「どこにいます？」

鮫島は訊ねた。

「タイワンカク」

女がいった。

「タイワンカク？」

女は小さく顎を動かした。

「タイワンカクというのはどこです？」

返事はなかった。

救急車とパトカーのサイレンが聞こえてきた。近づいてくる。

鮫島はさらに女に話しかけた。が、女はもう、それ以上、何もいわなかった。

救急車とパトカーが、大内陸送の駐車場内に走りこんできた。

担架《たんか》をもった救急隊員とともに、二名の制服警官が、シャッターの内側をのぞきこんだ。

警官のひとりが絶句した。

「こりゃあ――」

鮫島がふりかえり、身分を告げると、ふたりの警官は背すじをのばした。

「何があったんでしょうか」

「この女性を誘拐、監禁していた現行犯を逮捕したんだ」

救急隊員が、郭と郭が撃ったやくざのようすを調べに、歩みよった。

「死者二名だ。この女性が被害者で、そこの死体と足を撃たれている男は被疑者だ。上の車の中にも、手錠をかけた被疑者がもう一名いる」

「こっちの死亡者は？」

警官が郭をさした。

鮫島は目を閉じた。涙がこぼれそうになったのだった。

「情報提供者だ。逮捕に協力して、被害にあった」

田口清美がまず担架にのせられ、運びだされた。

戻ってきた救急隊員が、膝を撃たれた男を担架にのせようとするのを、鮫島は制した。

「羽太と葉はどこだ？」

男は、悲鳴をあげつづけていた。

「どこなんだ!?」

鮫島は男の肩をつかんだ。

「ちょっと、あんた――」

救急隊員が鮫島の腕をおさえた。鮫島は救急隊員を見た。救急隊員は気圧《けお》されたように、手をひっこめた。

「すまない。すぐに終わる」

鮫島はいって、男に向きなおった。

「どこだ？」

「知らねえよ！　早く病院連れてってくれよ。いてえよ、死んじまうよ」

鮫島は拳銃をひきぬいた。やくざの目が丸くなった。

「おい……」

撃鉄《げきてつ》をおこし、やくざの無事なほうの膝に銃口の狙いをつけた。

「よせよ、おい、何すんだよ」

「警部！」

見ていた警官たちも、凍りついたように動かなくなった。

「どこだ？」

「やめてくれよ、勘弁してくれよ」

鮫島は無言だった。やくざは恐怖に目をみひらいて、鮫島の顔と拳銃を見つめた。

「――わ、わかったよう」

泣き声をやくざはあげた。

「あの女がいったとこだよ。新宿御苑だよ。本部長は、野郎の首とるために、台湾閣ってとこにでかけてったんだ、招集かけて。今ごろ、野郎は八ツ裂《やつざ》きだ……」

「いつごろだ?」

「よ、四十分くらい前だよ。野郎から電話があったんだ」

鮫島は、警官を見た。警官の顔はこわばっていた。

「聞こえたな。石和組襲撃犯の捜査本部に連絡しろ」

「は、はっ」

鮫島は拳銃の撃鉄を戻すと、ホルスターにしまった。そのまま外へと歩きだした。

「け、警部——」

あっけにとられたように、警官がいった。

「現場は、ここの現場は——」

「あとだ」

鮫島はいって、走りだした。

32

こんなはずではなかった。こんなはずでは。

東京都庁前に止まったメルセデスの後部席で、葉威は思った。

葉威は、両側を、羽太の手下ふたりにはさまれていた。ひとりはあとから白のメルセデスできた、谷という男だった。

毒猿からの電話の内容を話したとき、葉威は、羽太が手下と女を連れて新宿御苑に向かうものだとばかり思っていた。自分は残って、毒猿を仕とめたという知らせを待てばよいのだ。

だが、毒猿の電話の直後、石和組の本部から、石和組のもうひとつの施設が襲われたという、毒猿の言葉を裏づける連絡が入ってきた。

それを聞いた羽太は、逆上した。本部に、石和組の、動員可能な兵隊を全員、集めるように命じた。

「――デコスケが本部を張ってる？　じゃあ、家に帰るんだといえ！　いいか、まとめてでたら怪しまれるが、ばらばらにでていけば大丈夫だ。電話番だけ残しておけばいい。それで、懐中電灯とありったけのチャカ、もってこい！　家に帰ってる奴も、見回りでてんのも、ポケベルと電話で、全員集めろ！　戦争なんだ、わかってんな！」

そして、葉威にいった。

「葉さん、あんたもきてください」

葉威が懸念した通り、羽太の頭の中は、毒猿への復讐でいっぱいになっていた。そのチャンスをつかんだ今、羽太は、どんな犠牲をはらってでも、毒猿を血祭りにあげずにはおかないだろう。

葉威は内心の不安をかくして訊ねた。

「女は、どうしますか」

「そんなもんは、あとでどうにでもなりますよ。連れてきゃかえって目立つし、邪魔になるだけだ。野郎をぶち殺してから、考えればいい」

「何人ぐらい、呼んだのですか」

「二十人がとこはきます。全員にチャカもたせますから」

二十人。たった二十人、と思った。だが、毒猿は病気で、こちらに女をとられているという弱みもある。それに今を逃したら、毒猿の追撃を断つ機会はきそうもない。台湾に帰ったとしても、怯えて暮らす日々が待っているだけだ。

葉威の沈黙を、羽太は薄気味悪い表情で見つめていた。

「きてくれますよね」

いやだといえば、この男は自分を殺すかもしれなかった。もとをただせば、すべての原因が葉威にあることを、この男は思いだしたようだ。

葉威はわざと明るい口調でいった。

「いきますよ、もちろん。こんな年よりでも、何かの役に立つかもしれない」

石和が元気なら、きっと許さなかっただろう。何しろ葉威が万一、日本の警察に逮捕されるようなことでもあれば、石和組の、台湾との拳銃・覚醒剤ルートは潰滅《かいめつ》する。それだけではない。石和から、系列各組織に流されていたそれらの品の供給が断たれることになるのだ。より大きな組織内での、石和の立場にもかかわってくる。

だが、石和は病院だし、高河が死んだ今、石和組を動かす全権力は羽太にあった。


葉威は後方をふりかえった。羽太の指示で、攻撃部隊は、西新宿の東京都庁前に集結していた。警察の目につかぬよう、一台の車に四人以上は乗るなといわれているので、台数は、七〜八台にもなっている。

未来都市のように立ちはだかる東京都庁は、暗い全身に点滅する赤い光点をちりばめ、妙に現実離れした不吉さを葉威に感じさせた。そのふもとに、ぞくぞくと男たちが車を乗りつけてくる。

どの男たちも、むっつりと押し黙り、目をぎらぎらさせ、殺気を放っていた。軽口やざれ言をいう人間はひとりもいない。

羽太は集まってきた車の一台一台をのぞきこみ、武装の有無を確かめ、毒猿を襲うときの注意を与えていた。

逆上はしていても、戦いの手順を無視するほど愚かではないということか――それを見ながら、葉威は、わずかだが安心した。

ふだんならここはタクシーが仮眠に並ぶ場所のようだが、関係のない車は、とうに追いはらわれていた。

やがて羽太はメルセデスの助手席に戻ってきた。ドアを重々しく閉め、運転手に、

「いけ」

と命じた。

先頭のメルセデスが発進すると、集結した石和組の車は、まるで編隊を組んだ戦闘機のようにつぎつぎとあとに従った。

「御苑にくわしい奴から聞きました。台湾閣は、真中へんの、池のそばにあるそうです。中はかなり広いんで分散させますが、同士討ちがおきないよう、五人ずつ四組に分けまし

た。野郎はひとりで動いていますよね」

　羽太は葉威をふりかえった。

「ひとりですよ。いつだって、あの男は、ひとりでした」

　葉威はいった。声に怯えがでないよう、気をつかった。

　羽太は頷いた。

「うしろの連中を先に御苑の中に送りこみます。この時間は閉まってるんで、塀を乗りこえて入るしかないそうです。一台、先乗りさせて、脚立《きゃたつ》を用意させています。まあ、閉まってるってことは、都合がいいですがね……。中はかなり広いですから」

「私、たちは？」

「うしろの奴らが入ってから、塀をこえて、台湾閣に向かいます。女を連れてないことはすぐにばれるでしょうが、かまうことはない。叩き殺してやる。野郎は、うちの宿舎にカチコミくらわしたときには、例の機関銃をつかってないんで、タマがなくなったんじゃねえかって、いってる奴もいるんですがね」

「わからない」

　葉威は首をふった。羽太は頷き、目を前に戻した。自動車電話が鳴った。とって話した羽太は、

「千駄ケ谷のほうに回れ、あっちからのほうが入りやすいそうだ」

運転手に命じた。

葉威は煙草をとりだした。くわえても、両わきの男たちは、火をさしだそうとはしなかった。あきらかに、自分に対する敵意を感じる。これが終わったら、石和にやんわりといってやらなければならない。羽太は、台湾と石和組との重要な友好関係にヒビを入れかねない雰囲気を手下にうえつけている、と。

ほんの十分足らずで車は、羽太が命じた場所に到着した。

それとわかったのは、ハザードをつけた車が一台、黒い二メートルほどの鉄柵によりそうようにして止まっていたからだ。

「ようし」

羽太はつぶやいて車を止めさせると、おりたった。先にきていた車の人間と窓ごしに話しはじめた。

そこは細い道の片側に、ずっと先のとがった黒い鉄柵がつづく一角だった。鉄柵の反対側には、小さなビルや家が建ちならんでいる。

あとからついてきていた車が、一台、また一台と、葉威の乗ったメルセデスを追いこし、先にきていた車にならうように路上に縦列《じゅうれつ》で駐車した。

羽太は、最初の車の屋根に手をつき、それを見守っている。

鉄柵の向こうは、濃い緑の雑木林のようだった。柵の間からも葉を繁らせた枝がつきだし、木によっては、七〜八メートルにもなろうという丈のものもある。

中は暗く、見ていると、恐怖で葉威の口の中が乾いていった。

最初の車からふたりの男が降りたった。ひとりが折りたたみ式のハシゴを肩にかついでいた。もうひとりは携帯電話を手にしている。そのふたりが鉄柵にそって歩いていった。

それを見送り、羽太は車に戻ってきた。助手席のドアを開けたまますわり、自動車電話の受話器に手をかけている。

やがて、その電話が鳴った。羽太はさっととりあげ、

「どうだ？」

と訊ねた。

「わかった」

切って車を降りると、縦列駐車で待機していた車の中の男たちに合図を送った。

いっせいに男たちが降りた。戦闘服を着ている者もいた。羽太の身ぶりを受け、ひと言も喋らずに、最初のふたりが進んでいった方角にぞろぞろと歩いていった。

羽太は車内に戻った。

「だせ。十分ばかり、そのへんをぐるぐる回れ」

運転手は車を発進させた。ゆっくりと走り、歩いている一団を追いこした。戦闘部隊は、鉄柵が表の道路から一段ひっこんだ場所を見つけ、そこから広い苑内に入るようだった。

葉威は一度だけ、新宿御苑にきたことがあった。四年前、観光を兼ねて東京を訪れたときだ。台湾人ガイドの案内だった。そのときに台湾閣も見ていた。一九二七年、葉が生まれて一年かそこらのころ、当時の天皇の結婚祝いに、台湾人民が贈り、建設までした建物だ。台湾杉で作られていて、初めて見たとき、なぜ東京に、こんな古い台湾の建物があるのかと驚いたのを、覚えている。

ガイドは、平日だったこともあって、ほとんど利用者のいない広大な庭園を、土地の無駄づかいだ、といった。

――ここは東京の一等地です。なぜつぶして有効につかわないのか。日本人は変ですよ。ご覧なさい、人はほとんどいません。集まるのは花見の季節だけです

確かに要所要所に池を配し、西洋庭園と日本庭園が、美しい芝生と濃い木立ちに囲まれた、五〇ヘクタール以上の広大な公園には、そのとき数えるほどしか人がいなかったような気がする。

――それにこの公園は夕方になると閉めてしまうのです。開放しているならともかく、閉めてしまっては、若い恋人たちもやってくることができない。あんなに犯罪の多い、ニューヨークのセントラルパークでさえ、夜でも人が入れるというのに。

ガイドはいって首をふった。日本に住んでいるのに、日本が好きではないようだった。もちろん、葉威の本当の正体など知らず、近い将来、アメリカで暮らしたいといっていた。

自動車電話が鳴った。羽太がとった。

「俺だ。…………わかった。これからいく。ハシゴはそのままか。………よし、じゃあそこに、お前らは待機していろ」

電話を戻した。車はもとの道を戻りはじめた。羽太は命じた。

「さっき、連中が入っていった場所で止めろ」

そこは、古くなった廃屋《はいおく》のような家が建ちならんだ場所だった。その家並みを回りこむように鉄柵が内側にくぼんでいる。

車が止まると羽太は運転手に指示をした。

「お前はこの近くをゆっくり走りまわっていろ。お巡りにだけは気をつけろよ。電話をしたら、すぐに迎えにこい」

「わかりました」

羽太は後部席の三人をふりかえった。

「いくぞ」

葉威は男たちに囲まれて車を降りた。くぼんだ鉄柵にそって、細い道を一列になって入っていった。

つきあたると、鉄柵はコンクリートの柵にかわっていた。そこにハシゴがかけられ、柵の内側で、懐中電灯を手にした男たちが数人待っていた。

まずひとりがのぼり、柵の向こうにとびおりた。つづいて谷が越えると、

「次は葉さんだ」

羽太がいった。外側に残っているのは、羽太と葉威だけだった。葉威は、くるりと背中を向けて逃げだしたくなった。

「私、年より。羽太さん、先にのぼりなさい」

羽太はゆっくり首をふった。

「早くのぼってください」

葉威の目を見すえていった。右手が腰のあたりに浮かんでいる。

葉威は頷いた。ハシゴに足をかけた。

「お前ら、葉さんをちゃんと受けとめろ。わかったな」

羽太がいった。

「わかってます」

柵の高さは、鉄柵とほとんどかわらなかった。葉威は、斜めにたてかけられたハシゴをのぼり、柵の上に足をかけた。すきまがあり、とがっていた鉄柵とちがい、コンクリート柵は、先端を横に棒がはしっている。棒の幅は二〇センチほどはあり、葉威は、両手をつかってその上に移った。

下から石和組の男たちが手をのばし、葉威の体を受けとめた。

柵の内側には、細い道があった。柵の上には枝がのび葉を繁らせているが、樹木の本体は柵から三、四メートルほどはなれ、周辺を雑草がおおっている。

道はむきだしの土で、その上に落ち葉がかさなっていた。

羽太が最後にハシゴをのぼり、柵の頂上に移ると、ハシゴをひきあげた。内側におろす。

内側におりると、羽太は訊ねた。

「ほかの連中はどうした」

「いわれた通りに分かれて、この先の表の道のところにいます」

「どうなってるんだこの先は」

「この柵ぞいに少しいくと、中のほうへいく道があります。それで林をぬけると、ちゃんとした表の道にぶつかるんです」

男のひとりが説明した。

葉威は林の向こうをすかして見た。確かに黒い木々のあいだに、光がちらちらと動いている。

風が吹きつけ、頭上の葉がざわざわと音をたてた。外とはちがい、苑内は闇の世界だった。

「よし、照らせ。いくぞ。いちばん前といちばんうしろの奴は、チャカもっとけ。だが、つまずいて暴発させたりするなよ」

八人の男たちのまん中にはさまれて、葉威は進んだ。説明した男の言葉通り、柵ぞいに少しいくと、むきだしの土を踏みかためたような幅二メートルほどの道が左手にのびていた。それを進んでいくと、砂利をしきつめた、正規の苑内通路につきあたった。

通路はもっと道幅があり、林の中を縫うように、左右にのびている。そこに無言の男たちがたたずんでいた。

「全員そろってるな」

羽太は、懐中電灯の明かりをひとつだけにさせていった。つぎつぎに返事がかえった。

「よし。台湾閣てのはどっちだ」

若い男が進みでて説明した。その男が、羽太のいっていた、新宿御苑にくわしい人間らしい。戦闘服にブーツをはいている。

「この道を少し右にいくと、Y字に分かれてます。それを左にいって少し歩くと左手に」

「左のほうからは回れないのか」

「いや、いけないことはないです。だいぶ遠回りになりますが。菊の栽培場があるんで、そいつをぐるっとまわるようにして戻ってくれば……」

「Y字を右にいったらどうなる?」

「千駄ケ谷門のところにでます。広くなってるから、すぐにわかりますよ」

「そこから台湾閣のほうへは戻ってこれるのか」

「千駄ケ谷門のところをまっすぐ入ってくれれば、池にぶつかります。そしたら池っぷちの道をこっちに戻ってくれれば、正面に台湾閣があります」

「お前、くわしいな。なんでそんなにくわしいんだ」

「こいつ、この近くなんです。ガキのときにしょっちゅう、中に入って遊んでたらしいです」

谷がいった。

「なんだ、女でもコマしてたのか」

二〜三人が笑い声をたてた。それではりつめていた緊張が少しゆるんだ。

「よし。じゃあ、俺たちは最初のコースでいく。お前と久保《くぼ》の班は、左のほうからいけ。いちばん道に迷いそうだからな」

戦闘服の男は、はい、と頷いた。

「それから、大岸《おおぎし》と古窪《ふるくぼ》の班は、千駄ケ谷門のほうから、池ぞいの道をこい。俺たち四人がまん中、お前ら十人ずつが左右からだ。俺たちがいちばん早いだろうから、少しゆっくりでる。いいか、野郎はひとりだ。すばしっこいから気をつけろ。もし、俺たちじゃないのがいたら、かまうことはない、ぶちこんじまえ。浮浪者だったら、そいつは災難てことだ」

「サツは大丈夫ですか」

誰かがいった。

「よけいな心配すんな。万一パクられても、これだけいたら誰がやったかわかんねえよ。二十五年の長六四《ながむし》（長期刑）打《ぶ》たれたって、二十五人で割りゃ、ひとり一年だ。これでサツが恐くてひっこんでみろ、武闘派の石和は、日本中の笑い者になるぜ。いいなっ」

「はいっ」

全員が気合いのこもった返事をした。

「よし。じゃ、チャカ抜いて、いけっ」

羽太は叱咤《しった》するように、低い声で叫んだ。

自分がこれからしようとしていることが、どれほど無謀なことか、鮫島にはわかっていた。新宿御苑に今いるのは、毒猿だけではない。武装した石和組の戦闘集団も入りこんでいるのだ。

33

だが鮫島はいかずにはいられなかった。郭は、鮫島の命を救うために死んだのだった。郭の体が弾丸を受けとめなければ、今ごろあの地下室に血を流してよこたわっているのは、自分だった。

その郭が約束を求めた。毒猿は鮫島がつかまえるのだ、という約束を求めた。郭がなぜそれを鮫島に、鮫島だけに望んだのか。鮫島は、あの狭いホテルの一室で、郭が口にした言葉を忘れてはいなかった。

——劉は、軍隊でいちばんの友だち。もし、毒猿、つかまえるなら、それは私。劉を特勤中隊で包囲して射殺、したくない郭は一対一で毒猿と対決したかったのだ。殺すにせよ捕えるにせよ、一対一で、毒猿にぶつかりたかったのだ。だからこそ、越権行為を承知で休暇をとり、この新宿にやってきた。そして日本人の警官の命を助けるため、その目的を果たせなくなった。郭はだから、その警官に、代わって目的を果たすことを願ったのだ。自分が命を贈った警官だから、郭の警官としての責任を、受け継ぐことを望んだのだ。

もしその願いを裏切れば、鮫島は警官としての自分に誇りをもてなくなるだろう。人間として、これから残りの人生すべてを、郭に対する後悔の気持ちにさいなまれながら過ごすことになるだろう。

そんなことはできなかった。

鮫島は、国のためでなく自分のために警察官になり、そしてこれからもありつづけると、郭に告げた。同じ警察官の郭は、国情のちがいを認めながらもそれを理解した。理解したからこそ、自分の目的を鮫島にだけは告げた。

郭もまた、警官としての職務ではなく、警官としての自分自身のための戦いに挑んでいた。郭の戦いは、法や国家のためではなかった。自分が自分に望む、警官としてのあるべき姿のためだった。

郭の警官としてのやりかたをすべて、鮫島は知っていたわけではなかった。もし郭が同僚だったら、鮫島はうまくやっていけたかどうか自信はなかった。しかし、自分自身のために警官でありつづける、という鮫島の考え方に、郭はひじょうに近いものをもっていた。だから、鮫島は郭に好意を感じていた。郭の戦いを支持した。郭もまた同じ思いをいだいていたにちがいない。

毒猿の手で、日本の警官が死んだと知ったときの、郭のあの無念そうな表情を見たのは、ついさっきのことだった。

鮫島はいかなければならなかった。郭の戦いをひきつぐ警官は、自分のために戦う警官でなければならなかったからだ。

それは、郭が命をかけて救った人間が鮫島ではなかったとしても、かわらない事実なのだった。

鮫島は甲州《こうしゅう》街道の新宿陸橋をこえると、覆面パトカーのサイレンを止め、赤色灯だけを回転させた。

北新宿の現場から、警官が新宿御苑への警官隊の出動を要請したとしても、人員を揃え、装備をあらため、現地指揮官等を決定して出動にいたるまでは、三十分以上の時間がかかるだろう。

ほぼまちがいなく銃撃戦が予想されるのだ。単なるパトカーの出動とはわけがちがう。

それを待っていれば、今までの遅れもあわせ、すべてが終わってしまう可能性があった。

鮫島は減速しながら、新宿高校のグラウンド横を過ぎた。右手は新宿四丁目から内藤町《ないとうまち》に、町名がかわる。新宿高校と新宿御苑は隣接していた。

新宿御苑の塀のかたわらを進んだ。新宿御苑には、正門、大木戸《おおきど》門、新宿門、千駄ケ谷門と、四つの門がある。このうち大京町《だいきょうちょう》にある正門は、観桜会《かんおうかい》などの公式行事のとき以外は閉鎖されている。

この時間は、どこの門も閉まっているが、いちばん近いのは新宿門だった。新宿御苑は、東京都内の他の公園とちがい、環境庁の管轄下にある国営の公園で、職員は国家公務員である。かつて職員数は六十人あり、当直制もあったが、行政改革で半数の三十人に減らされ、今は夜間は無人になる。開園は午前九時、閉園は午後四時三十分。四谷署の所轄下で、夜間のパトカーなどによる巡回は、花見のシーズンに限られている。

新宿門の扉が見えてくると、鮫島は車のハンドルを切り、門前のスペースに乗りあげた。

台湾閣が御苑内のどのあたりにあるのか、鮫島にはわからなかった。ダッシュボードから備えつけの懐中電灯をとりだし、赤色灯を回転させたまま、覆面パトカーをおりた。腕時計を見た。午前四時二十分。あと一時間もすれば、空が明るくなる。

覆面パトカーのボンネットを踏み台にして、門にとりついた。門は二メートルほどの高さがある鉄柵と太い石柱を組みあわせて作られていた。

門の頂上によじのぼり、馬乗りになった。黒々とした森が正面に広がっていた。耳をすませた。内部の方角からは、何も聞こえてこなかった。毒猿と石和組との衝突がもう起きているのか、それともまだなのか、鮫島にはわからなかった。

起きているとすれば、この静寂は、どちらかの圧倒的な勝利を意味しているのだろうか。

門をまたぎこえ、内部にとびおりた。門の右手には、がっしりとした石造りの券売所の建物があった。小さいが風格のあるつくりだ。

鮫島は懐中電灯を使わず、あたりを見回した。すぐそこに園内の案内板があった。近づいていって、懐中電灯で照らした。

新宿御苑は、鮫島の位置からだとやや横長に広がっていた。右前方に日本庭園、左前方に西洋庭園がある。その東西の幅は一キロ以上にも及び、奥行きは七〇〇メートルある。周辺部を一周するだけで三キロにも達する広さがあった。

その中にあって、台湾閣は、御苑のほぼ中央を東西によこぎる細長い池のほとり、中心よりやや奥よりに位置していた。五〇〇メートルほど、庭園や森をぬけていった場所だ。

鮫島は案内板の地図を目に焼きつけ、懐中電灯を消した。

ホルスターから拳銃を抜き、残弾をあらためた。五発装塡していたうちの一発を地下室で使い、残りは四発だった。予備の弾丸はもっていない。

鮫島は深呼吸した。

これで毒猿までいきつくほかはなかった。

そのとき、銃声が森の方角から聞こえた。

34

菊の栽培場を回りこんでいく、戦闘服の若い男がひきいる十人が、まず通路を左に向かって進んでいった。その次に羽太は、別の二班十人を、千駄ケ谷門のほうから池ぞいに戻ってこさせるコースに向かわせた。

ふた組めの十人がY字を右に進んで見えなくなった。じっと待っていた羽太は、

「いくぞ」

と低い声でいった。谷ともうひとりが拳銃をぬきだした。ふたりとも二挺ずつもっていた。一挺を羽太が受けとり、もう一挺を葉威が受けとった。

葉威は遊底をひいた。拳銃を手にするのは久しぶりだった。ボディガードの李がいつもいっしょだったので、銃をもつ必要がなかったからだ。

久しぶりにもつ銃は重かった。若いころ、射撃は決してへたではなかったが、今でもうまく扱えるかどうか自信はなかった。できればこれを使う羽目にはなりたくなかった。毒

猿を次にこの目にするときは、死体であってほしかった。もしくは、限りなく死体に近い状態で。

四人は小砂利《こじゃり》を踏みしめ、通路を右の方角に進みだした。靴の下で砂利が音をたてる。

葉威の全身に、汗がにじみだした。特に掌が汗でぬらぬらした。懐中電灯を消しているので、足もとは夜空の光だけで確かめた。

強い風がまたも吹きつけ、左右の木立ちがざあーっという、激しい音をたてた。誰もひとことも言葉を口にしない。

葉威は拳銃を握りなおしては、前や左右にたえまなく目をこらしていた。

先頭をいくのは谷だった。そのうしろに羽太が、そして葉威、しんがりがもうひとりの男だった。

葉威は鳥肌がたつのを感じながら、背後をふりかえった。しんがりを歩く男も、恐怖は同じらしく、ひっきりなしに後方をふりかえっている。

「野郎はあんがい、ぼけっと台湾閣で待っててんじゃないですかね」

谷が低い声でいった。

「どうかな」

答えた羽太の声がかすれていることに、葉威は気づいた。羽太も恐怖を感じているのだ。

だが、この男たちの感じている恐怖をすべてあわせても、自分の感じている恐怖には及ばない――葉威は思った。毒猿の本当のおそろしさを知っているのは自分だけだ。Y字にいきあたり、四人は左に折れた。台湾閣までは、あと一五〇メートル足らずだった。

そのとき、右手からタンタンタンタンタン、というフルオートの乾いた射撃音が聞こえてきた。銃声は思ったほど大きくなく、どこか遠くで爆竹を鳴らしているようにも聞こえた。

「本部長、大岸たちです」

谷がふりかえった。

「あわてるな――」

いいかけた羽太の声をさえぎって、今度は悲鳴が聞こえた。ひとりではなく、何人もの悲鳴だった。銃声は連射音のあと、単発で間のびしたように、一発、二発めとつづき、そして静かになった。

「おいっ」

羽太が叫んだ。

目の前の道を黒い人影がさっと、右から左によこぎったからだった。左右は木立ちに囲まれ、右手の木立ちの向こうは、今、銃声があがった池の方角だった。そこから人がひとりとびだしてきて、四人の一〇〇メートルほど前をよぎって、左の林の中にとびこんだのだ。

葉威はさっと拳銃をもちあげ、その林に向けて、三発を発射した。谷と、背後にいた男がそれにつづいた。

七〜八発の弾丸が、台湾閣のある方角の木立ちの中に撃ちこまれた。

「今のがそうか？」

羽太がいった。

葉威が答えようとしたとき、右手からまた人影が現われた。両手で腹のあたりをおさえ、今にも倒れそうによろけながら歩いてくる。葉威らを見つけると、

「ほ、んぶ、ちょお……」

呻きながら地面に膝をついた。

「古窪です」

谷がふりかえっていった。四人は走りだした。

古窪は顔と胴を血だらけにしていた。浅い呼吸を、はっはっはっとくりかえしている。

「古窪！」

羽太がかがみこむと、親にしがみつく子供のように抱きついた。

「どうした!?」

「畜生……畜生……」

古窪はつぶやいた。

「きたねえ……きたねえ…………野郎、い、い、池の中に、潜ってやがって……」

ごぼっと嘔吐《おうと》の声をあげ、古窪は大量の血を吐いた。羽太はとびのいた。

「おいっ、おいっ」

谷がゆさぶった。古窪は膝をついたまま、前のめりに倒れた。砂利につっぷし、目をみひらいたまま動かなくなった。

「おーい！　久保っ、聞こえるかあっ」

羽太は不意に立ちあがり叫んだ。

ドーン、という腹にこたえる爆発音が響いた。一瞬、あたりが明るくなり、顔をあげた葉威の目に黄色い閃光が走るのが見えた。

「なんだっ」

谷がいった。

爆発は、台湾閣の方角からだった。

「くそっ」

羽太が歯がみした。

「いくぞ！」

羽太が走りだしたので、それを追うように谷ともうひとりが走った。葉威は恐怖で全身から力がぬけるのを感じながら、よたよたとそのあとを追った。

右手の池が見えてきた。そして、池ぞいの道に、まるでおもちゃの人形を巨人がふりまいたように男たちがころがっているのが見えた。

それに気づいた葉威は立ち止まった。千駄ケ谷門のほうからきた男たちだった。池ぞいの道にさしかかったとき、水中に隠れていた毒猿が立ちあがり、ウージーの弾丸を浴びせたにちがいない。毒猿からすれば、並んでいる標的を撃つようなものだったろう。

葉威は散乱している死体から目をひきはがし、左のほうを見た。木立ちの中をいく細いわかれ道の向こうに台湾閣の白い壁が見えた。ガラス戸の横にひとつずつ並んだ丸い窓がある。

羽太と谷たちがわかれ道の途中につっ立っていた。懐中電灯を足もとに向けている。

「羽太さん！」

葉威は死体の存在を教えようと叫んだ。三人は動かなかった。葉威は近づいていった。

台湾閣は、わかれ道のつきあたり、木立ちに囲まれるようにして建っていた。

その左側に、木と木の間を抜けるようにして、台湾閣の裏側にでる細い道があった。

台湾閣は裏側から見ると、池のほとりにせりだすようにしてあった。池から台湾閣のこちら側にでる、木々にはさまれた細い道で、ちらちらと小さな火がくすぶっていた。爆発物の匂いがあたりにたちこめ、靄《もや》のように薄く白い煙が漂っている。

低い呻き声が聞こえてきた。そこにも人形が散らばっていた。そして今度の人形は、巨人がただふりまいただけでなく、ひきちぎって投げつけたものたちだった。あたり一面に、人間の手足、胴体などが散らばり、血がとびちっている。

谷が吐いていた。

葉威は目を閉じた。毒猿は、台湾閣に裏側から近づくこの細い道に爆弾をしかけていたのだった。目を開けると、とび散った手足に、きらきらと光るものが無数に刺さっていた。地面にもそれは散っている。かがみこみ、見つめた。

釘だった。何百本、何千本という釘だ。

爆薬に釘を埋めこみ、信管をつないだワイヤーを道にしかけたにちがいなかった。信管は遅発性《ちはっせい》で、道の先頭をいく者がワイヤーをひっかけてから数秒後に爆弾を破裂させる。大量の釘がその道をいく者すべてに襲いかかる。呻き声は、わずかに命をとりとめた者たちだ。

羽太が葉威をふりかえった。顔がだらんとのびて、目には生気というものがなかった。

羽太は口を動かした。だが言葉はでてこず、かわりに喉を鳴らして、胃の中味を噴水のようにふきあげた。

何ということだ。二十人が、あっというまに殺されてしまった。

そのとき葉威は、自分の体ががたがたと震えているのに気づいた。

「に、逃げよう…………、羽太さん」

羽太は嘔吐のせいで涙の浮かんだ目をかっとみひらいた。

「駄目だ！　野郎を仕とめるんだ、何としても！」

声をふりしぼって叫んだ。

「どこにいやがる⁉　でてこい！　女を殺されてもいいのかあっ」

そして待った。

低い呻き声は、うなされるような唸り声にかわっていた。

生き残ったのはひとりではないようだが、立ちあがって加勢する者はなかった。

「毒猿！」

葉威も、北京語で叫んだ。

「清娜はこっちの手の中だ。でてこい！」

四人は自然に背中合わせに立っていた。まるで返事をするように、風が枝先を鳴らしてふきつけた。

唸り声がすすり泣きにかわっていた。四人が黙ると、その泣き声しか聞こえない。

「いやがった！」

悲鳴のような声をあげて、葉威と谷のあいだにいた羽太の手下が、台湾閣を囲む木立ちに向けて、拳銃を撃ちこんだ。

「野郎ーっ、畜生ーっ、くたばりやがれっ」

両手に拳銃を握りしめ、その木立ちの中に突進していった。

黒々とした茂みの中に男の背中が呑みこまれた。

「野郎ーっ、死ねえ、死ねえっ、死ねえっ」

銃声がそれにつづき、そして弾が切れたのか、不意に止んだ。

一瞬後、

「てめえっ」

という叫びが聞こえた。羽太、谷が顔を見あわせ、その繁みの中にとびこんだ。

葉威はそれを見送った。二人の背中が繁みの中に消えて少したつと、

「うわああっ」

という腹の底からしぼりだすような絶叫があった。

葉威は拳銃を両手でかまえ、茂みに狙いをつけた。

ガサガサッと茂みがゆれた。葉威は拳銃のひき金を二度ひいた。反動とともに銃口が火を噴き、小枝の折れる音、人間の倒れるどさりという響きがした。

葉威は拳銃を両手いっぱいにのばしながら近づいていった。

丸くふくらんだ厚い繁みの中に、黒い靴が見えた。靴は片方がまっすぐ上を向き、片方がねじれて横を向いている。

銃身で枝をどけながら、繁みの中をのぞきこんだ。

羽太が血の噴きだす首の穴を両手でふさごうとしながら身をふるわせていた。まるで自分で自分の首を絞めているように見えた。目をいっぱいにみひらいて、激しく瞬《またた》きしている。

葉威は目を前方に向けた。

繁みの奥は少しひらけており、そこに谷ともうひとりの男が折りかさなるように倒れていた。ふたりとも腹を一文字にかき切られている。ふたりともまだ生きてはいたが、断末《だんまつ》魔《ま》のけいれんにひくひくと体をふるわせていた。

葉威はくるりと向きをかえた。

爆発音のあとしばらくして、銃声がつづき、そして静寂が訪れた。

鮫島は拳銃を手に、茶室のある日本庭園をぬけたところだった。きれいに整えられた芝生と、円型に刈りこまれた植えこみのあいだを、縫うように、小砂利をしきつめた通路がのびている。

35

森をぬけでて日本庭園に入ったとき、正面に、黒い水辺に建つとがった屋根の建物が見えた。黒々とした森を背景に、その建物は幽玄《ゆうげん》な雰囲気すら、ただよわせていた。

水辺からのびた柱が、まるで能楽堂《のうがくどう》のようにも見える手すりのついた舞台を支えていた。その舞台からさらに何本も柱がのび、はしばしがぴんと反《そ》って空をさすような形をした屋根につながっている。形といい、池のほとりに建つ姿といい、どこか京都の金閣寺《きんかくじ》を思わせるものがある。

鮫島は芝生を縫いながら、建物に近づいていった。それが台湾閣だと、ひと目でわかった。

台湾閣へは、手前の池を回りこむように、左右に二本の道があった。一本は右手の池のくびれた部分を渡る道、もう一本は池の切れる場所まで左へぐるりと遠まわりして近づく道だ。

鮫島は左の道を使うことにした。右の道をいけば、池をこえて木立ちの中をぬけることになり、そこから誰かに撃たれる危険があった。

台湾閣の周囲は、新宿御苑の中でも、特に緑の濃い一帯のようだった。一〇メートル近い樹木が、圧倒的な暗闇となって建物におおいかぶさっているように見える。

くねくねと植えこみをぬってつづく通路を、鮫島は歩いていった。

左手に細長い池が見えた。池の大きさはかなりあって、太いところでは対岸まで五〇メートル近くある。

池の手前まできたとき、その対岸部に、人がよこたわっているのが見えた。ざっと数えただけで七、八人が、池のふちと植えこみの間の道に倒れている。

鮫島は立ち止まり、息を殺した。物音は何も聞こえない。ときおりふきつける風が、葉を鳴らし、池の水面に波紋をつくっていくだけだった。

台湾閣の入口は、この道をもう少し進んだ右手にあるのだろうと、鮫島は見当をつけた。

道を進むと、今度は、右手にある分かれ道の少し先に、人影がうずくまっているのが見えた。黒っぽいその人影は、まるで額を地面にこすりつけて祈りをささげているような姿をしていた。

鮫島は銃口の狙いをつけたまま、その人影に歩みよっていった。数歩手前まで近づくと、

「おい」

と、声をかけた。丸めた背中をこちらに向け、男はぴくりとも動かなかった。ゆっくりと鮫島は男を回りこんだ。

男は顔の片側を地面におしつけるようにして、体をふたつに折っていた。その顔は血に染まり、目をみひらいたままだった。両手は腹にあてている。

触れてみるまでもなく、絶命していた。

鮫島は深呼吸し、拳銃を握りなおした。今きた道を少し戻り、分かれ道に入った。左右からのびた木々の向こうに、白い、建物の壁が見えた。円型の窓が横一列にはまっている。

鮫島は立ち止まった。吐きけをもよおすほどの濃い血の匂いがあたりにはただよっていた。

白い壁の切れめまで目を向けていった。池を渡る道を進んだ場合、その先の木立ちの道からでてくるはずだった。

そこに、きらきら光るものをまとった男たちが倒れていた。人体の切れはしもちらばり、木の枝や建物を囲む垣根に、着衣をまとったままの手足がひっかかっている。

鮫島は喉の奥からこみあげてくるものをこらえた。かつて見たことのないほどの大量殺戮の現場だった。池のほとりに倒れていた人間たちを加えれば二十近い死者の数だ。

目を右に転じた。干し草と竹を組みあわせて作った門が建物の内側に向けて倒されていた。その向こうにガラスのはまった扉があり、一枚が内側に開き、ガラスは割れている。

台湾閣は、池のほとりの傾斜に建っていて、こちら側から見れば平屋なのだが、池の向こうから見ると土台の上に建った二階屋を思わせる造りをしているのだった。

鮫島は倒された門に歩みよっていった。門の高さは、一メートルに満たないくらいだった。ガラスの扉は内側に向け、開かれている。

門をまたぎ、屋根の下に入った。

古い建物に特有の、乾いた木の匂いがした。内部はまっ暗で、渡り廊下のように、池に向かってのびている周辺部をのぞけば、まったくうかがい知ることはできない。

台湾閣は、白い壁と太い杉の柱を組みあわせてつくられた建物だった。

中からは何の物音も聞こえてこない。

鮫島は深呼吸した。内部に入るための段をひとつあがった。ガラス扉の破片が靴の下で砕け、じゃりっという音をたてた。

その瞬間、建物の内部で銃火が閃《ひらめ》いた。弾丸は閉まっていた扉のガラスを砕き、鮫島のすぐわきをかすめていった。

鮫島は白い壁のかげに身を躍らせた。二発目の弾丸が杉の框《かまち》をえぐり、破片を散らせた。

鮫島は壁にぴったりと背中を押しつけ、足をひきよせた。

北京語の叫びが、内部から聞こえた。そして三発目がガラス扉を撃ち抜いた。

鮫島は壁のかげでゆっくりと立ちあがった。銃口を足もとに向け、引き金をひいた。

足もとが一瞬明るくなるほどの炎を吐いて、銃弾が発射された。

「警察だ！　抵抗をやめろ！」

鮫島は叫んだ。

一瞬、間をおいて、

「警察？　本当に警察か!?」

訛りのある日本語が内部からかえってきた。

「そうだ。新宿署の鮫島だ！」

鮫島は叫びかえした。

ガシャン！　と音がして、遊底がひらいたままの黒星拳銃が内部から投げだされた。弾倉の弾丸を撃ちつくしている。

拳銃は床をすべってきて、ガラスの破片をとばしながら、鮫島の足もとに落ちた。

「撃つな！　私、何ももってない！」

鮫島は両手で銃をかまえ、壁のかげからとびだした。

両手をあげた人物が建物の内部に立っていた。鮫島は懐中電灯をとりだし、その男の顔を照らした。男はまぶしげに目を細めた。銀髪が光った。葉だった。黒っぽいダブルのスーツを着ている。

「葉だな」

鮫島はいった。開いていたガラス扉から、建物の内部に入った。

「はい」

葉は怯えた声で返事をした。だが顔には安堵《あんど》の表情が浮かんでいた。

羽太はどうした――それを鮫島が訊こうとしたとき、建物の内部にさしこんだ懐中電灯の光の中を、もうひとりの人間の黒い姿がよこぎった。それは、葉の背後、池につきだした渡り廊下の手すりの向こうから現われたのだった。

人影は手すりをのりこえて、建物の中に躍りこんできた。葉はまったく気づいていなかった。どもるようにいった。

「わ、私、助かった――」

た、までいったとき、鮫島が警告の叫びを発する暇もなく、白い光が葉の首のうしろで横一文字《よこいちもんじ》に閃いた。

葉の口がかっと開かれた。鮫島はそれを見た瞬間、新宿駅のコインロッカー前で刺された、本郷会のやくざ、佐治を思いだした。

光の中で鮮血が迸った。葉は首のうしろに手をやりながら、くるりとふりかえった。

黒のスウェットスーツを着け、フードをすっぽりかぶった男の顔が光の中に浮かびあがった。石炭の燃え殻のように、光のない暗い目をした男だった。頰の肉がそげ落ち、眼窩がくぼみ、無精《ぶしょう》ヒゲが顎をおおっている。そして全身が濡れそぼり、水滴がきらきらと光っていた。右手に鋭い両刃のナイフを握っている。

葉がすとん、と両膝をついた。男をふり仰ぎ、細い悲鳴をあげた。まるで男の前で許しを乞うようなひざまずきかただった。

男は気合いのこもった叫びを吐きだした。両手をぐっと腰にひきつけた。ブーツをはいた右膝がさっとかかげられる。次の瞬間、自分の額を蹴るように爪先がはねあがり、頂点から今度は、なぎ切るように踵がふりおろされ、葉の額につき刺さった。

鈍い音がして、葉の首が衝撃で肩の中にめりこんだ。葉の悲鳴が断ち切ったように、ぴたっと止んだ。

ゆっくりと膝を折ったまま後方に倒れこんだ。

葉のみひらいた目が、鮫島を足もとから見あげた。すでにその目に生命の輝きはなかった。

鮫島は葉の顔から、男に目をうつした。男もまた、葉から鮫島に目を向けたところだった。

男はタスキがけに、両肩から、サブマシンガンと布でできた灰色のショルダーバッグをかけていた。足首にナイフを留める鞘《さや》を縛りつけている。

鮫島のライトが男の顔を照らしていた。その顔には、生気がまるでなかった。

男の体が倒れている葉を躍りこえた。左足が一閃した瞬間、鮫島は胸板に強烈な衝撃を受けて、宙をとんでいた。背中が、閉まっていたガラス扉にぶちあたり、破片をまきちらしながら建物の外にころげでた。

拳銃と懐中電灯がどこかへふっとんだ。鮫島の背を受けとめたのは、倒れていた干し草の門だった。

起きあがろうとして鮫島は一瞬、息をつまらせた。肋骨《ろっこつ》に激痛が走ったのだった。

男が倒れたガラス扉を踏みこえて建物の外に現われた。燃え殻のような目が、じっと鮫島の顔を見おろした。鮫島の目をのぞきこんだ。

鮫島は両手を大の字に広げ、体を動かせずにいた。

男がもう一歩鮫島に近づこうとして、動きを止めた。頭が後方に傾き、夜空を見あげるように、左右にふられた。

何かの音を聞きとがめたようだった。

一瞬後、鮫島の耳にも達した。

それは、何十台というパトカー、装甲バスがたてるサイレンの共鳴した叫びだった。早朝の、まだ明けやらぬ大気を切り裂き、反響しあいながら、この新宿御苑へと迫っていた。

男が鮫島に目を戻した。

「り、劉、鎮生、だ、な……」

鮫島はでない声をふりしぼっていった。

男の目が止まった。目をみひらき、じっと鮫島を見おろした。鮫島はカラカラに干あがった口を懸命に湿らせ、いった。

「お前を、逮捕、する」

男の表情に変化はなかった。鮫島は左手をゆっくりともちあげた。男の体重が左足にかかるのがわかった。いつでも次の蹴りを放てるよう準備しているのだった。

そのとき、変化がおこった。男がぐっと奥歯をくいしばり、よろめいた。左手が強く下腹部におしつけられていた。

何かが男の体内でおきたようだった。深手《ふかで》を負っているようにも見えた。男はよろめき、体を支えようと左手をのばして、屋根を支える柱をつかんだ。目を大きくみひらいて、ナイフをすて、サブマシンガンに手をかけた。

鮫島はそのチャンスを逃さなかった。苦痛をこらえて体をおこし、頭から男の体に組みついた。男の手が柱を離れ、うしろから地面に倒れこんだ。

男の頭が入口の段に激しくぶつかった。それでも男は、右肘《ひじ》を鮫島の肩に打ちおろした。鮫島は左の肩甲骨をひしがれるような激痛に、呻き声がでた。

次の肘打ちがくる前に鮫島は男の顔を右手で殴りつけた。二発目を打ちこもうとしたとき、男は身をよじってそれをかわした。だが、その動きがひどく鈍っていることに鮫島は気づいた。

男は鮫島の手を逃れるように体を回転させ、立ちあがろうと膝をついた。鮫島は、その肩から垂れさがったサブマシンガンにとびついた。

サブマシンガンを鮫島がつかんだため、そのストラップにひっぱられるようにして男はまた倒れこんだ。自由になろうと男が右腕をふり、ストラップが外れて、鮫島の手の中にサブマシンガンがうつった。

だが一瞬後、男の右足が旋風《せんぷう》のように回転して鮫島の両足をうしろからはらった。鮫島はサブマシンガンをつかんだまま、後方へもんどりうって倒れこんだ。

男はよろよろと立ちあがった。左手で再び柱をつかみ、右足をひいた。再び背中を打った衝撃でもがいている鮫島の、手の中のサブマシンガンを蹴りとばそうというのだった。

鮫島の右手がサブマシンガンの引き金にかかった。激しい反動とともに銃弾が天井めがけ吐きだされ、木の骨組を撃ち抜いて、瓦《かわら》を砕いた。

「動くな!」

鮫島は地面に寝たまま、銃口を男の胸に向け、叫んだ。男の動きがぴたっと止まった。

鮫島はあとじさりし、銃をかまえなおした。苦痛で両手がふるえていた。

「抵抗をやめろ。やめるんだ」

男は鮫島をくやしげに見つめた。左足が折れ、崩れるように膝をついた。荒い息がその口から吐きだされた。

鮫島は反対に、ようやく立ちあがったところだった。左手でスラックスのヒップポケットから写真をひきぬき、男の前に投げた。

男は体を丸くして、苦痛に耐えていた。投げつけられた写真にも目を向けようとしなかった。

鮫島はあたりを見回した。建物を蹴りだされたときにどこかにとんでしまった懐中電灯を、捜したのだった。

だが、気がついた。空に青みがさしてきていた。懐中電灯の助けがなくとも、写真を見ることが可能な明るさになっていた。

「見ろ!　ルック!　ルック・アット・ザ・ピクチャー!」

鮫島は怒鳴った。男は顔をあげ、じりじりと右手をのばして写真をひきよせた。

「郭《グオ》だ。郭さんだ！」

鮫島はなおもいった。郭の名を口にしたとたん、またも鼻の奥が熱くなり、涙がこみあげてくるのを感じた。

男はじっと写真を見つめていた。それから顔を鮫島に向けた。

「郭《グオ》……」

「ヒーズ・デッド《彼は死んだ》」

鮫島はいった。男の目の中で何かが動いた。鮫島は自分の声が涙声になっているのを感じた。

「バット・ヒー・セーブド・チンナ《だが彼は清娜を救った》。シーズ・アライブ《彼女は生きている》」

男は目をあげた。

「清娜《チンナ》……」

と苦しげにつぶやいた。

「シーズ・イン・ホスピタル《彼女は病院にいる》」

男は小さく頷いた。

「ユー・アー・ドゥユアン《毒猿》？」

鮫島は訊ねた。エリート部隊にいただけあって、英語は理解できるようだった。

男は鮫島を見つめ、苦しげに頬をゆがめてみせた。笑ったのだった。

「アー・ユー・ハーテイッド《傷を負ったのか》、オア・シック《病気なのか》？」

鮫島はいった。男の土気色をした唇が動いた。聞きとれないほど低い声だった。

「シック《病気だ》。シック・キル・ミー《病気が俺を殺す》。ノーバディ・キャン・キル・ミー《誰も俺を殺せない》」

そしてうずくまったまま、顔を伏せ動かなくなった。

サイレンがもう、すぐそこまで近づいていた。パトカーは大木戸門や正門から、苑内に直接入りこんできたようだった。

鮫島もまた、動けなかった。パトカーが砂利をはねとばして、台湾閣のすぐ前にやってくるまで、鮫島は毒猿に銃を向けたまま、じっと立っていた。

毒猿こと劉鎮生は、救急車で病院に運ばれる途中、息をひきとった。解剖の結果、右の大腿《だいたい》と左腕の上膊部に、銃弾による傷を負っていたが、死因は、虫垂炎悪化による腹膜炎だった。

新宿御苑における、石和組側の死者は二十二名で、その中に若頭の羽太も含まれていた。生存者のうち一名は、爆発による視覚障害を負った。また中央部「中ノ池《なかのいけ》」の水底から、安井を含む四名の安井興業社員の死体が発見された。死体はナイフで喉を裂かれ、側溝の鉄蓋を重しに抱かされて、うつぶせに寝かされるようにして、沈んでいた。

警視庁捜査一課のまとめによる、毒猿こと劉鎮生の被害者は、次の通り。

死者、三十六名。負傷者、七名。

死者のうち三名は台湾国籍。また警察官は、死者が一名、負傷者が四名だった。

石和組組長、石和竹蔵は病院を退院すると、引退届をだし、石和組を解散した。

また台北市政府警察局刑警大隊偵二隊、分隊長、郭栄民は、休暇旅行中、日本で事故にあい、死亡したと台湾の新聞には報道されたが、その後、日本警視庁国際捜査課から、事故時の状況を知らせる通信が送られ、そのとき行動をともにしていた日本国警察官の申告をもとに、公務執行中の殉職《じゅんしょく》扱いとされ、二階級特進で、組長、となった。組長は、日本の警察階級でいえば、警視である。

36

奈美は病院の待合室にいた。夜になって、ひとりになりたいときは、待合室にいるのがいちばんだった。

鮫島という新宿署の刑事が、さっき帰ったところだった。鮫島が病院の奈美を訪れるのは、これが二度めだった。初めは事情聴取で、今日は見舞いだといった。

鮫島は、楊の話をしにきたのだった。楊は、奈美のことを心配していた、といった。そして、楊の本名が、劉鎮生、といったことも教えてくれた。

花をもってきた鮫島は、帰りぎわ、白い封筒をおいていった。

――君が忘れたいのなら、そのまま捨ててしまえばいい。もし、忘れたくないのなら……

鮫島はいった。そして、これを複写したものをもう一枚、自分はもっている。一生、もって、決して忘れることはないだろう、ともいった。

鮫島が帰ったあと、奈美は封筒を開けた。

一枚の写真が入っていた。軍艦のような小さな船の上で、ウェットスーツを着た男たちが肩を組んでいる。その中に、若い顔をした楊がいた。

写真の中の楊は、白分よりうんと若く見える、と奈美は思った。

暗い待合室の、非常口の場所を示す明かりの下で、奈美はいくども写真を見つめた。封筒にしまって、病室に戻ろうと思うのだが、松葉杖をつき歩きだしかけると、また写真を見たくなってしまうのだ。

涙はでなかった。もう、このあと一生のあいだ、どんなことがあっても、涙がでることはないだろう、と思っていた。事実、楊が死んだと聞かされたときも、涙はでなかった。

かわりに、奈美は旅行にいきたい、と思った。裁判が終わり、もし自由になれる日がきたら――鮫島は、奈美は死刑にはならない、といった――、台湾に旅行してみたい、と思った。台湾にいって、子供のころ、楊がもぐって魚をとったという海を、見てみたい。

心配して捜しにきた看護婦に注意され、ようやく奈美は、病室に戻る気持ちになった。

病室に戻り、ベッドによこたわって、台湾の海を、南の島の海を、想像した。まっ黒く陽に焼けた子供がマリンブルーの海にもぐり、魚をとってくる。

目に焼きついた、若い日の楊の顔がその子供にかさなった。

不意に、奈美は涙が溢れでてくるのを感じた。枕に顔をおしつけ、奈美は静かに泣いた。

そして、この次に泣くのは、台湾の海を見たときだろう、と思った。

謝辞

前作『新宿鮫』に掲げた本のほかに、今回は以下の本を参考にさせていただいた。

『台湾に革命が起きる日』鈴木明・著　リクルート出版
『もっと知りたい台湾』戴國煇・編　弘文堂
「謎の島・台湾」〈別冊宝島127〉　ＪＩＣＣ出版局
『特殊部隊』ウォルター・Ｎ・ラング・著　落合信彦・訳　光文社
『プロレス少女伝説』井田真木子・著　かのう書房

メディアプロデュース「ＭＥＲＣ」の古瀬俊和、斉藤充功両氏、および毎日放送・信濃正兄氏には、たいへん貴重な資料を御提供いただいた。また、さまざまな理由により、ここに氏名を明らかにして謝辞を申しあげられない方も多数いる。その方たちにも本当に感謝している。
例によって、光文社、佐藤隆三、渡辺克郎両氏にも、多大な御迷惑をかけた。おふた方の忍耐がなければ、この作品は生まれなかったろう。
ありがとうございました。

大沢在昌

解説

茶木《ちゃき》則雄《のりお》
（文芸評論家）

世に傑作と呼ばれるミステリーは少なくない。しかし、歴史に名を残す傑作となると、その数はぐっと減る。年に一作、あるいは数年に一作、あるかないかだろう。

大沢在昌の『新宿鮫』は、まさにそうした傑作のひとつであり、日本のミステリー史を語るうえで、外《はず》すことのできないエポックメイキングな作品であった。これがいかに傑《けっ》出《しゅつ》した作品であるかについては、『新宿鮫』（光文社文庫）の解説で北上次郎《きたがみじろう》氏が余すところなく縦横《じゅうおう》に語っておられる。また、うるさ型の選者によって選定される『このミステリーがすごい！』（'91年版、別冊宝島編集部編）で、その年の年間ミステリーの第一位を獲得したことからも、吉川英治《よしかわえいじ》文学新人賞と日本推理作家協会賞をダブル受賞したことからも、その実力はすでに証明済みだ。これに関してはもはや贅言《ぜいげん》を要《よう》しない。井上《いのうえ》ひさし氏が言うように、「『新宿鮫』は、どこをとっても一級品である」（吉川英治文学新人賞選評）。

なかでもとりわけ高く評価されたのは、日本の警察小説に新境地を拓《ひら》いた主人公・鮫島のキャラクター設定であろう。《一匹狼《いっぴきおおかみ》の凄腕刑事《すごうでデカ》》という主人公の設定は、これまでなかったわけではない。いや、実のところあり過ぎるほどあった。テレビドラマや映画の世界では、さしずめ氾濫《はんらん》していたと言っても過言《かごん》ではない。しかしその手垢《てあか》にまみれたヒーロー像を、大沢在昌は見事なまでの鮮《あざ》やかさで現代に甦《よみがえ》らせた。公安内部の暗闘《あんとう》という説得力のある背景を用意し、主人公をキャリア組の落ちこぼれに設定することで、「劇画」の世界から「小説」の世界に、いわばリアリティという息吹《いぶ》きをもって復活させたのである。

通常シリーズ物において、設定が斬新《ざんしん》であればあるほど、二匹目のドジョウが一匹目より美味《うま》いということは、まずない。二匹目のドジョウは、それでなくても調理が難しいのだ。ことに『新宿鮫』のように、生《なま》の新宿という舞台と主人公のキャラクター造形が強烈な印象を残す作品の場合、第二作は第一作に比べて明らかに不利である。たとえ内容的に同じ水準をクリアーしたとしても、衝撃度という点でそもそも大きなハンデキャップを背負っているからだ。

しかもミステリー・ファンの期待値は、一作目より当然のことながら高まっている。『新宿鮫』が桁外《けたはず》れの傑作であったがために、作者の受けるプレッシャーは、それだけ並《なみ》大抵《たいてい》ではなかったろうと想像する。

しかし、大沢在昌はこの重圧を撥《は》ね除《の》け、予想以上の答を出した。第一作に優《まさ》るとも劣《おと》らぬ傑作を、再び上梓《じょうし》したのだ。第二作の本書『毒猿』で、作者はこのシリーズの評価と人気をさらに高め、やがて第四作『無間人形《むげんにんぎょう》』での直木賞受賞へと繋《つな》げていったのである。

見事《みごと》と言う他《ほか》はない。評論家の池上冬樹《いけがみふゆき》氏は、その編著書『ミステリ・ベスト201日本篇』のなかで、本書を総合評価《超A》というトップ・ランクに推《お》して、「プロットの緊密さにおいても、描写の迫真性《はくしんせい》においても、『新宿鮫』を上回っている。（中略）これは傑作！」と絶賛しているし、私の知るかぎり『新宿鮫』に留保《りゅうほ》をつけた唯一《ゆいいつ》の評論家・坂東齢人《ばんどうとしひと》（現在の作家・馳星周《はせせいしゅう》氏）も、この『毒猿』には「たいへん非常にものすごく面白《おもしろ》かった」と素直にシャッポを脱《ぬ》いでいる（『毒猿　新宿鮫Ⅱ』を誉《ほ》めまくってしまいたい――「本の雑誌」一九九一年十一月号）。実際、本書を第一作『新宿鮫』以上に評価する声は多く、日本推理作家協会員らが中心となって選ぶ「週刊文春」傑作ミステリー・ベスト10においても、『毒猿』は前作に比べて2ランク順位を上げ、堂々の1位に輝いた。

小説であれ映画であれ、爆発的大ヒットを呼んだ傑作の続篇が、前作を上回る評価を受ける例は滅多《めった》にない。最近ですぐに思い浮ぶのは、この『毒猿　新宿鮫Ⅱ』と、映画で言えばジェームズ・キャメロン監督の『エイリアン2』、『ターミネーター2』くらいだろう、と私は思う。

実は奇《く》しくも、作者は梅原克文《うめはらかつふみ》氏との対談で、好きな映画としてこの二作の名前を挙《あ》げ、本書の創作の秘密をこう告白している。

「……あれ（『毒猿』）はまさしく『エイリアン』を意識したんですよ。『エイリアン』の1は、閉塞《へいそく》された空間におけるホラー的な要素を前面に押し出した作品でしたが、2は、『今度は戦争だ』という、派手でエンタテインメントの王道をいく作りになっている。参考にしたと言っても、作品の内容ではなく、シリーズにおける第一作と二作目との意識の転換、という意味ですけども」（大沢在昌『エンパラ』、光文社文庫）

プレッシャーを前に意識の転換をはかろうとする柔軟な発想もすごいが、実際にそれを成功させてしまう力量には舌《した》を巻《ま》くしかない。さきほども述べたように、二匹目のドジョウは、非常に調理が難しいのである。成功した例は極めて少ないのだ。それをいとも易々《やすやす》と——もちろん、表面上は、の話だが——成《な》し得《え》たところに、この作家の底知れぬ才能を感じさせた。九〇年代日本ミステリー・シーンにおけるトップ・ランナーの地位は、このとき約束されたと言っても過言ではなかろう。

では、本書はシリーズ第一作と比べて、どこが優《すぐ》れていたのか。

まず第一は、作者の言う「意識の転換」だ。具体的に言えば、ふたつの点が挙げられよう。ひとつは、主人公の鮫島をあえて脇《わき》に回し、主役の座に三人の台湾人《たいわんじん》を配したこと。そしてもうひとつは、アクションをふんだんに盛り込み、本書を徹底した活劇に仕立《した》て上《あ》げたこと。ここで留意したいのは、前者である。
シリーズ第二作を活劇仕立てにした理由は分かる。そもそもの発想が『エイリアン2』にあるわけだから、これは理解可能だ。だが、鮫島を脇に回す理由が分からない。活劇仕立てにするなら、むしろ主人公の鮫島を前面に押し出し、キャラクターの力強さを印象づけた方が得策ではないか？

　というような疑問を、未読の読者は抱《いだ》かれるかもしれない。しかしそれは違うのである。すでにお読みになった方はお分かりのように、『毒猿』の成功の最大のポイントは、この、鮫島を前面に押し出さなかったことにあるのだ。

　それに関して説明する前に、主役の台湾人を紹介しておこう。狙《ねら》った標的は必ず仕止める職業兇手《シイーイエーションシヨウ》（プロの殺し屋）――「毒猿《ドウユアン》」こと劉鎮生《リユウツェンシエン》。冷酷《れいこく》な台湾マフィアのボス・葉威《イエーウエイ》。台湾陸軍最強の部隊「水鬼仔《ツイクイア》」出身のタフガイ刑事・郭栄民《グオヨンミン》。この三人はそれぞれ敵対する間柄にある。自分の命のために毒猿を裏切った葉威が、報復（＝死）から逃《のが》れようと、友好関係にある新宿のヤクザ組織を頼《たよ》って日本に潜伏《せんぷく》し、それを知った毒猿が、密《ひそ》かに新宿に乗り込んでくる、という展開だ。さらに毒猿を追い続けている郭が、休暇中の旅行という名目《めいもく》で来日。個人的な捜査を開始する。この三人はいわば三つ巴《みつどもえ》の関係にあるわけだが、毒猿と郭の間には、「水鬼仔」時代の同期でしかも親友だったという曰《いわ》くがあり、両者の関係をより複雑なものにしていた。この台湾人の主役たち――とりわけ毒猿と郭――のキャラクター造形は抜群で、本書の成功の第二の要因と言っていい。

それについては後述するとして、問題は鮫島の立場である。彼はふとしたことから郭と関《かか》わりを持ち、やがて新宿を舞台にした凄絶《せいぜつ》な死闘へと巻き込まれていく。極言すれば今回、鮫島は主役たちの引き立て役に回るわけである。

ところが、これによって鮫島の造形は、ぼけるのではなく、より鮮明になってくる。強烈なキャラクターの毒猿や郭と絡《から》むことで、月が太陽の光を受けて輝くように、その陰影《いんえい》の濃淡《のうたん》を、さらに増していった観があるのだ。

たとえば、クライマックスの新宿御苑《しんじゅくぎょえん》での「戦争」シーン――このラストで、初めて相見《あいまみ》えた鮫島と毒猿が、簡単な英単語を使って言葉を交わす場面がある。ここで胸の熱くならない読者は、まずいないのではないか。「ヒーズ・デッド《彼は死んだ》」――このたった一言に、鮫島の万感の思いが込められていることが、読者には手に取るように分かる。そして読者は、窺《うかが》い知るはずだ。鮫島が《彼の死》に抱いた思いを。ひいては鮫島の人間性の一端を。

つまりある意味で、台湾人の主役たちは、鮫島の人間性を映《うつ》し出《だ》す鏡の役割を果たしたと言えるのだ。活劇小説という本書の結構《けっこう》を考えた場合、この方法は、鮫島の人間性を描写するうえで、彼を前面に押し出すよりもより効果的だった。もし彼が活劇の中心に座ったとすれば、シリーズのリアリティは一遍《いっぺん》で消し飛んでしまうだろう。

ともあれ作者の目論見《もくろみ》は、見事に成功した。鮫島を脇に回し、本書を徹底した活劇仕立てにすることで、一作目に劣らぬ新鮮な感興《かんきょう》を、読者に抱かせたと言える。

第二は、さきほど少し触れた郭と毒猿のキャラクター造形だが、この二人は、第一作で彼らに近い役割を果たした印象深い登場人物――銃密造犯人の木津《きづ》と比べても、明らかに際立《きわだ》っている。〝主役〟と〝脇役〟の違いはあるにせよ、シリーズ・キャラクター以外の人物造形は、全般的にこちらの方が上だろう。なかでも中国残留孤児二世のホステス・奈《な》美《み》の造形は秀逸《しゅういつ》。彼女が毒猿に魅《ひ》かれ、やがて行動を共にするまでの過程に説得力を感じるのも、奈美の残留孤児二世というキャラクターに、充分な造形が施《ほどこ》されているからに他ならない。

さらに第三のポイントとして、本書の「戦争」の背景となる中国黒社会のディテイルが挙げられる。八〇年代後半になって、東京に台湾マフィアの姿がなぜ増えたのか。あるいは、それがなぜ新宿なのか。さらには「銭荘《チエンツアン》」と呼ばれる地下銀行や密輸ルートの実態など、中国黒社会を描く細部の面白さは、本書の売り物のひとつだ。歌舞伎町《かぶきちょう》のアンダーグラウンドに巣喰《すく》う中国系マフィアの存在は、今でこそ目新しい情報ではないけれど、本書が刊行された九一年当時は、それこそ目に新しい話題であった。本書によって初めてその実情を知ったという読者は、決して少なくなかったと思う。

こうした社会性と先見性は、以後、このシリーズの特長のひとつになっていく。だが、それを特長づけたのは、くどいようだが本書であった。

そろそろ読者にも納得していただけたことと思う――本書が第一作を上回る傑作であることを。

この解説の冒頭で、私は『新宿鮫』を歴史に名を残す傑作であると書いた。では、その『新宿鮫』の上を行く本書は、何と呼べばいいのだろう。《世紀の傑作》か？《不朽《ふきゅう》の大傑作》か？

いやいやそんな大仰《おおぎょう》な呼び方をする必要などまったくない。単純にこう呼べばいいのだ――《新宿鮫シリーズ屈指《くっし》の傑作》、と（私に言わせれば意味は同じである）。

シリーズ最新作『氷舞《こおりまい》　新宿鮫Ⅵ』（カッパ・ノベルス、九七年刊）にこんなシーンがある。メジャーになった晶《しょう》の漠然《ばくぜん》とした不安を聴いて、鮫島はこう言うのだ。

「お前が心配すべきなのは、生活の問題じゃなくて、自分たちの音楽の変質じゃないのか。売れることがわかり、もっといえば売れる音楽がどんなものかもわかった。それと自分たちがこれからやりたい音楽がちがうとき、どうするか」

晶の答えは、

「変えないよ、絶対に」

「それがファンの求めるものとはちがっても？」

この問いに晶は苦しげな顔をして言う。

「ファンをがっかりさせるのは嫌《いや》だよ。だからってファンを喜ばすためだけに、同じような音楽をやってたら、いつかやっぱり飽《あ》きられる」

《音楽》を《小説》に置き換えれば、これは、大沢在昌というひとりの作家の、内《うち》なる自問自答の声と取れないこともない。あるいは、メジャーに躍《おど》り出《で》たばかりの後輩《こうはい》へのアドバイスとも。

しかしいずれにせよ、「やりたいものをやり続けていく」という作者の信念は、文脈から充分に感じ取ることができる。

この信念があるかぎり、大沢在昌は傑作を生み続けていくはずだ。自分の書きたいように書き、高いハードルをつぎつぎクリアーしていく新宿鮫シリーズが、それを証明していると思う。第一、これほどミステリーを愛し、これほどミステリーのことを真剣に考えている才能ある作家を、神さまが見捨てたりするものか。まして読者が見捨てたりするものか。

本書を読み終わった読者の皆さん、そう思いませんか？

（光文社文庫初刊本から再録）

一九九一年八月　カッパ・ノベルス（光文社）刊
一九九八年八月　光文社文庫

光文社文庫

長編刑事小説
毒《どく》　　猿《ざる》　新宿鮫《しんじゅくざめ》2　新装版
著　者　大《おお》　沢《さわ》　在《あり》　昌《まさ》

2014年3月20日　初版1刷発行
2024年4月30日　　　7刷発行

発行者　三　宅　貴　久
印　刷　萩　原　印　刷
製　本　ナショナル製本

発行所　株式会社　光　文　社
〒112-8011　東京都文京区音羽1-16-6
電話（03）5395-8149　編　集　部
8116　書籍販売部
8125　制　作　部

ISBN978-4-334-76717-4　Printed in Japan

組版　萩原印刷